BOEKE DEUR HERMAN BEUKES

Meisie van Mont Blanc - 2017
Dag van Wraak - 2018
Bloedspoor - 2019

www.beukesbooks.com

BLOEDSPOOR

HERMAN BEUKES

Print ISBN: 978-1-77605-626-2

www.kwartspublishers.co.za

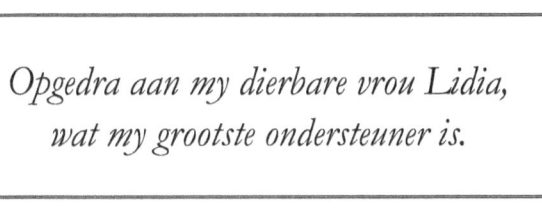

Opgedra aan my dierbare vrou Lidia,
wat my grootste ondersteuner is.

HOOFSTUK EEN

Die Piper Cherokee Dakota vlieg al vir 'n geruime tyd in dieselfde rigting, die oop see in. Sy eindpunt, 'n spesifieke stel koördinate wat deur die stem oor die telefoon vir die loods gegee is. Dít, net nadat 'n aardige bedrag minder as vier en twintig uur vantevore in sy persoonlike rekening gedeponeer is.

Terwyl hy gewonder het wie die weldoener is, het sy selfoon gelui met die opdrag. Hy het gefrons toe hy dit hoor want die vrag wat hy moes dra en die manier van ontplooiing sou veranderings verg aan die onderstel van sy vliegtuig, sy passie die afgelope paar jaar.

Die stem was spesifiek en gedetaileerd. Hy was vertroud met die vliegtuig en sy vermoë. Hy is aangesê waar om die pakkie te kry en die nodige toebehore om die veranderings aan die vliegtuig te doen.

Nog voordat hy kon beswaar maak, het die stem gesê dat 'n verdere groot som in sy rekening inbetaal sou word as die missie verby was. Vir 'n breukdeel van 'n oomblik wou hy weier, maar iets het hom gewaarsku dat dit moontlik nie goed sou afloop nie. Dit het geklink asof die persoon aan die ander kant nie gewoond is om geweier te word nie. Hy het gepraat asof dit reeds gebeur het.

Hy het gesê dat hy dit sou doen en die foon doodgedruk. Die stemmetjie in sy kop het hy probeer stilmaak onder die voorwendsel dat hy weet wat hy doen. Toe tref dit hom, wat was die inhoud van die silinder? Hy het sy kop geskud en aangegaan met sy werk. Dit het niks met hom te doen nie.

Twee dae later het hy die toerusting en die "pakkie", in die vorm van 'n groterige silwer silinder opgetel en die veranderings aan sy vliegtuig laat aanbring by die lughawe wat hy aangesê is om te besoek vir die werk. Die werkswinkelpersoneel daar het hom verwag en die werk gedoen sonder om vrae te vra. Toe dit klaar was, is hy vaarwel geroep sonder om te vra vir betaling. Hy het aangeneem dat dit ook vooraf betaal is, net soos hy.

Binne die kajuit was 'n rooi knop gemonteer wat die vrag sou vrylaat sodra hy by die regte koördinate sou aankom op sy vlug. Sodra die knop gedruk is, was dit neusie verby. Die vrag sou ongesteurd losgelaat word en dit kon nie gekeer word of afgesny word nie. Dit is seker sodat hy nie koue voete kry en die poging probeer saboteer nie.

Die geld was welkom, want hy het al hoe verder agter geraak met sy huisverband en sy mediese fonds was uitgeput vanweë sy vrou se langdurige siekte, wat hom finansieël afgetakel het. Net toe hy begin wonder het hoe hy dit gaan maak, het die oproep gekom.

Die oggend van die missie was die vlugplan op sy vliegtuig se voorruit vasgeplak met duidelike instruksies dat hy nie 'n vlugplan moet indien nie. Hy wou eers die instruksie verontagsaam, maar besluit toe daarteen aangesien hy nie weet wie hom dophou nie. Die koördinate en vlieghoogte het hom laat frons, want dit was iewers oor die oop see, ver van land af. Die hoogte was op dieselfde vlak as die wolke wat saampak vir reën oor die land. Hy het om hom rond gekyk, maar niemand het enige belangstelling in sy vliegtuig getoon nie.

Met 'n optrek van sy skouers het hy die voorvluginspeksie gedoen en die vliegtuig aan die gang gekry. Oor die radio het hy die beheertoring laat weet dat hy die vliegtuig uitvat vir 'n toetsvlug oor die oseaan, soos die instruksie saam met die vlugplan hom aangesê het.

Die beheerder het geen kommentaar gemaak nie en hom die groen lig gegee om op te styg; nog 'n ding wat hom laat wonder het. Dit was té maklik.

Hy kyk by die kantvenster uit en verwonder hom aan die blou see daar ver onder hom. Dit is 'n grotendeels wolklose dag met net 'n paar potensiële reënwolkies hier en daar. Hy kyk weer af na die rooi knop en wonder waarvoor hy homself ingelaat het.

'n Gebiep op sy gehoorstuk laat hom na die navigasiestelsel kyk. Hy het sy posisie bereik vir die ontplooiing van die vrag. Hy huiwer 'n oomblik voor hy sy oë sluit en die knop druk. Hy hoor die meganisme inskop wat die vrag vrylaat tesame met 'n sagte gesis soos die proses vorder. Hy kyk na buite maar sien niks verdag nie.

Toe begin hy die sigsag koers vlieg vir 'n bepaalde afstand, soos hy aangesê is. Daarna kies hy koers huis toe, sy werk is gedoen.

* * * *

Markus Rheeder parkeer sy silwer Porsche 911 Carrera 4 GTS netjies langs die rooi Golf GTI van sy kollega, Bethany Clarke. Die onderdakparkering vir hulle en nog drie ander belangrike gaste, is reg voor die vier-verdieping gebou wat die H_2O Solutions maatskappy huisves.

Die glas fasade van die voorkant vorm 'n skrille kontras met die ander vaal geboue in die omgewing, 'n duidelike teken dat dit 'n nuwer ontwerp is.

Netjiese grasperke met goed geplaaste blombeddings, waar-in verskeie blomsoorte daagliks in volle blom staan, verleen 'n tikkie gesofistikeerdheid aan die omgewing. Sonpanele wat die hele dakoppervlak beslaan, verklap die eienaars se voorliefde vir groenkrag wat hulle grotendeels onafhanklik maak van steenkoolaangedrewe krag. Dit het al menigmaal hulle gat gered toe beurtkrag iets alledaags geword het. Met ononder-broke kragtoevoer, het produksie nooit gestop nie, wat hulle verkope 'n noodsaaklike hupstoot gegee het.

Hy skakel die enjin af en sit vir 'n oomblik en bekyk die gebou van hoek tot kant. Dit is sy trots sedert hulle sowat 'n dekade gelede van die eerste maatskappye in Suid Afrika geword het om gebottelde water lokaal te vervaardig en te verskaf. Daardie jare was dit nog iets nuuts en hy het vinnig as verskaffer opgang gemaak deur hard te werk aan sy bemarking en goeie reputasie wat kwaliteit betref. Ander wat met hom meegeding het, het gou in die hek geduik omdat hulle wou kortpad vat en te laat uitgevind het dit werk nie.

Hy sug hoorbaar en vee met sy hand oor sy oë. Die dagoue baard verklap dat hy gister laas geskeer het. Sy blou oë is bloedbelope van die min slaap. Enige ander dag sou sy lenige, gespierde lyf, kort bruin hare en bruin gebrande vel menige meisie se knieë lam gemaak het. Sy hande, met goed versorgde naels wat liggies op die stuurwiel rus, is slank en kon maklik dié van 'n klavierspeler gewees het. Hy is geklee in 'n gholfhemp wat los oor 'n diepblou denimbroek hang wat knap pas. Egte swart krokodilleer skoene en 'n goue Rolex horlosie rond die prentjie af - dit en die Porsche, die enigste sigbare sondes van sy welvaart.

Vandag is hy 'n bekommerde man. Sedert die watertekort in die Kaapprovinsie begin het, het sy besigheid se omset gedaal. Mense is skielik meer ingestel op goedkoop drinkwater en gryswaterherwinning as sy duur, goeie kwaliteit produk. Hy sal 'n plan moet maak en vinnig ook, om sy aansien en reputasie in die mark te herwin voordat hulle in 'n finansiële krisis beland.

Die werksmag beloop sowat driehonderd en vyftig mense en hy is nie een wat graag mense aflê as hy dit kan verhelp nie. Almal is soos familie en hy doen sy bes om hulle van 'n inkomste te voorsien, selfs wanneer dit sleg gaan, soos nou.

Wie sou ooit kon dink dat een seisoen sonder behoorlike reën die hele provinsie in so 'n benarde posisie sou laat. Die plaaslike regering probeer hulle bes om oplossings te vind voordat D-dag aanbreek wanneer die krane letterlik opdroog. Onderlinge gevegte en beskuldigings deur opponerende politieke partye met hulle eie agendas, ry enige noemenswaardige vordering in die wiele, wat die gebied verder benadeel.

Hy sit sy sonbril op om die ergste son te keer, sluit die motor en haas hom na sy kantoor toe vir sy daaglikse vergadering met sy span ontwikkelaars. Op pad na binne, groet hy almal wat verbyloop met 'n knik van die kop en 'n glimlag. Hy kry sy boodskappe en pos by die ontvangsdame en neem die trappe twee-twee op na die eerste vloer waar sy kantoor is. Hy hou nie van die hysbak nie want dit maak mens lui. Ten minste kry hy bietjie oefening, altans so troos hy homself elke dag.

Sy persoonlike assistent, Melanie du Bois, is op haar pos, soos die afgelope agt jaar wat sy vir hom werk. Dit is asof sy hom kan lees soos 'n boek. Maak nie saak hoe vroeg hy al ingekom het werk toe nie, sy is altyd daar en reg vir enige gebeurlikheid as hy by die deur in stap.

Haar lang rooi hare komplimenteer 'n skraal gesig met groen oë, smal aristokratiese neus en vol lippe wat liggies gekleur is. Die onderlaag bedek skaars die sproete wat aan haar gesig 'n tikkie karakter verleen. Donker maskara laat die groen van haar oë uitstaan, wat menige besoekers se asems al weggeslaan het. Haar naels is altyd goed versorg met 'n lagie donker naellak wat skerp afsteek teen haar ligte vel.

"Môre Markus. Lekker geslaap?" Haar oë takseer hom op en af toe hy by die deur in stap.

Hy glimlag liggies. "Môre Mel. So al asof jy nie weet nie."

Sy bloos liggies van ongemak. Hy het 'n manier om haar knaend onkant te vang.

"Toemaar, ek terg net," stel hy haar gerus. "Kan nie slaap as dinge so gaan nie."

"Jy beter 'n slaappil of iets neem voor jy jouself uitbrand," maan sy streng en gee hom sy eerste beker koffie vir die dag. Sy val langs hom in, haar tablet teen haar bors vasgeklem, gereed vir enige opdrag.

Haar parfuum vang hom opnuut toe dit sy neus kielie. Dieselfde tipe wat sy nog al die jare gebruik - *Red Door*. "Dit is mos net slegte mense wat jonk doodgaan." Hy vat 'n lang sluk van die warm vloeistof en stap sy kantoor binne.

"Daar is altyd 'n eerste keer vir alles nè." Sy gaan staan voor sy lessenaar en wag dat hy sy daaglikse ritueel klaarmaak.

Sy kantoor is die grootste op die vloer en in die een hoek geleë, met 'n pragtige uitsig oor die Paarl vallei. Groot glasvensters reik van die dak tot die vloer om die maksimum natuurlike lig in te laat. 'n Groot lessenaar met 'n glasblad en chroomafwerking neem die middel van die oppervlak in beslag. Die vloer is uitgelê met groot wit marmerteëls wat die spasie nog groter laat lyk. 'n Enkele skootrekenaar staan op die lessenaar met twee bypassende wit metaal IN en UIT rakkies op die een hoek. Die enigste ander voorwerp op die andersins skoon blad, is die deurskynende glas-blombak wat elke dag vars blomme bevat, Melanie se trots. Hy het eers nie daarvan gehou toe sy dit die eerste keer gedoen het nie, maar sy het voet by stuk gehou, 'n kantoor kort bietjie groenigheid. Dit was óf dit óf 'n paar potplante, het sy gedreig. Nou moet hy eers elke oggend daaraan ruik voordat hy sy dagtaak kan begin. Dit het 'n kalmerende effek.

"Is die ander al in?" vra hy voordat hy gaan sit. Hy maak die res van die beker leeg.

"Jip. Bethany is al net na ses-uur vanoggend hier en die ander lede van die span het stuk-stuk hier aangekom. Sy het hulle seker uit die bed gejaag op pad hiernatoe."

Marlus lag saggies en skud sy kop. "Sy is 'n regte slawe-drywer. Die arme mense."

Mel lyk ingedagte. "Sy het redelik opgewonde gelyk toe sy ingekom het."

Markus kyk op. "Wat bedoel jy?" vra hy nuuskierig.

"Amper soos 'n kat wat room gesteel het," som sy dit op voordat sy die onderwerp verander. "Enigiets vir my?" vra sy hoopvol.

Met 'n ligte frons op sy voorkop sê hy: "Nie nou nie dankie, Mel. Ons kan later gesels. Ek wil net eers gaan hoor hoe dinge vorder."

"Oukie doukie." Sy neem die leë beker en maak haar uit die voete. Sy trek die deur agter haar toe sodat hy kan konsentreer op sy werk.

Markus draai sy stoel om en staar uit oor die landskap, sy vingers agter sy kop inmekaar gestrengel. Hulle probeer iets nuuts om die maatskappy van ondergang te red. Toe hy 'n paar maande gelede met die mal idee vorendag gekom het om sy eie water te vervaardig, het die span ontwikkelaars hom oopmond aangestaar. Bethany veral. Haar reaksie was komies:

"Het jy jou pille gedrink vanoggend?" het sy geskok gevra.

'n Flitsende blou LUD liggie en 'n sagte gonser op sy interkomstasie trek sy aandag.

* * * *

Op pad in kantoor toe waai Bethany Clarke vir Melanie du Bois waar sy by haar lessenaar sit. By die laboratorium se ekstra dik Titanium-staal veiligheidsdeur plaas sy haar vinger op die vingerafdruk skandeerder en wag vir die bevestiging dat die afdruk aanvaar word. Die toestel biep en ontsluit die deur. Swaardiensmotors begin gons en die deur beweeg stadig op sy trajek totdat dit heeltemal oop is. Nadat sy verby die bewegingsensors geloop het, begin die proses weer om die deur outomaties toe te maak en te sluit. Die oorhoofse ligte skakel vanself aan en verlig die laboratorium met helder lig. Sy gooi haar handsak en sleutels op haar deurmekaar lessenaar neer en skakel die perkoleerder aan - tyd vir koffie. Sy is nie geneë met die idee om soos Markus 'n persoonlike assistent te hê wat vir haar koffie aandra nie. Sy verkies maar om self die ding te doen. Dan kan sy die koffie maak wanneer en hoe sy daarvan hou.

Wanneer sy so vroeg inkom is dit nog rustig en stil. Die enigste geluid is die lugreëling wat sy ding doen om die vertrek se temperatuur te reguleer. Daar is geen vensters nie as gevolg van die sekuriteitsrisiko - dit hou nuuskierige oë uit.

Die ontwikkeling wat hier gebeur, is nou wel nie van lewensbelang nie, maar beskerm hulle teen industriële spioenasie. Hulle opposisie was nog altyd jaloers op hulle nuuste ontwikkelings en daar is al verskeie pogings aangewend om toegang tot die laboratorium te verkry, veral toe hulle die nuwe watersuiweringsproses ontwikkel het wat arm gemeenskappe die geleentheid gun om vars water in hulle onmiddellike omgewing beskikbaar te hê. Die kompakte grootte van die eenheid het ander laat wonder wat daarbinne skuil. Die gepatenteerde kragbron wat 'n nuwe tipe langlewe battery en sonpanele gebruik, was die industrie jare vooruit.

Die diefstal van 'n paar van die eenhede het niks beteken vir enigeen wat nie die regte gereedskap gehad het om dit oop te maak nie. 'n Unieke ingeboude sekuriteitskenmerk het die manne lelik op hulle neuse laat kyk. Toe hulle die eerste een probeer oopbreek, het die meganisme wat die apparaat monitor, ingeskop en die inhoud het skouspelagtig ontbrand in 'n vuur só warm dat dit 'n gat in die beton van die kamer gebrand het. Twee tegnici wat te naby gestaan het, is oombliklik deur die vlammegolf oorval en binne sekondes in die witwarm vlamme verkool. Dit was die eerste en laaste keer dat daar aan hulle gepeuter is.

Dit het egter nie gekeer dat ander maatskappye ook nuuskierig geraak het en na-uurs probeer inloer het om te sien waaraan daar gewerk word nie, tot hulle eie nadeel. Die sekuriteitstelsel van H_2O Solutions is ook deur die maatskappy self ontwerp en die enigste op die mark. Omdat dit so gesofistikeerd is, kon selfs die beste sekuriteitskraker in die wêreld tot op datum nog nie daarin slaag om dit te omseil nie. Die maatskappy het vir die eerste vyf jaar, elke jaar 'n prys uitgeloof vir enigiemand wat daarin kon slaag om die stelsel te breek, sonder sukses. Selfs toe die prysgeld verdubbel is, kon niemand dit regkry nie.

Bethany maak vir haarself 'n beker koffie en sit dit op die lessenaar neer. Sy skakel haar rekenaar aan en wag vir die stelsel om te laai. Terwyl sy wag, maak sy van die badkamer langs haar kantoor gebruik. Nadat sy klaar is, was sy haar hande met die spesiale antiseptiese seep en bekyk haarself in die spieël.

Die gesig wat vanoggend terugstaar, lyk ouer as die vyf en dertig jaar van die res van haar liggaam. Bruin oë onder donkerbruin natuurlike wenkbroue, word geraam deur die ligtebruin krulhare wat oor haar skouers hang. 'n Swartraambril pryk op haar lang, smal neus wat onderstreep word deur ligrooi-omlynde lippe. Sy trek 'n gesig en bekyk haar egalige tande wat 'n ligter skakering van wit vertoon, danksy kosmetiese prosedures wat haar 'n klein fortuin uit die sak gejaag het. Sy dra 'n roomkleurige los bloes met 'n swart langbroek en swart stewels. 'n Goue horlosie om haar linkerpols, 'n fyn goue hangertjie om haar nek en verskeie ringe aan haar hande, is al juweliersware wat sy dra.

Nie te onaantreklik nie, mymer sy by haarself, behalwe dat ek getroud is met my werk. Daarvoor kan sy haar vennoot blameer. Hy is 'n regte werkolis.

Sy en Markus het mekaar op die Stellenbosch kampus ontmoet toe hulle saam ingeskryf het vir 'n graad in Chemiese Ingenieurswese. Vir een of ander rede het hulle onmiddellik gekliek. Hulle was saam in dieselfde klas en toe ook maats vir die praktiese eksperimente wat hulle moes doen. Daar was egter nooit meer as net vriendskap tussen hulle twee nie. Hulle het bloot net te veel respek gehad vir mekaar se vermoëns en 'n goeie span uitgemaak.

Na universiteitsgraduering het hy haar gevra of sy saam met hom in vennootskap wil ingaan en hulle eie besigheid begin. Dit was amper die natuurlikste ding om te doen, aangesien hulle mekaar se geselskap geniet en mekaar so goed verstaan.

Dit was die geboorte van H_2O Solutions, hulle poging om die wêreld 'n beter plek te maak. Saam het hulle die bedryf op sy kop gekeer met hulle uit-die-boks idees. Hulle het vinnig besef dat die wêreld daarbuite hulle nie altyd goedgesind was nie en hulle gereeld wou beroof van hulle idees en ontwerpe. Dit is toe dat Markus hierdie gebou opgerig het, wat ontwerp is om aan hulle toekomstige behoeftes te voorsien, wat sekuriteit en vervaardigingspasie betref. Dit sluit 'n paar onkonvensionele idees in wat in geen ander gebou te kry is nie, soos die rugsteunrekenaarbedieners wat ondergronds gehuisves word en slegs toeganklik is deur 'n geheime ingang sowat 'n kilometer van die gebou af. Goed beligte en geventileerde tonnels lei na die ingang wat ook beskerm word deur 'n dik staaldeur wat normaalweg in die beste kluise ter wêreld gevind kan word.

Sy droog haar hande af en gaan sit voor die rekenaar. Sy klik op die ikoon van die nuutste projek waaraan sy werk en glimlag toe sy onthou hoe dit tot stand gekom het. Dit was op een van daardie gewone dae dat hulle bymekaar gekom het in die Dinktenk om nuwe idees te bespreek.

Tussen die twee van hulle het hulle 'n string patente van nuwe innoverende produkte geregistreer wat die mark verras en heeltemal onkant gevang het.

Dit was dan ook niks nuuts om partykeer idees rond te gooi wat so vergesog was, dat hulle beide besef het dat dit nie die regte tyd is vir die mark om dit te hanteer nie en dit dan te liasseer vir later.

Sy onthou duidelik die oomblik toe Markus so half uit die bloute die woorde, "Kom ons vervaardig ons eie drinkbare water," geuiter het. 'n Doodse stilte het oor die groep uitgesak terwyl hulle hom oopmond aangestaar het. Al wat sy van skok kon uitkry, was die vraag of hy sy medikasie daai oggend geneem het.

Dit was ses maande gelede. Sedertdien het sy en die span onverpoos gewerk om die idee 'n realiteit te maak. Dit was hoekom sy nie 'n verhouding met enige man kon hê nie. Haar werk het haar lewe oorheers. Dit was laat nagte van probeer en weer probeer as die eksperimente gefaal het. Inligting op die internet was volop, maar heeltemal onvoldoende of onakkuraat om die gewenste resultaat te hê. Hulle het albei baie gou besef dat hulle weer soos gewoonlik, uit–die-boks moes begin dink en hulle eie koppe volg.

Die naaste wat hulle gekom het, was die Sabatier reaktor wat in die vroeë 1900's deur die Franse Chemikus en Nobelpryswenner, Paul Sabatier, ontwikkel is. Dieselfde idee wat NASA gebruik om water te herwin en te vervaardig op die Internasionale Ruimtestasie. Talle verbeterings is al aangebring om dit meer effektief te maak, maar dit het een groot nadeel, dit kan nie hoë volumes water vervaardig nie. Verder moes NASA ook water uit die urine van die ruimtestasie se bemanning herwin om genoeg water beskikbaar te hê, 'n probleem wat nie op die aarde aangespreek hoef te word nie. Dit sou genoeg kon produseer uit die koolsuurgas wat uit die atmosfeer gehaal kon word. 'n Hoë humiditeitsindeks is 'n voorvereiste vir die stelsel om behoorlik te werk.

Dit was essensieel die grootste probleem wat hulle met die nuwe ontwerp wou probeer oorbrug. Totdat hulle skielik besef het, die geheim lê nie by die volume nie maar by die effektiwiteit; dit moes net genoeg suiwer drinkbare water kon voorsien aan 'n gemiddelde grootte huishouding sodat hulle gemaklik van dag tot dag kon lewe. Met elke huis wat een het, sou die waterprobleem iets van die verlede wees. Geen afhanklikheid van duur waterbronne meer nie.

By tye was sy na aan trane en wou sy met al haar mag opgee, maar die stemmetjie binne-in haar het haar aangedryf om weer te probeer. Nog net een keer, het dit elke keer aangedring. Dit het net nooit opgehou nie, maar dit is hoe dit met hulle was. Nie een van hulle wou ooit openlik erken dat iets NIE gedoen kon word nie. Dit was die dryfkrag agter hulle sukses en dit het altyd vrugte afgewerp. Soos nou.

Sy staar na die formule wat sy laat gisteraand vervolmaak het en skud weer haar kop. Dat dit so maklik was, kan sy nog nie verstaan nie.

Nadat almal die vorige dag reeds huistoe is na die soveelste flop, het sy by die tafel kom sit met 'n beker Horlicks, voordat sy self moes oppak en huiswaarts keer.

Terwyl sy na die skerm gestaar het en weer die formule deurgewerk het, het sy skielik die ontbrekende skakel in die komplekse string van chemiese elemente raakgesien. Met bewende vingers het sy die veranderings aangebring en die simulasie program wat sy en Markus geskryf het, aan die gang gekry en die nuwe data ingevoer.

Nadat sy die *Enter*-sleutel gedruk het, het sy agteroor gesit en gewag. Haar linkervoet het van pure ongeduld op die stoel se poot getokkel. Die geluid van die rekenaar se hardeskyf was haar enigste metgesel soos die program die nommers verwerk het. Na wat soos 'n ewigheid gevoel het, het die volgende woorde op die skerm verskyn: SIMULASIE 100% SUKSESVOL.

Die beker het halfpad na haar oop mond gestop soos sy gevries het van ongeloof. Hulle kan hulle eie kunsmatige suiwer drinkbare water vervaardig! Haar hande het onbedaarlik begin bewe van opgewondenheid. Sy moes die beker neersit om te keer dat sy die inhoud mors. Net om dubbel seker te maak het sy die simulasie tien keer na mekaar laat loop, elke keer met dieselfde uitslag: SIMULASIE 100% SUKSESVOL.

Sy het onmiddellik al die data van die projek op hulle ondergrondse rugsteunbediener, Secure Off-site Data Storage, of S.O.D.S. soos Markus daarna verwys het, gelaai en haar rekenaar se hardeskyf skoongemaak. Daarna het sy die hardeskyf uitgehaal en dit in 'n spesiale masjien gegooi wat die hardeskyf permanent vernietig sodat dat dit nooit weer bruikbaar sal wees nie. Sy het 'n nuwe skoon hardeskyf geïnstalleer en die lokale bediener toegelaat om die bedryfstelsel en ander programme weer outmaties te installeer sodat die rekenaar reg sou wees die volgende dag.

Die horlosie teen die muur het die tyd aangedui: 00:01. Hoe gepas, het sy gedink. 'n Nuwe dag en 'n nuwe begin.

Sy wou bitter graag vir Markus laat weet, maar sy het haarself ingehou. Een van hulle reëls was dat daar NOOIT oor enige e-pos op 'n rekenaar buite die gebou, telefoon of selfoon, resultate van hulle projekte bespreek sou word nie; Markus sou moes wag tot môreoggend.

Hier is dit nou en sy kan nie wag om vir hom die goeie nuus mee te deel nie. Sy druk 'n versteekte knoppie onder haar lessenaar en 'n retina skandeerder kom geruisloos vanuit die dieptes van die oppervlak te voorskyn. Sy stut haar ken op die ondersteunende vakkie sodat haar linkeroog in die lens kan inkyk. Laserstrale lees die patroon van haar oog en vergelyk dit met vooraf geskandeerde beeld. Toe dit ooreenstem, maak die rekenaar outomaties die rugsteunbediener beskikbaar vir haar. Haar vingers gly oor die sleutelbord soos sy die lêer oopmaak en weer die data vanaf die bediener laai. Sy hardloop die simulasie. Weereens 100% suksesvol. Sy grinnik en druk die spesiale interne interkomknoppie. Die stelsel laat Markus met 'n flitsende blou LUD liggie weet dat sy hom soek.

'n Rukkie later kom hy by die deur ingeloop, maak die deur agter hom toe en maak hom tuis op die stoel oorkant hare. Haar kantoor is klankdig. "Môre Beth," groet hy en kyk grootoog na haar. "En?"

"Môre Markus. Lekker geslaap?" rek sy dit uit.

Markus begin lag. "Sies, jy is lelik met my. Wat is die nuus?"

Sonder om 'n woord te sê draai sy die rekenaar skerm na sy kant toe.

"Wat!" gil hy die woord uit en kyk in ongeloof van haar na die skerm en terug.

"Dit werk, Markus! Ons kan ons eie kunsmatige water maak!" Sy is so opgewonde soos 'n skooldogtertjie wat volpunte gekry het vir haar eerste eksamen.

Hy spring summier op en raap haar uit haar stoel uit op. Hy druk haar teen hom vas en gee 'n halwe draai terwyl hy haar skaamteloos op haar mond soen. "Jy is 'n ster, Bethany."

Sy wikkel haar los uit sy omhelsing, bloedrooi van die skielike onverwagse soen. "Ja, toe nou. Netnou dink die ander daar is iets tussen ons. Gedra jou."

Hy staan voor die rekenaar en sy vingers vlieg oor die sleutels soos hy die simulasie herlaai, die soen klaar vergete. Toe die simulasie weer suksesvol is, kyk hy na haar met groot oë. "Net die deurbraak waarvoor ons gewag het. Hoe het jy dit reggekry?" vra hy nuuskierig en vou sy hande oor sy bors waar hy teen die lessenaar leun.

Sy gaan sit op haar stoel en begin hom in detail vertel hoe dit gekom het dat sy op die oplossing afgekom het. Hy luister aandagtig en vra hier en daar 'n vraag om iets op te klaar. Toe sy klaar is gaan sit hy weer, sy kop in sy hande. Toe hy opkyk sê hy kalm: "Jy weet wat dit beteken nê?"

Sy knik. "Hierdie is beter as goud werd."

"Ver beter as goud en platinum en watter duur edelmetaal daar ook al is. Met die watertekort in die Kaap, en veral die res van die wêreld, is dit 'n geleentheid om 'n verskil te maak aan miljoene mense se lewens."

"En as ek die proses so bekyk, gaan dit nie 'n arm en 'n been kos om te vervaardig nie," voeg sy by en wys na die Excel-vloeitabel met die kosteberekenings wat sy intussen opgeroep het. Omdat dit geskoei is op die Sabatier model, is meeste van die komponente reeds beskikbaar. Die aanpassing wat hulle nodig het om dit vir huishoudelike gebruik te vervaardig, is relatief goedkoop.

Hy leun vooroor en bestudeer haar syfers. Tevrede knik hy sy kop. "Die enigste ander probleem is die veilge bewaring van die formules en die data. Het jy dit op S.O.D.S gelaai?"

"Jip. Die eerste ding wat ek gedoen het toe ek die resultate sien - en ek het die hardeskyf soos gewoonlik vernietig."

"Oukei. Weet die res van die span al hiervan?"

"Nog nie. Ek wag dat hulle almal hier is voordat ek hulle inlig. Hoekom?"

Hy lyk ongemaklik. "Dink jy dit is veilig dat hulle hiervan weet? As dit eers buite hierdie mure rugbaar gaan word, gaan dit 'n tsunami word. Ons gaan oorval word deur al wat 'n nuus-stasie en verslaggewer is wat 'n naam vir hom- of haarself wil maak. Buitendien, jy weet hoe ver ons opposisie sal gaan om hulle hande hierop te kry. Ek dink hoe minder hiervan weet hoe beter. Wat dink jy?"

Sy krap haar oor terwyl sy dink en skuif ongemaklik rond op haar stoel. "Vertrou jy nie die span nie?"

Hy stap tot by die venster wat oor die laboratorium uitkyk en lig die een blinding op om beter te sien. "As dit enige ander projek was, sou ek nooit getwyfel het nie. Maar hierdie is anders. Water is nog altyd 'n kosbare kommoditeit en wanneer dit opraak, maak dit monsters van mense." Hy bly vir 'n oom-blik stil voordat hy omdraai. "Liefde vir geld is 'n ander ding. Hulle sê almal het 'n prys." Hy beduie na die laboratorium agter hulle. "En wie weet wat hulle prys is om die data aan die hoogste bieër te verkoop? Sal hulle lojaliteit hou onder druk van groot somme geld? En ons praat hier van sewe syfers of meer." Hy trek sy skouers op. "Ek weet nie so mooi nie."

Sy bedek haar mond met haar hand en staar na die rekenaar-skerm. Markus was nog altyd reg wanneer dit by sulke goed kom. Hy kan mense baie akkuraat opsom. Oplaas kyk sy na hom en vra: "Is daar in hierdie span enigeen spesifiek wat jy nie heeltemal vertrou nie?"

Sy blik bly op haar gevestig terwyl hy sy woorde oorweeg. "Jou broer, vir een."

HOOFSTUK 2

Roland Clarke was nog altyd 'n probleemkind. As die jonger broer van 'n briljante suster, het hy dikwels in haar skaduwee geleef. Bethany se prestasies het altyd aandag getrek terwyl sy pogings grootliks ongesiens verbygegaan het. Gaandeweg het hy belangstelling verloor om sy talent te ontwikkel, al was hy net so slim soos sy ouer suster.

Verkeerde vriende en die beskikbaarheid en aantrekkingskrag van dwelms het byna sy lewe verwoes. Nadat sy pa hom uit die huis geskop het, het hy homself oorgegee aan die lekker dinge in die lewe, danksy 'n trustfonds wat sy ouers by sy geboorte begin het en waarin hulle baie belê het om hulle kinders net die beste in die lewe te kan gee. Nadat hy die derde duur nuwe sportmotor afgeskryf het, het sy pa die krane toegedraai en hom met niks gelaat nie. Skielik was hy oorgelaat aan aalmoese en bedel om 'n bestaan te maak. Met geen noemenswaardige kwalifikasie agter sy naam nie, kon hy ook nie 'n werk kry nie.

Totdat Bethany haar oor hom ontferm het. Sy het hom opgespoor en hom skoongekry van die dwelmmiddels wat van hom 'n Zombie gemaak het. Op daardie stadium was sy en Markus goed op dreef om H_2O Solutions 'n werklikheid te laat word. Die geld het ingerol.

Sonder hulle ouers se medewete het sy vir Roland sover gekry om by die universiteit in te skryf vir verdere studies, want sy kon vroeg al sy potensiaal raaksien. Hy het haar nie teleurgestel nie en goeie vordering gemaak. Deels omdat hy dankbaar was vir die reddingsboei, maar ook omdat sy gedreig het om 'n baie delikate deel van sy anotomie te verwyder met 'n baie stomp mes indien hy haar geld sou mors!

Sy het Markus geleidelik bearbei en hom uiteindelik oortuig om Roland in diens te neem nadat hy gegradueer het, sodat hy sy kennis en talente nuttig kan gebruik waar dit saak maak. Dinge het goed gevorder totdat Roland een dag 'n baie dom ding aangevang het.

Omdat dwelms uit vrees vir 'n stomp mes en belangrike organe, nie meer 'n opsie was nie, het hy geswig voor 'n ander swakheid, dobbel. Dit het eers klein begin maar gaandeweg al hoe ernstiger geword soos die gogga hom behoorlik gebyt het. Sy skuld het te groot geword vir sy salaris en die dreigemente van die beroepswedders het fisies geraak.

Sy dilemma het een aand 'n werklikheid geword toe hy op pad woonstel toe, deur drie baie onvriendelike en onsimpatieke skuldinvorderaars voorgekeer is wat hom liggies met metaal bofbalkolwe aangerand het. Al wat sy lewe gered het, was die somtotaal van sy uitstaande skuld en die moontlikheid dat hulle dit dalk nie gaan kry nie. Hy moes 'n plan maak en gou ook.

Dit was toe dat hy die onnosel idee gekry het om een van die produkte wat hulle ontwerp en vervaardig, se diagramme en data aan die hoogste bieër te probeer verkoop. Onbewus daarvan dat die papier in die gebou deur onsigbare ingeboude sekuriteits-etiket beskerm word, het hy dit by die gebou probeer uitsmokkel. Toe die alarms by die ingangsportaal in al hulle felheid afgaan, het hy hom amper doodgeskrik. Die sekuriteitswagte het hom onmiddellik in hegtenis geneem en die materiaal gekonfiskeer.

Markus was buite homself van woede en Bethany se oë het soos weerligstrale geblits toe hulle hom in aanhouding besoek. Markus wou hom summier in die pad steek, maar Bethany het soos altyd vir versagtende omstandighede gepleit.

Markus het dae later tot bedaring gekom en ingestem dat hy onder streng voorwaardes kan aanbly. Sy nut vir die maatskappy was van groter waarde as die verlies van sy teenwoordigheid. Bethany het die geld voorgeskiet vir sy dobbelskuld en hy moes dit terugbetaal - die werk was noodsaaklik vir sy gesondheid en sy voortbestaan.

Sedertdien het Markus hom glad nie vertrou nie en sy toegang tot geklassifiseerde materiaal was dermate beperk. Hy het hom voorgeneem om vir die breuk in vertroue te vergoed deur alles in te sit en sy werk reg te doen.

* * * *

Bethany byt op haar onderlip en spring op uit haar stoel. "Om hemelsnaam Markus, moet jy dit alewig teen Roland hou vir wat hy gedoen het! Kan jy nie maar net vergewe en vergeet nie? Hy was op 'n laagtepunt in sy lewe."

Markus het geweet die reaksie gaan kom. Die twee is na aan mekaar. Hy bekyk haar waar sy hande in die sye staan, die agressie duidelik op haar gesig. "Kalmeer Bethany, kalmeer. Ek het nie gesê dat hy weer so iets sal doen nie. Maar ...," hy staan op en loop tot voor haar en sit sy hande op haar skouers om haar te paai, "wie sê dat hy nie weer die kans sal gebruik as dit opduik nie? Sy dobbelprobleem is nog altyd daar en jy weet self hoe maklik hy daarin kan terugval." Hy laat sak sy hande en leun teen die tafel. "Hierdie is 'n groot deurbraak en as ons eers die wêreld daarbuite laat weet het dat ons suiwer drinkwater kan vervaardig ...," hy laat die sin in die lug hang en trek sy skouers op.

Bethany sug en vee haar hare agter haar ore in. "Jy's reg. Ons kan nie die kans waag nie. Wie weet hoeveel ander hier is wat dieselfde sal wil doen?" Sy trek die blinders oop en kyk uit oor die laboratoriumvloer waar die meeste mense intussen aangekom het en druk besig is met hulle onderskeie take.

"Die ander probleem is, hoe toets ons die formules en bou 'n prototipe as ons niemand kan vertrou nie. Ons gaan al die hulp nodig hê wat ons kan kry om die proses aan die gang te kry. Dan moet ons nog die produksie aanleg bou om die water te vervaardig. Daarvoor gaan ons ook mense nodig hê."

Markus sit peinsend op die kant van die tafel en staar na die vloer. Sy een been swaai stadig heen en weer terwyl hy dink. Sy het 'n punt daar beet. Hulle kan nie die produk vervaardig sonder om die risiko te loop nie. Hy lig sy vinger in die lug op. "Ek het 'n idee."

"Wat?" vra sy nuuskierig en staan nader, haar hande in haar sakke.

'n Ligte glimlag trek aan sy mondhoeke. "Ons verdeel die vervaardiging in twee dele sodat niemand al die inligting het nie. Om die waarheid te sê, ons skei dit fisies van mekaar op twee verskillende persele. Amper soos Kentucky Fried Chicken en die ouens van Coca Cola. Kyk hoe lank hou hulle geheime al?"

Bethany bars uit van die lag. "Dit is nou wat ek paranoïes noem. Maar, ek moet sê, dit kan werk. Dan hoef jy nie bekommerd te wees om al jou eiers in een mandjie te sit nie. Baie slim."

Hy gee 'n ligte buiging. "Baie dankie vir die kompliment."

"Het jy lus vir koffie?" vra sy skielik.

Hy lyk vir 'n oomblik oorbluf. "Koffie? Ja, natuurlik." Hy kyk op sy horlosie. "Genade, kyk wat is die tyd." Hy kyk op. "Wat het jy in gedagte?"

Sy grawe op haar lessenaar vir haar kar se sleutels wat tussen al die los papiere verdwyn het. "Aangesien dit naby aan middagete is, sal ek betaal en dan gesels ons oor die besonderhede. Hoe klink dit?"

"Oukei, waar het jy in gedagte?"

"Die Spur in Bergville."

Hy skud sy kop. "Dit is 'n entjie se ry hiervandaan," sê hy vraend en toe gaan die lig aan. Hy waai sy vinger heen en weer. "Uh, uh! Jy wil my weer bang ry in daai rooi gevaarte van jou," en hy wys met sy vinger in die rigting van die parkeerterrein.

"Bangbroek!" snou sy hom smalend toe op pad uit. "Jy kan bestuur." Sy gooi die sleutels oor haar skouer. Hy vang dit behendig en volg haar op pad na die parkeerarea. Op pad uit loer hy gou by Melanie se kantoor in en sê haar waarheen hulle op pad is.

Met die handstuk van die telefoon teen haar oor, wys sy met haar ander duim in die lug dat sy gehoor het.

* * * *

Markus kry die GTI aan die gang en rig die neus in die rigting van Bergville. Die kar se enjin grom rustig soos hy deur die ratte rits. Hy kan voel dat daar heelwat krag op reserwe is elke keer as hy die versneller intrap nadat hy na 'n hoër rat oorgeskakel het.

Toe Bethany die eerste keer met die rooi gevaarte by die werk aangekom het, het hy die fout gemaak om saam te ry vir 'n toetsrit - die eerste en laaste keer wat hy dit gewaag het in die passasierssitplek. Hy het juis gewonder hoekom sy die spesiale noupassende sitplekke en oorkruis Rally sitplekgordels laat insit het. Sy het beslis 'n doodswens, daarvan is hy seker. Maar hy moet toegee, sy kán bestuur. Met die toetsrit het sy die kar laat klou aan die teer asof daar 'n onsigbare draad is wat dit vashou. Deur die draaie het sy nie eens die remme gebruik nie. Die ratte het die werk gedoen om die kar te beheer sonder dat dit dreig om weg te hardloop of te gly.

Hy was papnat gesweet na die rit en hy het 'n kopseer gehad soos hy sy tande opmekaar geklem het van angs. Sy hande was seer soos hy aan die sitplek vasgegryp het. Die vorm van die sitplek en die styfpassende sitplekgordel het gekeer dat hy te veel rondskuif tydens die skerp draaie en skielike remtrappery.

"Waar sal jy die ander plek wil inrig om die water te vervaardig?" onderbreek Bethany sy gedagtes.

Markus kyk in die truspieëltjie voordat hy van baan verwissel. Hy merk die swart motor met die donker ruite 'n entjie agter hulle. "Ek moet nog daaroor besluit, maar ek het gedink aan die fabriek in Atlantis wat die sonkrageenhede vervaardig. Dit is 'n relatiewe klein produk wat ons eerder na hierdie gebou toe kan skuif sonder veel moeite. Daardie gebou het veel meer spasie wat nie benut word nie. Wat dink jy?"

Sy oorweeg sy voorstel voor sy antwoord: "Klink na 'n plan. En boonop is dit ver genoeg om dit moeilik te maak vir iemand om al die besonderhede gesteel te kry sodat hulle dit kan namaak."

Markus lag. "Jy praat so asof dit maklik is om die proses na te maak. Daardie formules wat jy uitgewerk het is kompleks genoeg soos dit is. Ek dink nie dit sit in enigiemand se broek om dit suksesvol te doen nie."

"Aan die ander kant sal dit groot maatskappye wees wat so iets sal waag. Manne met diep sakke en baie mannekrag," probeer sy dit as niks besonders afmaak.

Markus merk die swart motor agter hulle wat steeds op 'n veilige afstand volg. "Ek wil nie hoes, poep of paniek saai nie, maar ons word agtervolg," merk hy droog op terwyl hy weer van baan verwissel. Die ander kar volg.

"Wat bedoel jy?" vra Bethany angstig terwyl sy omkyk.

"Ek het die swart kar 'n rukkie terug al raakgesien en dit lyk asof hy ons volg. Sodra ek van baan verwissel, doen hy die-selfde."

Sy gryp die dakhandvatsel stewig vas. "Wat dink jy wil hulle hê?" vra sy benoud en kyk na hom vir sekerheid.

"Sal nie weet nie," antwoord hy terwyl hy die motor dophou.

Die pad wat hulle ry word algaande meer en meer verlate en hy begin dink dat hulle dalk van plan is om hulle te probeer stop as dit stil raak. Hy trap die pedaal dieper in om spoed op te tel. Die enjin grom gewillig en die krag druk hulle teen die sitplekke vas.

Die kar agter hulle begin om ook te versnel.

Skielike is Markus spyt hy het nie vir Bethany laat bestuur nie. Sy sou hulle verseker kon afskrik. Daar is nie tyd om bestuurders te ruil nie. As hulle nou stop, is dit neusie verby.

Die voertuig kruip vinnig van agter af nader.

Markus kan vaagweg twee skaduwees binne-in die motor uitmaak. Hy wonder of hulle gewapen is. Hy gee vet om weg te kom van hulle af en sien te laat die aankomende draai. Hy trap rem en probeer die stuurwiel draai in die rigting van die kromming, maar die GTI verloor traksie met die skielike verandering van rigting sonder enige dryfkrag. Met 'n siek geskree van die breë bande begin die motor sywaarts dryf in die rigting van die doringdrade langs die pad. Die motor se agterkant breek weg en begin in stadige aksie in die rondte tol soos die bande sy greep op die los gruis verloor. Hy pomp die rempedaal en hoor die terugvoer van die ABS soos dit poog om vastrapplek te kry in die los gruis. Hy besef met 'n siek gevoel dat die ABS nutteloos is onder hierdie omstandighede.

Hy oorkorrigeer die stuuraksie en voel hoe die motor die pad verlaat en met 'n luide geknars deur die drade breek en 'n hele ent verder in 'n digte stofwolk in die mielielande tot stilstand kom. Die volgende oomblik ontplooi die lugsakke oorverdowend, en hulle sluit net betyds hulle oë vir die wit poeier wat in alle rigtings vlieg.

"Is jy oraait?" vra hy vir Bethany terwyl hy die lugsak voor hom platdruk en na sy veiligheidsgordel reik.

Sy hou haar kop vas waar die lugsak haar geslaan het soos dit ontplooi het: "Ja, as die verdomde lugsak my nie gaan doodmaak nie."

Die stof begin bedaar soos die wind dit wegwaai. Markus merk die twee figure wat uit die swart motor klim en deur die newels aangestap kom. Elkeen het 'n vuurwapen in die hand en hulle is duidelik nie lus vir gesels nie. Sy kant van die kar wys direk in hulle rigting.

"Ons beter hier uitkom voor hulle hier is." Hy beduie met sy duim in die rigting van die naderende tweetal en leun oor haar om haar deur oop te maak. As hulle daar uitglip sal die ouens te laat besef dat daar niemand in die kar is nie.

Die volgende oomblik klap die eerste skoot.

Die geluid van die koeël wat in die bakwerk vasslaan, gee stukrag aan haar aksies. Bethany maak haar los en rol uit die kajuit uit. Markus volg kort op haar hakke. Hulle kies gebukkend koers in die rigting van 'n plaat bome wat 'n entjie van die motor af staan. Hulle val plat agter 'n klomp dooie stompe en loer versigtig oor die rand na waar die gestrande GTI staan. Gelukkig vir hulle is daar nog te veel stof wat op daardie oomblik oor die motor spoel en hulle verberg van die twee besoekers se oë. Markus se vinnige reaksie gee hulle die broodnodige kans om ongesiens weg te glip.

Versigtig nader hulle agtervolgers die motor, pistole gereed. Hulle kyk verbaas na die oop deur aan die passasierskant en die leë inhoud van die kar. Die twee insittendes het soos mis voor die son verdwyn. Stadig draai hulle rond en bekyk die area. Die een beduie na die bosse waar hulle skuil en die ander een skud sy kop en sê iets aan sy maat. Hulle begin die grond stelselmatig deur kyk en beweeg in hulle rigting.

Markus bestudeer die bosse om hulle vir wegkruipplek, maar vind niks wat hulle genoeg skuiling sal bied om weg te kom nie. Met die manne wat al nader kom, is dit ook moeilik om ongesiens weg te sluip. Hulle is vas!

Die volgende oomblik hoor hulle die geluid van naderende sirenes. Die beste klank wat hulle nog ooit gehoor het!

Bethany gee 'n senuweeagtige laggie en fluister: "Net wanneer mens die kavallerie nodig het."

Die kombinasie van stof en sweet kleur hulle gesigte 'n ligte bruin skakering en laat hulle spookagtig lyk.

Markus laat sak sy kop op die dooie stomp en stuur 'n skietgebedjie op - net betyds.

Die twee besoekers huiwer toe hulle die klank hoor en kyk na mekaar. Hulle voer 'n kort gesprek en besluit dat dit tot hulle voordeel is om eerder die hasepad te kies as hulle nie wil verduidelik wat hulle daar doen nie. Hulle is ook nie seker of die twee in die GTI hulle opgemerk het nie. Te veel onsekerhede. Hulle bêre hulle pistole en hardloop terug na hulle voertuig toe. Hulle trek met 'n spoed weg in die rigting van die Paarl, net voordat die eerste voertuig om die draai kom.

Eers toe hulle die paramedici gewaar, kom hulle uit die bosse te voorskyn. Gewillige hande help hulle om stadig terug te loop na die ambulans wat op die teerpad geparkeer staan, deure wyd oop soos 'n moeder se verwelkomende arms.

"Is die kar oukei?" wil Bethany van die een brandweerman weet wat inspeksie gedoen het van die gestrande motor diep in die omgeploegde landery.

"Ja nee wat, sy sal dit maak. Behalwe vir 'n paar lelike skrape waar sy deur die drade gebreek het, is sy rybaar. Dit lyk nie asof daar enige ander skade is nie behalwe …" Hy bly vir 'n oomblik stil en staar fronsend terug na die motor. "Daar is iets wat soos 'n koeëlgat lyk in die bakwerk. Is dit …?"

Markus lag senuweeagtig. "O dit. Ag nee, dit is sommer my eie domgeit, jong. Ek was besig om my vuurwapen skoon te maak toe dit afgaan en …" Hy beduie na die motor toe. "Daar is die resultaat."

Die brandweerman skud sy kop, nie heeltemal oortuig dat dit waar is nie. Hy besluit om dit daar te laat vir nou. "Ek sal in elk geval aanbeveel dat julle die motor vir 'n ondersoek vat om seker te maak dat daar geen ernstige skade is nie. Hoe voel julle twee?" wil hy besorg weet.

Hulle kyk gelyktydig na mekaar.

"Ons is orraait, dankie. Bietjie lam van die skok maar leefbaar," laat Markus hoor en vat nog 'n sluk van die gebottelde water wat hulle in die hand gestop is.

Bethany knik instemmend. "Bietjie rof om die kante maar ons sal dit maak." Sy hou haar duim in sy rigting omhoog.

Die brandweerman glimlag tevrede en groet hulle voordat hy terugkeer na die brandweerwa wat regmaak om te ry. Daar is geen gevaar dat die kar aan die brand sal raak nie. Hulle werk is gedoen. Hy wonder nog steeds oor die koeëlgat. Dit lyk vars.

Die wegsleepdiens het intussen oorgeneem en is besig om die motor stadig maar seker met 'n windas en staalkabels uit die los grond pad toe te trek.

* * * *

Op pad terug Paarl toe is hulle albei doodstil. Amper was hulle bokveld toe. Ergste van alles, hulle weet nie hoekom of waarom nie. Wie sou hulle agtervolg en met watter doel? Wat was hulle plan met hulle as die ambulans en brandweer nie betyds opgedaag het nie?

"Ek is verbysterd," kom Markus se kommentaar terwyl hy die truspieël angstig dophou vir enige teken dat die motor weer agter hulle aan is - dit bly skoon.

Bethany kyk na die omgewing wat verbyflits. Haar gedagtes is ook in 'n warboel. Sy stut haar kop op haar arm waar dit op die deur rus. "Wat wou die mense gehad het?" vra sy en kyk na Markus.

Hy loer vlugtig in haar rigting en trek sy gesig op 'n plooi. "Ek wens ek het geweet. Dit is die eerste keer vandat ons hierdie besigheid het dat so iets met ons gebeur het. Dit was nog nooit só erg nie."

"Dink jy dit kan dalk …?" Haar woorde raak weg.

"Wat?" vra hy nuuskierig. "Dink jy iemand weet van die water storie?" vra hy verbaas.

Sy draai na hom. "Wat anders? Watter ander projek waarby ons al ooit betrokke was, sou soveel belangstelling by ons opposisie gewek het?"

Markus frons. "As dit waar is, hoe sou iemand geweet het, tensy …" Hy bly stil terwyl hy sy woorde versigtig kies. "Tensy iemand in die maatskappy dit uitgelek het," maak hy sy sin klaar.

Bethany rol haar oë. Hy verwys seker weer na Roland.

Asof hy haar gedagtes kan lees troos hy: "Ek sê nie dit is Roland nie hoor. Persoonlik dink ek dat hy sy les té goed geleer het na die laaste keer om weer so iets te waag. Hierdie is iemand anders. Maar wie?" Hy slaan in frustrasie op die paneelbord.

Bethany skrik vir die skielike aksie en sit haar hand op sy arm. "Ontspan Markus, ons sal weldra uitvind." As 'n nage-dagte voeg sy by: "Wat my verbaas is, wie sou geweet het ons het sukses behaal? Niemand sal so dom wees om iets te probeer as dit nie gedoen kan word nie. Vandag weet ons dit is moontlik, maar wie weet dit nog behalwe ek en jy? Ironies genoeg agtervolg hulle ons vandag, van alle dae. Die middag-ete was spontaan en op die ingewing van die oomblik."

"So, jy sê dat iemand ons kantore dophou net ingeval ons besluit om dit te verlaat?" Markus lyk benoud.

"As dit nie nou gebeur het nie, sou dit vanaand gebeur het as ons huistoe gegaan het. Wie dit ook al is, weet dat ons 'n ondeurdringbare fort hier het," laat Bethany hoor. Haar kop is al suf gedink aan die moontlikhede.

Markus ry by die kantoorgronde in en parkeer langs sy Porche. Hy sluit die kar af. Die stilte is soos salf vir hulle gemoed. Hy draai na haar toe en beduie na die gebou. "Moenie ingaan kantoor toe nie. Ons toestand sal net onnodige vrae uitlok. Gaan huis toe, sluit jou deure, sit die alarm aan en vat 'n lekker warm bad. Ry in die oggend dirck garage toe en los die motor daar sodat hulle dit kan deurgaan. Ek sal jou daar oplaai en dan kan ons weer gesels."

Sy knik en kyk af na haar bloes wat nie meer skoon is nie. Daar is kolle op haar knieë soos sy by die kar uitgeval het. Haar stewels is bruin in plaas van swart. Sy wonder of sy hulle ooit weer gaan skoonkry. Sy kyk hom deur en sien dieselfde prentjie. "Wat gaan jy doen? Behalwe nou 'n sterk dop ingooi vir die senuwees?" terg sy hom.

Markus skud sy kop en lag. "Julle vrouens is almal dieselfde. Hoekom moet alle mans na drank gryp sodra hulle bietjie opwinding gehad het?"

Sy trek haar skouers op. "Is dit nie maar die macho-ding om te doen nie? Ons vergryp ons aan 'n glas wyn. Wat is jou gif na die aksie?"

Hy kyk deur die voorruit. "Iets kouds van 'n nie-alkoholiese aard vir my dankie. Ek is nie iemand vir sterk drank nie. Was nog nooit nie …" Hy bly stil asof hy amper te veel gesê het.

Sy kyk na hom en wonder wat hy wou gesê het. Sy besef hoe min sy werklik van hom weet - waar hy vandaan kom, wie sy ouers is, het hy enige broers of susters. Al die jare wat hulle saam gestudeer het, het hulle nooit eintlik persoonlike inligting uitgeruill nie. Dit verbaas haar want sy is altyd die een wat alles wil weet van ander. Markus is en was anders as die res.

"Ek het 'n idee wat die sekuriteit betref. Hoe ons dit kan verbeter."

"Hoe?" vra sy geïnteresseerd.

"Onthou jy vir Ming Li?"

Die naam voer haar terug na hulle universiteitsjare, net nadat hulle begin studeer het. Hulle het byna tegelykertyd die lenige Japannese meisie raakgesien wat op die kampus aangekom het.

Sy was aan die skraal kant met die tipiese Oosterse gelaatstrekke - die langer en wyer gesig met prominente donker oë. Haar styl, loshangende pikswart hare het aan haar skouers geraak. Die donker wenkbroue het die skuinste van haar oë beklemtoon, waar dit na buite getrek het. Die kenmerkende breë, maar delikate neus en dun lippe het haar egalige ry wit tande net-net weggesteek. Haar lang, maer hande was netjies versorg en die ligte naellak net genoeg om aandag te trek na haar vleklose roomkleurige vel.

Die mans se oë het amper uitgeval soos hulle haar agterna gestaar het. Sy was óf totaal onbewus daarvan óf gewoond aan die aandag van die mansgeslag.

Wat hulle egter die meeste opgeval het, was die maniér waarop sy geloop het. Katvoet. Lig en rats op haar voete, perfek gebalanseer met elke tree wat sy gegee het. So al asof sy op eiers loop. Hulle was in vervoering oor die nuwe toevoeging tot die kampuslewe. Iets anders as die normale.

Onmiddellik het hulle haar genader en hulleself voorgestel. Hulle het dadelik aanklank gevind met mekaar en gemaklik oor ditjies en datjies gesels, al was die grootste deel van die gesprek in Engels met 'n swaar Japannese aksent. Sy was heel op haar gemak in hulle geselskap. Sy was 'n buitelandse uitruilstudent van Hokkaido in Japan, wat vir die jaar by die universiteit klasse sou bywoon, sodat sy die Afrikaanse kultuur kon bestudeer vir haar studies in tale.

Dit was egter eers 'n maand later toe hulle haar in haar enkel studentekamer besoek, dat hulle met 'n skok agtergekom het hoekom sy so grasieus beweeg. Die netjiese stel Samurai swaarde op hulle hout staander in die sitkamer het haar geheim weggegee; sy is geskool in die *ninjutso* gevegskuns. Sy was 'n egte Ninja in die ware sin van die woord.

HOOFSTUK 3

Ming Li swaai die kort *ninja-to* swaard in 'n grasieuse boog waar sy op die dak van haar woonstel in Hokkaido, Japan, haar daaglikse oefeninge doen.

Vandag is sy geklee in die tradisionele *shinobi shozoku* of die meer bekende swart lospassende kleed wat dikwels in die Oosterse films uitgebeeld word en eie is aan die Ninja tradisie. Wat baie mense nie weet nie, is dat dit nie so algemeen is as wat geglo word nie. Ninjas is meer gemaklik in gewone klere wat hulle laat inskakel by die ander om hulle. Dit is net in die aand wat die swart of donkerblou kleed gebruik word om dit moeiliker te maak om hulle raak te sien.

Haar konsentrasie is op 'n mespunt soos sy die gewig van die swaard voel terwyl dit deur 'n sierlike boog beweeg, die son glinsterend op die blink lem. Sy voel hoe haar spiere in perfekte harmonie saamwerk om die gewig van die swaard eweredig te versprei, met net genoeg krag om dit voort te dryf. 'n Delikate dans waar die *ninja-to* en die *ninjutso* bymekaar kom en 'n eenheid vorm. Sy verkies die effens korter swaard bo die langer *katana* wat veel moeiliker is om te beheer, veral in klein spasies. Tog maak sy tyd om met albei te oefen ingeval sy dit mag nodig kry.

'n Ninja is aangewese op al die wapens tot sy beskikking. Dit verskil van operasie tot operasie en hang af van die doelwit. Die *shuriken* of vyfpuntige ster is 'n goeie kortafstandwapen wat meer bedoel is as aandag afleier as 'n wapen. Dan is daar die *kaginawa* of gryphaak met 'n kort stuk tou wat gebruik word om teen mure of ander obstruksies uit te klim. Sagte leerskoene, toegerus met *ashiko* spykerkloue, is ideaal vir klim en kan selfs vir naby gevegte gebruik word. Dan is daar wapens vir alle omstandighede, wanneer hulle meer aanpasbaar moet wees, soos gekonsentreerde gif, ontploffende poeier, gifpyle en kruie vir wonde.

In 'n gevegssituasie is dit van kardinale belang dat jy in totale beheer moet wees van jou wapen om effektief te wees. Die geringste huiwering kan fataal wees. Veral as jy teen swaarder en groter teenstanders, soos 'n man, te staan kom. Omdat hulle normaalweg sterker is as vrouens, is spoed, beweeglikheid en akkuraatheid die sleutel om die oorhand te kry.

Gereelde oefening is ook uiters belangrik. Jy moet jou vaardighede konstant toets en verbeter. Elke dag, voordat sy haar dag se werk begin, doen sy die oefeninge in die lig van die opkomende son. Omdat haar woonstel op die boonste vloer geleë is, het sy alleen die gebruik van die dakarea, iets wat haar perfek gepas het toe sy 'n woonstel gesoek het nadat sy van Suid-Afrika af terug gekeer het.

Haar aandag word skielik afgetrek toe haar selfoon begin lui. Sy onderbreek die ritueel en frons terwyl sy die foon optel; niemand bel haar so vroeg in die oggend nie. Haar frons ver-ander in 'n glimlag toe sy sien wie bel. "Bethany!" antwoord sy entoesiasties, in vloeiende Afrikaans. "Waaraan het ek die oproep te danke?" Sy tel die handdoek op en begin die sweet van haar gesig af te vee. Op pad badkamer toe laat sy die kleed val en loop nakend tot by die stort terwyl sy aandagtig luister. Met die een hand draai sy die krane oop om die water kans te gee om warm te word.

Nadat hulle oor die alledaagse gesels het soos die Oosterse etiket dit vereis, kom Ming tot die punt. "Wat is fout?"

Bethany lag saggies aan die ander kant. "Jy ken my te goed, vriendin. Ek kan niks vir jou wegsteek nie."

Ming gee 'n kort laggie. "Ons Ninjas leer om mense te lees en jy is 'n oop boek, Beth." Sy skakel oor na die verkorte vorm van haar naam nadat sy die volle naam aan die begin van die gesprek gebruik het om haar respek te toon. "Hoes dit uit."

Betha lag weer. "Jy bedoel seker spoeg dit uit?"

Sy vee haar hand deur haar hare. Partykeer kry sy van die uitdrukkings verkeerd. "Wat ookal, jong. Vertel my wat die probleem is. Miskien kan ek help." Sy gaan sit op die rusbank en kyk uit oor die stad wat stadig besig is om te ontwaak.

Beth maak haar keel skoon en sê huiwerig: "Markus is ook hier by my en hy wil graag met jou praat."

"Dit is reg so, Beth. Ek het lanklaas sy stem gehoor."

"*Konnichiwa* Ming Li *san*," kom Markus se stem in 'n aangeplakte Japannese aksent oor die foon.

Ming trek haar gesig verbaas toe sy die bekende Japannese groet hoor, alhoewel dit eintlik net in die laatmiddag gebruik word. *Ohayou* is meer geskik vir die oggend. "*Konnichiwa* Markus *san*," beantwoord sy die groet en buig outomaties, soos etiket dit vereis. Sy wonder of hy dit onthou het. Toe sy Afrikaans moes leer vir haar studies in tale, het die twee hard probeer om 'n paar Japannese woorde te leer om haar te beïndruk. "Ek is verbaas dat jy nog onthou hoe om te groet. Het jy die buig gedoen soos ek jou gewys het?"

"Dit gaan goed onder omstandighede dankie, Ming. En natuurlik doen ek die buig ja. Jy het my goed geleer. Ek probeer om dit te oefen vir wanneer jy bel. Hier is nou niemand om mee te praat vandat jy weg is nie. Ons mis jou."

"Ek mis julle ook, Markus. Maar dit is nie hoekom julle gebel het nie."

Markus sug. "Ons het jou hulp nodig, Ming."

Die eenvoudige verduideliking vertel vir haar meer as wat 'n lang relaas sou bereik het. Sy loop terug in die badkamer in en draai die kraan toe, dit gaan 'n rukkie vat. Sy gooi vir haar 'n koppie groen tee in en gaan sit buite op die patio in 'n gemakstoel, haar voete opgetrek onder haar lyf, voordat sy vervolg: "Vertel my, ek luister."

* * * *

Markus hou die verduideliking kort en tot die punt. Oproepe Japan toe is nie goedkoop nie en hy wil haar nie verveel met die detail nie.

"So," kom hy tot die punt, "ons benodig iemand wat ons veiligheid kan verseker terwyl ons konsentreer op die ontwikkeling van die water vervaardiger. Met jou vaardighede en ondervinding is jy die ideale keuse. En," vervolg hy voordat sy beswaar kan maak, "ons sal jou 'n amptelike pos gee en 'n goeie salaris betaal as deel van ons sekuriteitspan. Hoe klink dit?"

Ming oorweeg sy woorde versigtig terwyl hy die storie vertel. Dit klink asof hulle hulle hande vol het met onbekende mense wat hulle idee wil steel. Haar lewe in Japan is ook nie te opwindend nie en sy soek juis werk om haar aan die lewe te hou. Vandat sy terug gekom het van haar jare in Suid Afrika, voel sy effens verlore en sukkel sy om in te skakel by die leefstyl wat sy vantevore gehad het. Die land, sy mense en sy kultuur, het diep in haar hart ingekruip. Met 'n vasberade trek op haar gesig sê sy: "Dit sal my eer wees om julle te kom help, Markus. Ek soek juis bietjie opwinding in hierdie saai lewe."

Markus trek sy asem hoorbaar in van verbasing. Hy het gedog sy gaan weier. "Baie dankie, Ming. Ons sal soveel beter voel met jou in die omgewing. Jy moet maar jou sak met truuks saambring as jy kom want ek kry die gevoel jy gaan dit nodig hê."

Ming lag. "Dit is vanselfsprekend, my vriend. Sonder my wapens is ek 'n halwe mens. So terloops, wanneer wil jy my daar hê?"

"Jong, so gou as moontlik. Ons weet nie wat hierdie mense volgende beplan nie en soos ek gesê het, sal ons baie beter voel as jy eers hier is. Hoe gou kan jy jou sake agtermekaar kry en 'n vlug haal?"

Ming kyk in die woonstel rond na haar karige besittings. Sy het nog altyd geglo om minimalisties te lewe. Te veel wêreldse goed maak dit moeilik om jou vryheid uit te leef. "Gee my 'n dag of twee. Ek sal die vlugnommer en die datum op Whatsapp deurstuur. En Markus…"

"Ja?" vra hy nuuskierig.

"Twee vereistes. Geen amptelike vermelding van my in enige van die maatskappy se personeelrekords nie en moenie my by die lughawe kom haal nie. Ons wil nie die mense laat weet dat ek vir julle werk óf dat ek op pad is nie. Hoe minder hulle weet, hoe beter vir ons."

"Sal jy die plek kan kry sonder ons hulp?" vra hy onseker.

Sy lag saggies. "Jy vergeet ek het vir 'n paar jaar daar gebly. Ek ken die plek soos die palm van my hand. As jy weer sien is ek by jou kantoor. Stuur net vir my die adres."

"Ek maak so en dankie weereens, Ming. Jy is 'n ster!"

"Ek sien uit daarna om julle weer te sien." Hulle groet en lui af. Ingedagte sit sy en staar na die selfoon. Sy voel die opwinding in haar opbou. Uiteindelik sal sy kans kry om haar talente in te span waar dit benodig word. Markus en Bethany het haar van die begin af onder hulle vlerk geneem en haar laat welkom voel. Dit het haar beïndruk van die Afrikaanse mense.

Sy was nogal skepties om vir die eerste keer na donker Afrika toe te gaan om die taal en kultuur te leer, maar op die ou end was dit alles die moeite werd. Die hegte vriendskappe wat sy gesmee het is kosbaar.

'n Ligte glimlag speel om haar mondhoeke toe sy terug dink aan hulle eerste besoek in haar woonkamer; die enigstes op die hele kampus wat die voorreg te beurt geval het. Die Samurai swaarde wat sy so prominent uitgestal het, het onmiddellik hulle belangstelling geprikkel. Hulle was soos twee kinders in 'n lekkergoedwinkel en kon nie genoeg daarvan kry om die stories te hoor van die swaarde se geskiedenis en haar opleiding in die *ninjutsu* gevegskuns nie.

Na vele pleidooie het sy uiteindelik ingegee en vir hulle 'n praktiese demonstrasie van haar vaardighede gegee. Hulle moes ver ry om bietjie privaatheid te kry sodat die verkeerde oë hulle nie sou dophou nie. Sy verkies om nie te koop te loop met haar vermoëns nie.

In 'n groot oop stuk veld omring met digte bosse, het hulle gestop en die arsenaal op die gras uitgepak. Nadat hulle iets te ete gehad het en dit afgesluk het met bekers sterk koffie, het sy haar gereed gemaak. Geklee in haar swart Ninja uitrusting het sy haar passies uitgevoer soos wat sy gereeld geoefen het. Hulle was totaal meegesleur deur die vertoning en het stomgeslaan die vloeiende bewegings gesit en gadeslaan.

Die gemaklike manier waarop sy die skerp en gevaarlike swaarde met presisie hanteer het, het 'n blywende indruk gelaat. Veral toe sy demonstreer hoe sy 'n gaar ryskorrel middeldeur kloof sonder om die appel waarop dit gebalanseer was te beskadig. Selfs die skil was onaangeraak deur die vlymskerp lem van die *ninja-to*. Hulle het hulle asems skerp ingetrek toe sy die swaard met hoë spoed afwaarts bring en skielik stop nadat dit deur die ryskorrel se kern gesny het.

Sy skrik op uit haar mymering en kyk op haar horlosie. Buite is dit pikdonker. Sy stap badkamer toe om klaar te stort. Sy het heelwat om te doen voordat sy die vlug moet haal na wat waarskynlik, haar nuwe woonplek gaan word.

* * * *

Markus en Bethany kan skaars hulle opgewondenheid beteuel. Dat Ming Li ingestem het om te kom help, was vir albei 'n verrassing gewees. Hulle het haar eerstehands in aksie gesien en dit het hulle laat besef dat sy die ideale lyfwag sal uitmaak.

Die dag na die onderonsie met die agtervolgers en die omploeg van die mielielande met die GTI, het Bethany die kar by die garage gelaat sodat hulle dit kan nagaan vir enige ander skade, behalwe die krapmerke en die koeëlgat soos hulle deur die doringdrade gevlieg het en op geskiet is.

Markus het gereël dat die skrape en die gat sommer reg gemaak sal word sodat die motor weer so goed soos nuut sou wees. Gelukkig vir hulle het die koeël al die belangrike komponente van die enjin gemis en skadeloos deur die bakwerk getrek. Anders het die personeel dalk te veel vrae gevra. Veral omdat hulle twee saam was toe dit gebeur het.

Terug by die kantoor parkeer hy die motor oudergewoonte in sy parkeerplek. Saam sit hulle vir 'n oomblik en kyk na die bedrywigheid voor hulle. Mense kom en gaan. Albei wonder of enige van die mense wat so onskuldig verbyloop dalk spioene is wat hulle bewegings dophou.

"Wanneer dink jy sal Ming hier aanland?" vra Bethany en speel met haar hande in haar skoot. Die senuwees bly maar knaag.

Markus vryf oor sy oë. "Soos ek haar ken sal dit skielik gebeur. Ons moet net uithou totdat sy hier is."

Bethany ril merkbaar en kyk rond in die parkeerarea vir enige suspisieuse bedrywighede, maar vind niks wat verdag voorkom nie.

"En nou?" vra hy verbaas oor haar reaksie. "Is jy bang?"

Sy kyk hom reguit in die oë. "Is jy nie?"

Hy kyk verleë weg, te bang om dit openlik te erken; hy was geskud deur die gebeure met die agtervolging. Versigtig sê hy: "Ek voel die hele tyd asof iemand my dophou."

"Jy weet dan. Kom ons gaan liewer in kantoor toe. Ek voel heel kwesbaar hier in die kar."

Hulle klim gelyktydig uit en Markus sluit die deure. Voor hy wegloop toets hy elke deur om seker te maak dit is gesluit.

"Wie's nou paranoïes!" fluister sy en lag.

Hy gooi sy hande in die lug. "Oukei, ons is albei vrekbang!"

Hulle loop vinnig om in die gebou te kom. Binne kies hulle koers na sy kantoor toe.

"Môre julle twee," groet Mel toe hulle ongemerk by haar kantoor probeer verby sluip.

"Môre Mel," groet albei gelyk en waai in haar rigting sonder om hulle pas te verslap. In Markus se kantoor trek hy die deur agter hulle toe. Hy druk die interkomknoppie en bestel twee koffies toe Mel antwoord.

"So, hoe gaan ons die projek aanpak?" vra Markus en gaan sit behaaglik in sy stoel agter die lessenaar.

Bethany staar na buite terwyl sy dink. "Ek dink ons moet die status quo handhaaf en die span wat die projek begin het net so gebruik. Om nou te verander gaan net onnodig aandag trek. Wat dink jy?"

Hy staar peinsend na haar terwyl hy die opsie oorweeg. "Hoekom nie," gee hy toe. "As ons die produksie opdeel soos ons gesê het, is daar min kans dat iemand al die komponente sal hanteer. Ons moet net seker maak dat hulle weer die normale 'Non-Disclosure Agreement' teken voordat ons begin. En natuurlik geld dieselfde prosedure vir enige sketse, diagramme en ander inligting wat in die vervaardiging gebruik word."

Bethany knik en maak aantekeninge soos hulle praat. Mel word gewoonlik nie by hierdie sessies ingesluit nie as gevolg van die sensitiwiteit van die projek. "So, alle sketse wat elke dag gebruik word, word vernietig na afloop van die dag se werk. Elke oggend word daar weer nuwes uitgedeel."

Markus knik instemmend. Dit werk soos 'n bom. Alles word beheer sonder dat daar 'n kans is vir inligting wat gesteel kan word. Akkurate aantekening word gehou van elke persoon en watter inligting hy of sy in hulle besit het vir vernietiging in die aande.

"Waar gaan ons die prototipe maak? Hier of in Atlantis?"

Hy byt op sy onderlip vir 'n sekonde of twee. "Hier dink ek. Dan kan ons persoonlik 'n ogie hou oor die werk."

"Stem," kom haar antwoord beslis. Dit is selde dat hulle argumenteer oor die werk aangesien hulle dieselfde passie vir nuwe uitvindings deel.

Daar is 'n ligte klop aan die deur en Mel kom in met die twee bekers in die hand. Sy sit dit op die lessenaar neer, maak haar uit die voete en trek die deur dig agter haar.

Markus vou sy hande op die tafel voor hom. "Dit is tyd om die proses aan die gang te sit. Stuur vir my die 'Bill of Materials' sodat ek die parte solank kan bestel, dan lig jy die span in oor die werk en kry die papierwerk agter die rug. Wanneer sal julle kan begin?"

Bethany kyk op van haar notaboek en plooi haar voorkop. "Ons kan solank die voorbereidingswerk begin doen vir die prototipe. Sodra jy die res van die komponente gekry het, behoort ons reg te wees. Ek reken oor 'n week of so?"

Hy knik sy kop instemmend. Meeste van die parte is beskik-baar by hulle gewone verskaffers.

"Enigiets anders?" val sy hom in die rede. Sy is haastig om te begin. Die span moet opgedeel word in twee groepe om die twee persele te beman.

"Dink ons het alles gedek. Hou my op hoogte hoe dit vorder."

Bethany staan op en vat 'n laaste sluk van die koffie. "Ek maak so, baas." Met 'n laaste glimlag loop sy by die deur uit, 'n doelgerigte haas in haar pas; daar is werk om te doen.

Markus staar haar vorm agterna terwyl sy uitloop. Sy oë dwaal onwillekeurig oor haar figuur en hy merk die kurwes en die sensuele beweging van haar liggaam onder haar klere. Hy voel hoe hy bloos. "Waar kom dit nou vandaan?" fluister hy vererg as hy besef waaraan hy gedink het. Vir 'n vlietende oomblik het hy 'n begeerte gekry om haar teen hom vas te druk, onder andere. Hy besef skielik dat dit iets te doen moes gehad het met die spontane soen die ander dag toe sy die formule reggekry het.

Kom by Markus, kom by. Sy is verbode terrein. Vat 'n koue stort maat, maan hy homself.

* * * *

Die skraalgeboude Japannese meisie op die Kaapstadse Internasionale lughawe trek nie veel aandag van die ander passasiers nie. Behalwe natuurlik vir die doeanebeamptes wat haar verklaringsvorm deurlees en frons toe hulle sien wat sy in die land inbring. Hulle kry haar eenkant in die doeane ontvangsarea en deursoek haar tasse agter geslote deure. Die versameling wapens en ander apparate in die bagasie wek hulle belangstelling. As gevolg van die feit dat sy dit verklaar het en verskeie kere vantevore in Suid Afrika was, skep dit geen agterdog nie en sy word vinnig toegelaat om haar gang te gaan toe hulle niks verdags sien in die vorm van wit poeier nie.

Buite in die parkeerarea wink sy 'n taxi nader en pak self haar bagasie in die kattebak. Sy wys vir die bestuurder die adres op 'n stukkie papier sonder om 'n woord te sê en sit terug in die sitplek, haar oë toe terwyl sy ontspan na die lang vlug.

Die bestuurder trek weg en kyk kort-kort in sy truspieëltjie na haar stil vorm op die agtersitplek. Hy het nog altyd gewonder hoe dit moet wees om 'n meisie van Asiatiese afkoms te hê. 'n Plan begin stadig vorm aanneem en sy asem begin jaag soos hy die vooruitsigte beplan en beleef. Hy is seker dat sy hom 'n lekker tyd sal gee en nie veel weerstand sal bied nie. Daarvoor is sy te skraal en te tingerig het hy besluit toe hy haar by die lughawe gebou sien uitkom het.

Hy besluit om 'n ompad te volg na waar hy haar alleen kan hê vir homself. Hy kies koers na 'n verlate deel van die stad digby die hawe waar daar 'n hele paar nywerheidsgeboue leeg staan. Daar sal hy haar na hartelus kan onthaal. Hy lek oor sy droë lippe en grynslag vir homself in die truspieëltjie.

Vas onder die indruk dat sy aan die slaap is, parkeer hy die kar in een van die geboue wat hy uitkies. Hy klim uit en haas hom om die oproldeur toe te maak met die katrolstelsel, net ingeval sy wil wegkom.

Toe die deur die vloer raak en die geratel van die metaalketting stil raak draai hy om en vries in sy spore. Sy het intussen uit die taxi geklim en staan langs die kar vir hom en kyk, haar hande los langs haar sye en 'n geamuseerde uitdrukking op haar gesig.

"Hallo," probeer hy 'n gesprek aanknoop, nie seker of sy verstaan wat hy sê nie. Hy loop met 'n glimlag nader, sy hande voor hom uit asof hy haar wil paai vir wat gaan kom. *"Welcome to South Africa,"* waag hy dit in Engels. Terselfdertyd betrag hy haar liggaam van bo tot onder. Hierdie behoort 'n maklike een te wees.

Die laaste wat hy onthou, is dat hy aan haar wou vat. Toe die blur en die intense pyn en die skielike donkerte wat soos 'n kombers oor hom toesak …

HOOFSTUK 4

Die taxibestuurder word wakker uit sy diep slaap en kyk verbaas om hom rond. Sy motor staan geparkeer by die lughawe waar dit normaalweg staan, met één verskil. Hy is kaal uitgetrek en op sy rug vasgemaak op die enjinkap, sy bene oopgespalk en sy privaatdele in volle glorie van almal wat verbyloop. Hy ruk en pluk aan die toue wat hom vashou - met geen effek. Hy voel 'n pyn in sy bors en kyk af. Die woord: "verkragter" is in rooi letters op sy bors uitgekerf. Die bloed het al begin droog word en dit trek as hy beweeg. Sy gespartel het die wonde plek-plek laat oopbars. Straaltjies bloed loop teen sy lyf af en drup op die enjinkap. Hy voel magteloos. Moeg gesukkel lê hy terug teen die metaal en maak sy oë toe. Die gebeure wat gelei het tot sy benarde toestand kom teruggespoel.

Dinge het so vinnig gebeur dat hy nie heeltemal seker is of dit wel gebeur het en of hy hom verbeel het nie. Sy idee was om 'n bietjie pret te hê met sy Oosterse passasier, maar al wat hy kan onthou was die blur wat iewers van onder af gekom het en hom op die punt van sy ken getref het. Daarna was dit nag. Sy kakebeen pyn nou nog van die hou en hy kan die bloed proe waar hy sy tong raakgebyt het.

Hy hoor beweging naby hom en maak sy oë oop. 'n Polisieman staan hom en aanstaar, 'n ernstige uitdrukking op sy gesig en 'n stel boeie in sy linkerhand ...

* * * *

Ming Li betaal die Uberbestuurder en kyk op na die gebou voor haar, terwyl hy stadig wegry. Dit moet die regte plek wees besluit sy as sy die naam van die maatskappy lees: H_2O Solutions.

Na haar onderonsie met die eerste taxibestuurder het sy haar besittings in een van die sluitkaste op die lughawe toegesluit en die Uberdiens bestel. Terwyl sy wag het sy die lughawepolisie as besorgde landsburger ingelig oor die naakte taxibestuurder in die parkeerarea. Die man gaan mooi moet verduidelik hoe hy hom in die posisie bevind en hoekom die woord "verkragter" op sy bors uitgekerf is.

By die ontvangstoonbank doen sy navraag oor Markus of Bethany. Haar oë is nooit stil nie. Sy hou alles en almal om haar dop, bedag dat daar dalk vyandelike elemente kan wees wat dieselfde doen. Haar sesde sintuig is stil en sy merk niks verdag in die direkte omgewing nie. Tog verslap sy nie haar waaksaamheid nie.

Nadat Markus en Bethany die ongeluk met die GTI gehad het en byna deur die twee onbekende mans skade aangedoen is, kan niks as vanselfsprekend aanvaar word nie. Miskien is iemand nou besig om die gebou dop te hou vir enige teken dat die twee weer die gebou alleen gaan verlaat.

"U kan deurgaan, mejuffrou Li," dring die ontvangsdame se stem tot haar deur. Sy beduie teen die trappe op. "Eerste vloer links is sy kantoor en ontvangs."

Ming glimlag vriendelik en knik. "Dankie." Sy neem die trappe een-een op 'n slag tot bo. By die ontvangsarea herken sy vir Melanie, of Mel, soos Markus haar beskryf het. Sy merk onmiddellik die verandering in haar houding toe sy Ming sien. Die wantroue lê vlak en sy trek haar lippe in 'n dun lyn.

"Goeiemôre, kan ek help?" vra sy oordrewe vriendelik. Die glimlag bereik nie haar oë nie.

Ming frons liggies en sê: "Asseblief ja. My naam is Ming Li en ek het 'n afspraak met Markus of Bethany."

Mel kyk haar vlugtig op en af en bestudeer haar dagboek. "Ek sien nie jou naam hier nie, juffrou Lee. In verband waarmee is dit?" vra sy versigtig.

Ming mis nie die verkeerde uitspraak van haar van nie en sê: "Dit is Li met 'n 'i'"

Mel frons vererg. "Nog steeds niks nie, jammer."

"Ming!" kom die opgewekte groet.

Sy draai om en maak die buiging in sy rigting om die groet te erken. "Markus," groet sy terug.

Markus stop homself betyds toe hy haar wil omhels, en maak 'n soortgelyke buiging in haar rigting, soos protokol vereis. Daarna raap hy haar op in sy arms en draai haar in die rondte en sit haar neer terwyl hy haar op armafstand betrag. "Jy lyk goed. Hoe gaan dit?"

Sy kyk vir 'n oomblik met blitsende oë na Mel, voordat sy vir Markus nader trek en 'n ligte soen op sy wang plant. "Baie goed en jy, Markus?"

"Baie beter vandat ek jou gesien het, glo my." Hy draai na Mel en bestel koffie vir drie. Op kampus destyds was dit Ming se grootste sonde, lekker Suid-Afrikaanse koffie. Hy neem haar aan die arm en lei haar in die rigting van sy kantoor. "Bethany sal net so bly wees om jou te sien."

"Waar is die vrou?" vra sy en kyk rond in die ruim portaal.

Markus lag. "Ek sal haar sê jy is hier as ons in my kantoor is. Sy is besig met die voorbereidings vir die prototipe van die masjien wat ons vervaardig om…" Hy bly stil en maak seker hulle is buite hoorafstand. "Drinkbare water te maak," fluister hy geheimsinnig.

Ming rek haar oë vir effek. "En, hoe gaan dit sover?"

Markus maak 'n kring met sy duim en wysvinger. "Op skedule en binne begroting. Die voorlopige toetse wat ons gedoen het, bewys ons teorie is reg. Dit is moontlik om dit te doen." Hy beduie vir haar om voor te loop toe hulle sy kantoor bereik. Binne maak hy die deur saggies agter hulle toe en wys vir haar om te sit. Hy druk die interkomknoppie en praat vlugtig daarin voordat hy in sy stoel wegsak en haar glimlaggend bekyk.

"Jy lyk goed, Ming. Japan akkordeer met jou."

Ming kan sien hy brand om haar die nuutste te vertel, maar hy probeer sy bes om die Japannese tradisie te handhaaf wanneer dit kom by beleefdheid gedurende ontmoetings. Aangesien sy in 'n moderne Japan grootgeword het, het die tradisie stadig maar seker begin uitsterf weens die modernisering van die samelewing. Dit is nog net die ouer garde wat op behoorlike protokol gesteld is.

"Jy lyk ook goed, Markus. Behalwe vir die sakke onder die oë." Sy beduie met haar hand na die area onder haar oë vir effek.

Daar is 'n ligte klop aan die deur en die volgende oomblik kom Bethany ingeloop. "Ming!" roep sy uit van vreugde en omhels haar vriendin wat intussen opgestaan het. Hulle klou mekaar vas vir 'n oomblik.

"Dit is goed om julle weer te sien Beth," maak Ming kommentaar. Sy kan die los vel van stres onder Beth se oë sien.

Hulle gaan sit in die twee stoele voor Markus se lessenaar. Ming kruis haar bene en slaan haar hande om haar knieë. Sy kyk van een an die ander en sê: "Oukei. Wie gaan eerste begin?"

Markus beduie vir Bethany om aan te gaan. Voordat sy kan begin, is daar weer 'n klop. Markus beduie vir hulle om stil te bly. Mel kom in en sit die skinkbord met drie stomende bekers koffie op die lessenaar neer.

"Dankie Mel," sê hy met 'n glimlag en wag tot sy by die deur uit is. Met 'n ligte kliek trek sy die deur op knip agter haar. Hy beduie dat Beth kan voort gaan.

Bethany trek haar beker nader en neem 'n lang sluk voordat sy begin. "Soos ek vir jou oor die foon gesê het, het ons die proses vervolmaak om ons eie suiwer drinkwater te kan vervaardig. Die reaktor, soos wat ons dit noem, is in staat om genoeg water te vervaardig vir 'n klein tot medium huisgesin om van te lewe. En met water wat so 'n duur kommoditeit geword het, is dit logies dat hierdie oplossing so goedkoop moontlik verskaf moet word om effektief te wees. En dit is waar die probleem lê."

Toe sy stilbly vra Ming: "Hoe so?"

Sy kyk na Markus.

"Ons het 'n vermoede dat iemand die droogte veroorsaak het vir finansiële gewin," los hy die bom.

Ming kyk in ongeloof van die een na die ander. "Aspris veroorsaak het! Hoe is dit moontlik?" vra sy verbaas.

Markus vryf oor sy neus. "Dit is nie 'n maklike of goedkoop proses nie, maar daar is al voorheen daarmee geëksperimenteer as 'n moontlike wapen. Ons eie wetenskaplikes het al koolstofdioksied in kleinskaalse eksperimente in die Karoo gebruik om die weerpatrone te verander."

"En? Wat was die resultaat?" vra Ming geïnteresseerd.

"'n 100% sukses. Hulle enkapsuleer die gas in klein korreltjies wat dan met behulp van 'n vliegtuig vrygelaat word in die wolke wat die reën veroorsaak. Omdat hierdie kapsules mikroskopies klein is, bly hulle vir weke in suspensie in die wolke, terwyl hulle stadig oplos en die gas vrystel wat dan verhoed dat die wolke hulle funksie kan verrig."

"Om reën voort te bring," voltooi Ming die sin.

"Presies!" beklemtoon Beth die punt.

Ming skud haar kop terwyl sy opstaan en tot by die venster loop wat oor die grasperke uitkyk. Sy draai om en betrag hulle vir 'n oomblik in stilte voor sy aangaan. "Hoe het julle hiervan uitgevind? Kan so iets opgespoor word in die atmosfeer?"

"'n Vriend van my het sy eie klein vliegtuig wat hy gebruik vir ontspanning. Hy is een dag genader deur 'n onbekende persoon wat hom 'n groot klomp geld betaal het om 'n silwer silinder vol 'iets' in die lug iewers ver oor die oop see vry te laat. Toe hy my daarvan vertel, het ek die koördinate nagegaan en besef dat dit wel die weer sal beïnvloed oor die land, veral in die Kaapprovinsie."

Markus maak sy skootrekenaar oop en raak doenig om 'n simulasie program te laai. Hy beduie vir haar om nader te staan. Ming bekyk die skerm en staar gefassineerd na die grafika wat stadig ontvou met 'n sekere tydsverloop.

"Ons het die lugbeweging bestudeer in die areas wat nou die ergste geraak word deur die droogte en toe 'n afstandbeheerde hommeltuig gebruik om op dieselfde koördinate, monsters van die lug te neem vir verdere analise." Markus wys na syfers aan die een kant op die skerm, wat verander soos die tyd aanstap. "Hierdie is die data wat ons ingewin het gedurende die vlug en die resultate is verstommend. Die hommeltuig het gesofistikeerde apparaat aan boord wat die lug kan ontleed in regte tyd en daar is beduidende tekens van koolstofdioksied wat die effek teweegbring."

"Kan dit nie afkomstig wees van motorvoertuie nie?" vra Ming versigtig. Sy wil nie graag die idee skep dat sy hulle nie glo nie.

Bethany skud haar kop. Haar oë glinster van opgewondenheid. "Dit is juis die punt. Hierdie monsters is 1000 kilometer ver oor die oop see geneem, waar geen koolstofdioksied al ooit opgemerk is nie. Dit is te ver van die land af en die windrigting is verkeerd vir dit om daar op te gaar." Sy glimlag selfvoldaan en hou haar vinger omhoog vir nadruk. "Dit kan net daar kom as iemand dit doelbewus daar vrygelaat het."

"Het julle enige bewys dat dit die geval is?"

Markus stoot homself weg van die tafel af waarteen hy geleun het en tik weer op die sleutelbord. 'n Grafiek verskyn op die skerm wat 'n piek in die middel van 'n grafiek wys.

Ming kyk vraend van die een na die ander.

"Hierdie piek wat jy hier sien, is die hoogste konsentrasie van die gas reg in die middel van die lugstroom wat inwaai van die see se kant af," verduidelik Markus opgewonde. Hy sluit sy lessenaar se een kant oop en bring 'n langwerpige glasfles te voorskyn. Dit lyk leeg. Hy plaas dit versigtig op die tafelblad neer en staan terug. "Dit lyk asof dit leeg is, nè?"

Ming knik haar kop bevestigend en staar gemesmeriseerd na die glas voorwerp.

Bethany buk en haal 'n lamp te voorskyn wat met 'n spesiale lig vooraan toegerus is wat 'n snaakse pienk gloed afgee nadat sy dit aangesit het. Toe sy dit naby die glasfles bring gebeur daar iets merkwaardigs. Die stof binne die fles begin liggies te flikker soos spikkels sterre in 'n donker maanlose nag.

Ming se gesigsuitdrukking spreek boekdele.

"Die lig laat die mikroskopiese koolstofdioksied deeltjies gloei soos dit die lig energie absorbeer," kom Markus se fluisterstem naby haar oor. "'n Bewys dat daar wel van hierdie kapsules in die lug is. Hierdie monster is toevallig in dieselfde area geneem waar ons die abnormale konsentrasie gemeet het gedurende die hommeltuig se vlug." Bethany skakel die lamp af en bêre dit weer, tesame met die glasfles.

'n Stilte daal neer oor die groepie terwyl Ming die inligting verwerk.

Ming is die eerste wat iets sê. "Wie sou so ver wil gaan om droogte te veroorsaak?" Sy is nog steeds verbaas oor die demonstrasie wat sy met haar eie oë gesien het.

Markus en Bethany kyk na mekaar.

"Iemand wat baie geld wil maak uit die verkope van water aan die arme onskuldige mense daar buite wat ly as gevolg van ander se hebsug," sê Bethany verbete.

"En dit bring ons by die probleem," voeg Markus by en stut sy arms op die lessenaar. Sy blik is stip op Ming gerig waar sy aan die ander kant van die tafel sit. "Die reaktor wat ons ontwerp het om water te maak, pas nie by hulle planne in nie. Die nuus het op een of ander manier uitgelek dat ons suksesvol was om dit te vervolmaak; en ons vermoed dit was twee van hulle handlangers wat ons nou die dag langs die pad wou aanval en uit die weg ruim. Hulle kan nie bekostig dat daar so 'n goedkoop oplossing op die mark verskyn nie. Dan gaan hulle nie geld maak nie."

"Wie is julle grootste opposisie in hierdie bedryf?" vra Ming belangstellend en drink die laaste van haar koffie. Hierdie gesprek het haar dors gemaak vir meer.

Markus merk haar ongemak op en druk die interkomknoppie. "Mel, kan ons nog 'n rondte koffie kry asseblief?" Hy knipoog vir Ming.

Sy glimlag verleë; hy ken haar te goed.

Hulle verval in stilte terwyl hulle wag vir Mel om die koffie te bring en die ou bekers te verwyder. 'n Ruk later kom sy ingestap en vervang die koue bekers met vars koffie en 'n bak met tuisgebakte beskuit.

"Jy is 'n ster, Mel. Dink altyd aan ons mae."

"As ek dit nie doen nie, wie anders?" vra sy droog en los hulle weer alleen. Sy vermy oogkontak met Ming en Markus merk dit op. Hy wonder wat tussen dié twee aangaan. Hulle ken mekaar skaars.

Bethany wag tot die deur weer toe is voor sy aangaan. "Ons grootste opposisie is 'n maatskappy met die naam van *Fresh Water Management* wat 'n ruk langer as ons in die bedryf is. Destyds toe ons hierdie maatskappy begin het, was hulle die eerstes wat ons aangevat het oor ons goedkoop oplossings vir die waterbedryf. Met ons eie unieke tegnologiese ontwikkelings het ons die mark op sy kop gekeer en baie van die kleiner besighede het ondergegaan as gevolg daarvan. Ons het jammer gevoel vir hulle, maar tegnologie staan nie stil nie. Óf jy pas aan en gaan vooruit óf jy bly waar jy is en jy sink. Ons het nog altyd die eerste opsie voorgestaan. Daarom was ons doel om al ons ontwerpe uniek te maak en goedkoop om te vervaardig."

"So, nou is julle in die spervuur omdat julle weereens die mark kan oorvat en die droogte se impak kan verminder of heeltemal uitskakel."

"Presies!" beaam Markus dit en klap liggies op die tafel vir effek. "Dit is hoekom ons jou hulp nodig het. Ons is nie opgewasse om teen hierdie groot ouens te veg nie. Veral nie as hulle besluit om vuil te baklei soos nou die ander dag nie. Ja, dit was nou wel 'n geleentheid wat skielik op hulle pad gekom het omdat ek die draai te vinnig gevat het, maar wat sou gebeur het as dit nie die geval was nie. Sou hulle ons dan oorrompel het by ons bestemming? Wie weet hoeveel ander onskuldige lewens sou ook op die spel gewees het," vra hy driftig.

Ming besef dat die twee se senuwees tot op breekpunt gespan is. "Oukei. Ek is nou hier en ek kan julle verseker dat niks met julle sal gebeur nie. Ek sal altyd in die omgewing wees om enige toekomstige aanvalle na die beste van my vermoë te keer. Maar daar is een ding wat ek nie gaan doen nie."

Bethany kyk haar vraend aan. "En wat is dit?"

Sy kyk hulle reguit in die oë. "Ek gaan nie met my arms gevou sit en wag vir die volgende aanval nie. Ek gaan uitvind wie hiervoor verantwoordelik is en hulle op my eie manier oortuig dat dit tot hulle eie voordeel is om julle alleen te los."

"Hoe?" vra Markus effens benoud. Hulle het nie die aandag van die polisie ook nog nodig nie.

Ming glimlag. "Julle wil nie weet nie. En buitendien, dit is beter as julle nie die besonderhede ken nie. Julle gaan pertinent in die kollig wees met hierdie waterreaktor wat julle gaan bou en julle moet vry wees van enige beskuldiging. Los die vuilwerk vir my. Konsentreer op wat julle die beste doen en ek sal die res doen. Niemand sal julle pla nie. Al wat ek nodig het is 'n naam en 'n adres."

Markus skrik vir die uitdrukking in haar oë. Hy glo nie hulle wil weet nie. Die gepaste Engelse gesegde kom in sy gedagtes op: *Plausible deniability.*

"Dit bring ons by jou vergoeding," sê Markus en skuif 'n lêer oor die tafel na haar toe. "Jy sal vind dat dit 'n baie goeie pakket is wat aan al jou behoeftes sal voldoen."

Ming maak die lêer oop en bestudeer die inhoud. Haar oë rek groter hoe verder sy lees. Aan die einde knik sy haar kop en glimlag vir hulle. "Dit is regtig baie vrygewig van julle en ek waardeer dit. Ek neem aan dat ek nêrens op julle personeelrekords sal verskyn nie, soos ek gevra het?"

Markus en Bethany knik hulle koppe tegelyk. "Geen rekord dat iemand met die naam Ming Li vir H_2O Solutions werk of gewerk het nie," beaam Markus. Hy skuif 'n koevert oor die tafel na haar toe. "Daar is jou sleutels vir die luukse woonstel op die VA Waterfront, 'n elektroniese kaart wat jou vrye toegang gee tot hierdie kantoorgebou en die sleutels vir die nuwe swart BMW i8 hibriede motor soos jy gevra het. Daar is ook 'n selfoon met beide ons nommers vooraf geprogrammeer sodat jy ons kan kontak. Die R100 000 kontant is reeds in die woonstel se kluis, soos versoek. Daar is geen kredietkaarte of petrolkaarte nie, om jou anonimiteit te verseker. Die BMW staan in die parkeerarea hier voor geparkeer met 'n vol tenk petrol en die battery volgelaai. Die woonstel het ook 'n laaipunt vir die battery, net ingeval jy dit nodig het. Beide die woonstel en die BMW i8 is geregistreer op vervalste name wat glad nie teruggespoor kan word na enigeen van ons toe nie."

"Dankie. Nou kan julle ontspan. Julle sal my nie gereeld sien nie, maar ek sal altyd binne bereik wees. Deel van my opleiding as Ninja het behels dat ek so te sê onsigbaar is en volmaak by my omgewing kan inskakel. Die woonstel en die kar is vir die slegte ouens se voordeel wanneer ek wel gesien wil word. As ons ontmoet sal dit laat in die nag wees op plekke wat uit die publieke oog is en nie aandag sal trek nie. En asseblief, moenie kontak maak tensy dit uiters belangrik, of 'n saak van lewe of dood is nie."

Beide knik weer. Hulle voel klaar veiliger.

"As daar niks anders is nie, dan sê ek maar totsiens en tot weersiens." Met dit staan sy op, neem die koevert en die lêer en maak die tradisionele buiging om elkeen te groet.

Buite in die parkeerarea bestudeer sy die vorm van die BMW i8 waarderend waar dit onder die skadunet geparkeer staan. Plat en breed met 'n tikkie aggressie in sy vloeiende lyne. Sy ril liggies van plesier om net na die monster te kyk. Sy diep die sleutel uit haar sak en staar fronsend na die stomp voorwerp wat bedoel is om die kar te ontsluit. Versigtig trek sy aan die deur handvatsel en die deur gaan geruisloos oop. Skielik besef sy dat die sleutel net die middel is wat toegang verleen tot die kar. Die transponder in die sleutel het waarskynlik klaar met die kar se brein geskakel om alles te laat gebeur.

Sy klim in en maak haar gemaklik agter die stuurwiel. Die sitplek vou haar toe in sy sagte greep, die reuk van nuwe leer vul haar neusgate. Liefderyk streel sy oor die stuurwiel en die spatbord. Met 'n diep sug van genoegdoening druk sy die *Start*-knoppie om die enjin aan die gang te kry. 'n Diep grom klink op uit die enjinkompartement en die verligte instrument-paneel vertel haar dat die motor aangeskakel het. Die hoofligte skakel outomaties aan in afwagting van die rit wat kom. Sy trek weg en laat die brute krag haar terug druk teen die sitplek. Dit is mos nou styl op sy beste.

Sy kies koers lughawe toe om haar bagasie te gaan haal. Tyd om aan die gang te kom.

HOOFSTUK 5

Die eerste ding wat Ming doen toe sy by die woonstel inloop en haar bagasie neersit, is om haar skoene uit te skop en op die koue teëlvloer te gaan lê. Sy sprei haar bene en strek haar arms bo haar kop uit en maak haar oë toe. Sy ledig doelbewus haar gedagtes van enige besonderhede van die gesprek wat sy met Markus en Bethany gehad het. Haar asemhaling word geleidelik vlakker soos sy ontspan.

Die tegniek wat sy gebruik staan bekend as "akkerboom-meditasie". Jy verbeel jou jy is 'n reuse akkerboom. Jou bene is sy wortels wat diep in die grond gesetel is. Jou vel is die bas en jou arms vorm die uitgestrekte takke. Soos jy jouself in die boom se identiteit inleef, trek jy krag en sterkte uit die wortels en absorbeer jy die energie uit die takke wat in die sonlig baai. Gaandeweg verdwyn die stres en voel jy hernieude energie en stamina opbou.

Na 'n wyle maak sy haar oë oop en staar op na die dak. Haar sintuie is tot hulle maksimum kapasiteit ingespan soos sy die omgewing se geluide inneem en memoriseer. Hoe langer sy in die woonstel bly, hoe makliker sal dit word om uiteindelik iets op te tel wat anders en buitengewoon is. Dit maak dit makliker om enige gevaar onmiddellik op te merk en te reageer.

Sy verkeer onder geen wanindruk van die erns van haar opdrag nie. Sy gaan te doen kry met die slegste van die slegste en die beste van die beste, wat albei 'n unieke gevaar inhou vir enige ervare vegter wat sy sout werd is. Dit is haar prerogatief om wakker te wees sodat sy die gevaar wat vir seker gaan kom, kan minimaliseer en sodoende die impak verminder.

As gevolg van haar klein liggaamsbou het sy 'n minimale voorsprong aan die begin van elke geveg, een wat vinnig verdwyn as daar eers kontak gemaak word en haar opponent besef dat sy geen noemenswaardige voordeel het nie.

Sy staan op en loop na die groot glasdeur toe wat amper die hele een muur in beslag neem. Die koel vloer is helend vir haar moeë voete en sy voel hoe die koue die seer spiere pamperlang. Die vlug was lank en sy voel die vlugtraagheid inskakel soos haar liggaam ontspan. Sy skuif die deur oop en loop uit op die ruim patio wat op die hawe uitkyk. Vir 'n oomblik baai sy in die hitte van die ondergaande son waar sy met haar hande op die staalreling rus. Sy trek haar longe vol van die vars lug en ruik die tikkie soutlug wat van die hawe se kant af waai. Die sakkende son baai die hele area in 'n goue gloed wat algaande 'n dieper skakering van rooi word soos die son sukkel om deur die dikker lae van die atmosfeer te dring.

Soos sy versoek het, is die woonstel op die boonste vloer van die gebou wat ontsnapping makliker maak. Om vasgekeer te word is nie 'n opsie nie. As Ninja het sy geleer dat jy te alle tye in beheer moet wees van jou omstandighede. Jy stel die perke en kies die plekke waar jy slaags wil raak om jouself te bevoordeel. Die oomblik as die opponent in beheer is, is jy in die moeilikheid waaruit jy nie maklik kan kom nie. Jy moet die hele tyd die illusie skep dat jy altyd 'n ander uitweg het om weg te kom uit enige benarde situasie. Dit hou die opposisie aan die raai en skep onsekerheid.

Sy loop terug voordeur toe en, met 'n vasberade trek op haar gesig, skakel sy die versonke beligting aan en begin haar tasse uitpak. Die wapens word eerste op die vloer uitgepak. Met 'n geoefende oog plaas sy die verskillende elemente in onopsigtelike strategiese posisies waar dit sonder veel inspanning en moeite in die hande gekry kan word. Vir die leek sal dit soos ornamente lyk wat vir versiering bedoel is. As iemand dit sou waag om in te breek, het sy die element van verrassing aan haar kant, met vele opsies tot haar beskikking om enige gevaar te elimineer of te neutraliseer.

Daarna doen sy haar daaglikse oefeninge op die patio terwyl dit vinnig donker word. Donkerte pla nie want jy leer om selfs toe oë, een te word met jou wapen. Die kort *ninja-to* swaard kry weer voorkeur en sy gaan met vloeiende bewegings deur die roetine totdat die sweet 'n dun lagie op haar vel vorm. Die geluid wat die gepoleerde lem maak soos dit deur die lug klief, bring 'n innerlike kalmte wat die konsentrasievlakke verder verhoog.

Sy druk haarself met opset so hard omdat sy besef dat sy 'n groot taak voor haar het; haar vriende is in die moeilikheid en sy is hulle enigste hulp.

* * * *

Steven Manjekeng is die hoof van die Departement van Waterwese in die Kaapprovinsie. Hy het, soos al die posisies in die regering, die pos op 'n skinkbord gekry omdat hy bevriend is met die regerende party se hoë koppe. Wat hy van water weet is gevaarlik, behalwe dat jy dit kan drink en dat dit gebruik word om jou kos gaar te maak en jouself te was.

Hy was nie lank in die pos nie toe hy een dag na die presidensie by die Uniegeboue ontbied is vir 'n geheime vergadering. Tot sy verbasing was dit net hy en die president van die regerende party wat in sy kantoor byeengekom het. Daar was geen sekretaresse en geen veiligheidspersoneel toegelaat nie. Nadat hy verwelkom is, het die president hom onder eed laat verklaar dat wat daar bespreek word, net tussen daardie vier mure sou bly. Uit blote nuuskierigheid het hy ingestem.

Na 'n ongemaklike stilte waartydens die partyleier hom peinsend aangestaar het, het hy uiteindelik 'n dokument uit sy kluis gehaal en dit voor hom neergesit. Steven het die lêer oopgemaak en die eenbladsy-dokument begin lees. Hoe verder hy gevorder het, hoe meer het hy gewens hy het liewer opgestaan en geloop toe hy die kans gehad het. Die plan wat voor hom op papier uitgelê was, het hom geskok tot in sy diepste wese. Hy het 'n paar keer opgekyk en die man oorkant hom in ongeloof aangestaar. Dié het sy oë vermy en geduldig gewag totdat hy klaar gelees het.

Met 'n siek gevoel op sy maag het hy die lêer teruggegee asof dit 'n slang was wat hom enige oomblik gaan pik.

"So, wat dink jy, kameraad? Is dit moontlik om te doen?" wou die president weet, terwyl hy sy neus gekrap het. Sy donker oë was stip op Steven gerig asof hy sy reaksie wou toets.

Steven het keelskoongemaak en sy hande voor hom op sy skoot gevou. Hy wou opspring en vlug maar hy het homself beteuel. Die eed wat hy afgelê het, het sy lewe ingesluit. As hy sou weier, was dit klaarpraat met hom.

"Dit kan werk, meneer die president. Ek dink net dit gaan baie geld kos om in werking te stel," het hy probeer walgooi.

"Hoeveel is baie?"

Hy het sy skouers opgehaal en 'n raaiskoot gewaag. "R250 000 of so ..."

Sonder om 'n oog te knip het die president sy kop geknik en geglimlag. "Dit klink dan na 'n plan of hoe? Wanneer sal jy dit gedoen hê?" wou hy gretig weet terwyl hy sy hande teen mekaar gevryf het.

"Kan ek 'n week kry om die besonderhede uit te werk en u laat weet?"

Die president het hom vir 'n oomblik agterdogtig aangekyk en toe stadig opgestaan. Met sy hande in sy sakke het hy tot voor hom geloop en effens afgebuk om hom in die oë te kyk. "Jy sal nie daaraan dink om my in te doen nie nè Steven? Jy weet wat sal gebeur as jy dit sou waag."

Steven het die sweet met die agterkant van sy hand afgevee en sy kop ontkennend geskud. "Nooit nie, kameraad! Ek is lief vir my lewe en die pos wat julle my gegee het. Ek sal nooit daaraan dink om u teleur te stel nie."

"Goed! Jy het 'n week tyd om die plan vir my voor te lê. Dan sal ek die geld beskikbaar stel om dit te laat gebeur. En Steven, jy weet wat die gevolge van mislukkings is nè?"

"Ek sal u nie teleurstel nie, kameraad! Ek belowe."

"Nog 'n ding. Daar moet geen getuies wees nie. Almal wat betrokke is, moet verdwyn. Ek soek nie los monde wat dinge kan sê wat my in die agterwêreld kan byt nie. Verstaan ons mekaar? Die ander partye soek hoeka na redes om my te verwyder."

Hy het net sy kop geknik dat hy verstaan.

Dit was die laaste wat hy die president gesien het. Hy het die besonderhede van die plan 'n paar dae later per e-pos voorgelê en die dag daarna is die geld onder streng geheimhouding by sy kantoor afgelewer. Hy moes dinge in werking stel om dit te laat gebeur. Hy kon dit met niemand deel nie. Dit het soos 'n kanker aan hom gevreet. Dit was tóé dat hy begin gholf speel het. Hy het gehoop dat dit hom sou laat ontspan van die stres.

Dit was tydens een so gholfgeleentheid wat hy vir Frans Delport ontmoet het. Sy luidrugtige en arrogante houding het hom eers nie aangestaan nie. Totdat hy uitgevind het dat Frans die grootste sekuriteitsmaatskappy in die land bedryf, *Future Security Management* oftewel FSM. Daarna het hy sy bes gedoen om vriende te maak, tot sy eie voordeel natuurlik. Hy het rillerstories gehoor van die man se metodes en wou meer uitvind, ingeval hy van sy dienste gebruik sou wou maak.

Frans Delport is 'n groot man, grof gebou met blonde regop hare wat bo-op plat soos Tafelberg se oppervlak gesny is. 'n Vierkantige ken en staalblou oë wat in jou in boor, is sy handelsmerk, al is jy vriend of vyand. Hy loop altyd met 'n dagoue baard wat hom nog meer intimiderend laat lyk. Hy is bruin gebrand van baie tyd in die son, met arms en bene wat soos boomstompe lyk. Daarby is hy harig soos Esau van die Bybel. Manne het tweekeer gedink voordat hulle met hom sou skoorsoek want hy het 'n humeur wat vir niks skrik nie. Sy hande is so groot soos 'n ou Chrysler Valiant se wieldoppe en menige ongelukkige kapokhaantjie het al eerstehands uitgevind dat hande soos daai, ernstige geheueverlies kan teweegbring as hulle jou vol sou tref. Hy is lief om die manne met die oop hand te klap dat hulle steier. Teen sy vuiste staan jy nie 'n kans nie. As hy jou sou ráákslaan, is dit graf toe met jou. Die wat dit oorleef het, het ernstige nagevolge oorgehou soos permanente gehoorverlies, spraakprobleme van gebreekte kakebene, tinnitus weens oorskade en ander skete en letsels van 'n permanente aard.

Eens op 'n tyd was hy in die Weermag waar hy homself vinnig opgewerk het tot Kolonel in bevel van die oorgrensoperasies in Angola en Zimbabwe. Sy loopbaan het van hom 'n geharde en moeilike man gemaak met wie min mense kon saamleef. Drie huwelike later, het hy opgegee om 'n vrou te hê want niemand kon met hom huishou nie. Hy het ook nie geskroom om die vrouens in sy lewe hardhandig te behandel nie, iets wat hom menigmaal met die polisie laat slaags raak het. By een geleentheid het hulle hom gearresteer vir huismoles toe hy weer sy vrou se oë toe geslaan het. Terwyl hulle hom in die vangwa probeer laai het, het hy die boeie sonder moeite uitmekaar geruk om behoorlik te kon inklim. Toe hy rondkyk was hy alleen. Die polisiekonstabels het die hasepad gekies. Van toe af het hulle hom ook nie meer gepla nie. Hy kry net ernstige waarskuwings op 'n afstand.

Nadat hy uit die Weermag ontslaan is weens insubordinasie, het hy sy eie sekuriteitsbesigheid begin en gou gegroei tot die grootste en kragtigste in die land. Sy ou taktieke in die Weermag het handig te pas gekom om sonder enige bewyse, van die kriminele elemente ontlsae te raak. Mense wat sy maatskappy gevang het vir ernstige misdrywe het summier uit die samelewing verdwyn, sonder taal of tyding. Daar was gerugte van ou mynskagte en vermiste persone wat met mekaar verbind kon word, maar daar was nooit konkrete bewyse wat hom aan die pen kon laat ry het nie. Daarvoor was die mynskagte te diep en onbegaanbaar.

Kriminele het hom gevrees en daar word selde by sy persele ingebreek waar sy maatskappy se kenteken prominent vertoon word. Hulle vrees vergelding van die sterk man met die dodelike blou oë.

Hier waar hy oorkant Steven Manjekeng in die kroeg van die gholfbaan se klubhuis sit, staar hy skaamteloos na die groot swart man. Sy kaalgeskeerde kop blink in die lig van die sakkende son terwyl die sweet straaltjies langs sy gesig af maak. Sy massiewe kop rus direk op sy bolyf, sonder enige teken van 'n nek wat die twee uitmekaar hou. Hy is geklee in 'n wit oopnekhemp en grys broek wat saam soos 'n sirkustent lyk. Sy sakdoek is permanent in sy hand soos hy die sweet wat onophoudelik op sy gitswart vel uitslaan probeer afvee. Hy teug verbete aan sy sesde bier om die dors te verlig. Die vloeistof raak skaars kante waar dit in sy logge lyf wegraak.

Frans vat 'n sluk van sy bier en kyk vraend na Steven. "Wat is die probleem vandag?"

Steven vat nog 'n sluk en vee die sweet af wat dreig om in sy oë in te loop. "Ek het jou hulp nodig om 'n delikate takie af te handel." Hy kyk rond om seker te maak dat hulle privaat kan gesels.

"Ek luister," kom Frans se kortaf antwoord. Hy mors nie met woorde nie.

"Ek het nodig dat jy iemand laat …" hy kyk weer versigtig rond, "verdwyn," fluister hy die laaste deel.

"Jy wil wat doen?" vra hy aspris harder sodat mense naby hom gesteurd opkyk.

Steven trek sy mond op 'n knop en gluur hom aan. Hierdie arrogante witman gaan nog maak dat hy eendag sy goeie intensies vergeet van 'n reënboognasie en samewerking oor die kleurgrens heen. Hy leun vorentoe en sis: "Jy weet wat ek bedoel, boertjie."

Frans se gesig word 'n skakering rooier van die doelbewuste belediging. Hy kners op sy tande om homself nie te buite te gaan nie. "Wie?" kom hy tot die punt. Hy wil hier wegkom, so gou moontlik. Die man irriteer hom.

Steven glimlag. Dis beter, ons verstaan mekaar nou. Hy sit die leë bottel op die tafel neer, presies op die plek waar die water ring sit waar die glas eers gestaan het. Hy kyk op en sê: "Iemand wat graag my werk wil hê. Iemand wat my probeer sleg laat lyk met die waterkrisis wat ons in die gesig staar. Ek sal die lêer by jou laat aflewer. Die wanneer en die hoe laat ek aan jou oor. Ek wil net nie weer van hom hoor nie, verstaan jy?"

Frans knik sy kop. "My gewone fooi?" vra hy versigtig.

Steven knik weer sy kop bevestigend, sy oë op Frans gerig.

Frans hou nie van die kyk in sy oë nie. Amper soos 'n slang wat sy prooi dophou net voordat hy hom heel insluk. "Enigiets anders?"

"Nee. Dit is al vir nou."

Frans staan op, skud die geofferde hand teësinnig en loop na sy Ford Ranger-bakkie toe sonder om weer terug te kyk.

Dit was die eerste van vele ontmoetings tussen hulle. Nadat die mense verdwyn het soos hy gevra het, het hy die eintlike versoek gerig wat in die president se plan bevat is, onder 'n valse voorwendsel sodat Frans nie hond se gedagte kry nie. Niemand mag die eintlike rede geweet het van sy plan nie. Dan sou hulle ook moes verdwyn. Hy moes die *body count* laag hou om nie aandag te trek nie …

Toe Frans voorstel dat hulle sommer terselfdertyd bietjie geld maak uit die situasie het hy dit met albei hande aangegryp. Op hierdie manier sou hy lewendig daarvan afkom.

* * * *

Markus, Bethany en die ontwikkelingspan het lang ure agter die blad en die prototipe van hulle reaktor nader vinnig voltooiing.

Die een deel van die laboratorium is afgebaken vir die projek, met streng toegangsbeheer. Omdat hulle in skofte werk, is daar altyd iemand besig met een of ander fase van die projek om op koers te bly vir die beplande aanskakeling.

Die dag breek uiteindelik aan, bewolk en mistig. Almal wonder of dit 'n teken is dat dinge die eerste keer gaan werk.

Nadat almal in die laboratorium om die reaktor vergader het, maak Markus keel skoon. "Vandag is die groot dag vir H_2O Solutions. Vandag maak ons geskiedenis wat menige mense se lewens onherroeplik gaan verander." Hy beduie na die aangepaste Sabatier reaktor wat in die middel van die vloer staan, gereed om aangeskakel te word. "Met hierdie tegnologie gaan ons die lewens van baie mense raak op 'n manier wat grens aan 'n wonderwerk. Om hulle eie water te kan vervaardig, sal vir meeste 'n nuwe ding wees, maar dit kan soveel meer word om baie gemeenskappe uit die gemors te lig waarin hulle hulleself bevind, as gevolg van 'n tekort aan die belangrikste element wat die menslike liggaam nodig het, water. Ek dink ek praat namens Bethany as ek sê dat ons dit te danke het aan ieder en elkeen van julle wat lang ure ingesit het om ons vandag hier te kry." Hy lig sy glas lemoensap in hulle rigting en kry dieselfde reaksie van die span af. Hy kyk na Bethany en sê: "Skakel aan, maestro!"

Bethany staan nader en druk die skakelaar wat krag aan die reaktor voorsien. 'n Dowwe gezoem klink uit die dieptes van die masjien op. Die gasse in die glas silinders, wat eweredig in 'n sirkel om die kern gespasieer is, begin stadig 'n diep pers gloei. Vir 'n paar minute gebeur daar niks, totdat 'n helder druppel stadig in die uitvloeituit begin vorm aanneem.

Almal staar in absolute konsentrasie na die druppel wat al hoe groter word. Dit hang daar, vir wat vir baie soos 'n ewigheid voel en toe val dit in die glas houer. 'n Entoesiastiese applous bars los en almal begin gelyktydig praat. Party spring op en begin dans terwyl hulle van pure verligting lag.

Geleidelik begin hulle bedaar en gaan sit in afwagting vir iemand om die eerste sluk te neem en die water te toets, sodra daar genoeg daarvan in die glashouer is.

Bethany laat nie op haar wag nie en haal die beker met sy kosbare inhoud onder die tuit uit toe die oomblik aanbreek. Sy vervang dit met nog een om nie die waardevolle vloeistof te mors nie. Sy trek 'n bietjie in 'n steriele buis op en plaas dit in die vloeistofanaliseerder. Sy skakel die masjien aan en hou dit angstig dop terwyl dit die samestelling analiseer. 'n Paar sekondes later vertoon dit die uitslag op die rekenaarskerm. Bethany hardloop haar vingers oor die tabel, skud haar kop en draai om, beker in die hand.

Sy lig dit omhoog en bring dit na haar mond toe. Sy neem 'n slukkie en proe die kwaliteit. "Ek dink ons het suiwer drinkbare water hier," sê sy glimlaggend.

Die hele span spring op en val in 'n ry om hulle monsters te kry om eerstehands te proe. Hulle bespreek die resultate opgewonde onder mekaar, bly dat hulle pogings suksesvol was.

Markus vat die beker by Beth en proe vir homself. Hy rol die vloeistof rond in sy mond, soos iemand wat 'n goeie oesjaar se wyn proe en knik sy kop goedkeurend. "Baie lekker inderdaad.

Dit smaak beter as die gebottelde water wat ons tot dusver gemaak het."

Bethany knik instemmend. "Jy is reg. Die kwaliteit is uitstekend."

Markus loop om die reaktor en bekyk die konstruksie. Bethany volg hom.

"Jy het 'n uitstekende produk gebou, Beth. Jy is seker trots op wat julle hier vermag het?"

Beth bestudeer die masjien terwyl sy die woorde agtermekaar kry. "Dit is wat ons saam gedoen het, Markus. Hierdie is ons breinkind. Ek sou dit nie sonder jou kon doen nie."

"Dit voel half onwerklik om hier te staan en te kyk na 'n prototipe wat albei van ons gedink het nooit gebou kan word nie. Ek hoop nie ek word wakker as dit 'n droom is nie." Hy lag saggies en vryf liefderyk oor die metaal van een van die koppelings.

"Ja, en om te dink dat ek meer as een keer wou tou opgooi met die ding." Sy beduie na die masjien en lag. "Maar dan begin mens weer van voor af en jy probeer weer, tot jy dit regkry."

"Opgee is nie deel van ons woordeskat nie."

"Jy weet dan," beaam sy sy woorde en sluk die laaste van die helder vloeistof weg.

Hulle loop terug na haar kantoor toe en maak hulle tuis op die leerbank wat teen die een muur staan. Dit het al menigmaal 'n moeë liggaam gehuisves wat 'n vinnige uiltjie knip om die ergste moegheid te oorkom na 'n lang skof.

Die meeste van die span het intussen verdwyn, meeste van hulle huis toe om 'n welverdiende ruskans te benut na al die maande van harde werk. Bethany het hulle almal 'n week af gegee om te herstel en niemand het enige beswaar gemaak nie.

"Het jy lus vir koffie?" vra sy en skakel die ketel aan sonder om te wag vir 'n antwoord. Sy ken die roetine alte goed.

Markus knik ingedagte en tuur deur die oop deur na die reaktor wat nog steeds sy ding doen.

"Gaan jy dit aan los?"

Sy gooi die kookwater in die twee bekers en voeg melk en suiker by. Terwyl sy roer, trek sy haar skouers op en kyk in sy rigting. "Hoekom nie? Dit is beter om dit te laat loop sodat ons kan sien hoeveel water dit oornag produseer. Ons het die berekenings gedoen, maar daar is 'n paar onbekende faktore wat 'n impak op die werkverrigting kan hê en ons moet dit toets."

"En as dit intussen breek, wat dan?" vra hy terwyl hy die beker wat sy aanbied by haar neem.

Sy gaan sit lang hom en slaan haar hande om die beker. "Die alewige pessimis. Waar is jou vertroue in ons handewerk, hê? Ons bou nie goed om te breek nie, jy behoort dit te weet."

Hy lag en vryf sy oë van moegheid. "Jy weet nooit wat kan gebeur nie."

Sy sit haar beker op die tafel neer en lê terug teen die bank se leuning, haar oë toe. "Die reaktor behoort oukei te wees. Daar is veiligheidstelsels in plek wat dit outomaties sal afskakel as iets sou verkeerd gaan."

"Hoe lank dink jy gaan dit vat om produksie te begin?" vra hy en sluk die laaste bietjie koffie weg.

Sy maak haar oë oop en kyk op na die plafon. "Drie weke maksimum. Afhangende van die verskaffers van die komponente. Hoekom vra jy?"

"Ek oorweeg om volgende week die Departement van Waterwese te gaan sien oor die projek."

Bethany kyk hom bekommerd aan. "Is jy laf? Dit is nog gans te gou om enige bemarking te doen. Jy weet dat die ontwerptoetse tyd in beslag neem, veral omdat ons hier te doen het met water wat 'n essensiële komponent is vir die menslike voortbestaan. Die Gesondheidsdepartement moet ook betrek word om die veiligheid van die mense te verseker. Dan sal ons nog SABS goedkeuring moet kry voordat ons die reaktor op die mark kan sit."

Hy hou sy hande omhoog om haar te stop. "Hokaai daar! Ek wil maar net die waters toets as't ware, om te sien of hulle in die konsep sal belangstel. Ek weet dit gaan 'n rukkie neem voordat ons die eerste eenheid kan verkoop. Intussen moet ons hulle die geleentheid gee om in te koop in die idee. As hulle ons afskiet, is dit 'n doodgebore baba. Sonder hulle onderskrywing van die produk is ons gedoem tot mislukking. Aan die begin gaan hierdie 'n ingewikkelde en duur vervaardigingsproses wees, totdat ons die volumes kan verhoog. So ons sal 'n mark moet hê voordat ons alles waag. Ons kan nie al ons eiers in hierdie mandjie sit nie."

Bethany sug hoorbaar. "Jy is reg, Markus. Al wat ek vra, is dat jy versigtig is met wat jy vir hulle sê en vir wie jy dit sê. Jy weet dat ons opposisie alles sal doen om ons te kelder. Buitendien weet ons nog nie wie die twee menere was wat nou die dag op die ongelukstoneel met vuurwapens na ons gesoek het nie." Sy bly skielik stil terwyl sy aan die dag dink.

Asof hy haar gedagtes kan lees sê hy half ingedagte: "Ek wonder wat Ming sover uitgerig het? Het jy al iets van haar gehoor?"

Bethany skud haar kop. "Nee, nie 'n woord nie."

"Dis óf 'n goeie teken óf 'n slegte teken," merk hy droog op. "Dalk was dit bloot toevallig gewees."

Sy kyk hom vererg aan. "Toevallig se voet! Hulle was uit daarop om ons dood te maak. Hoekom anders sou hulle vuurwapens gehad het?"

Markus weet van beter as om haar aan te vat oor so 'n delikate onderwerp en bly liewer stil. Hy sal wat wil gee om uit te vind wie hulle was en wat hulle wou hê. Miskien sal hulle nooit weet nie.

HOOFSTUK 6

Frans Delport is bekommerd. Melanie, sy dogter uit sy eerste huwelik, het hom vertel van die nuwe verwikkeling by H_2O Solutions. Blykbaar het hulle die reaktor vervolmaak wat self water kan vervaardig en dit is bloot 'n kwessie van tyd voordat hulle kan begin met produksie om die eenhede in groot maat te vervaardig.

Toe sy agt jaar gelede by die maatskappy begin werk het, wou hy nog altyd weet wat hulle daar doen. Aan die begin het Melanie geweier om hom enigiets te vertel. Eerstens was sy baie getrou aan die maatskappy en tweedens was hy nie haar gunsteling persoon nie. Sy huwelik met haar ma was 'n kruitvat wat enige oomblik kon ontplof, wat toe wel gebeur het. Melanie kon nooit aanvaar dat dit nie heeltemal net sy fout was nie, al is haar ma die een wat 'n skelm verhouding gehad het. Toe hy uitvind, het hy een aand laat by die huis gekom en sonder verduideliking gaan stort en gaan slaap. Selfs die gereelde bakleiery tussen die twee het nie plaasgevind nie. Van daardie dag af het haar ma verander. Die man met wie sy die verhouding gehad het, het skielik spoorloos verdwyn. Geen taal of tyding van die man nie. Sy woonstel was leeg en daar was geen adres of kennisgewing waar hy was of waarheen hy getrek het nie. Almal het dit snaaks gevind, maar niemand het te lank daaroor getob nie. Kort daarna is sy en Frans uitmekaar. Uit weerwraak het Melanie besluit om haar ma se nooiensvan, Du Bois, te gebruik en om hom van toe af uit haar lewe uit te sny. Kort na die episode het sy die werk by H_2O Solutions gekry.

Die rede vir sy kommer was die botsende belange wat hy nou moes uitsorteer. Die Departement van Waterwese het hom destyds gekontak met 'n snaakse versoek: "Kry iemand om die droogte te veroorsaak sodat ons meer geld kan maak met ons eie water verskaffingsmaatskappye." Dit was die eerste keer wat hy met Steven Manjekeng te doen gekry het. Vir hom het dit geklink na 'n wolhaarstorie maar hy het geweet om nie té nuuskierig te wees nie. Hy het natuurlik die geleentheid gesien om sy eie belange te bevorder en voordeel te trek uit die samewerking met die regering op 'n heel informele vlak wat nie deur die normale kanale gegaan het nie. Een hand was die ander.

Na 'n lang gesukkel het hy uiteindelik 'n chemikus met 'n dwelmprobleem gekry wat bereid was om die middel te vervaardig wat gebruik kon word om die weer sodanig te beïnvloed dat dit die normale proses van wolkvorming kon verhoed. Dit het daartoe gelei dat die Kaapprovinsie vir die eerste keer in honderd jaar 'n ongekende droogte moes deurmaak wat almal onkant gevang het. Op aandrang van Steven Manjekeng moes hy ook noodgedwonge van die chemikus ontslae raak. Dit was 'n morsige storie. Hy skud sy kop om die beeld uit sy gedagtes te kry. Hy kon vir weke nie vleis eet nie.

Die private loods in sy klein vliegtuigie, wat die middel in die atmosfeer vrygestel het, het niks vermoed nie. Hy was te bly om so baie geld te kry vir so 'n kort rukkie se werk. Frans het hom laat dophou, net ingeval, maar die man het die instruksies nagekom tot die letter toe. Aangesien hulle nooit van aangesig tot aangesig ontmoet het nie, is sy lewe gespaar.

Die hele ding het amper in sy gesig opgeblaas toe twee van sy manne wat die eienaars van H_2O Solutions moes dophou, een dag onverwags die geleentheid gekry het om hulle te ontvoer vir ondervraging. En toe gaan maak hulle droog deur op die mense te skiet nadat hulle voertuig buite beheer geraak en in 'n omgeploegde mielieland beland het. Toe hy van die episode hoor, het hy sy speelgoed uit die kot gegooi en hulle 'n behoorlike afranseling gegee. Sy hand pyn nog as hy dink aan hoe hard hy hulle geslaan het uit pure frustrasie. Die een se gebreekte kakebeen en die ander se skedelbreuk het die punt tuisgebring: moenie DINK nie, DOEN net soos daar vir jou gesê word.

Hy moes hulle toe maar verwyder van die saak af omdat die kans goed was dat hulle geëien kan word deur Markus en Bethany, iets wat slegte gevolge sou inhou vir hom en sy bedrywighede. Die probleem is, hy moet by die perseel van H_2O Solutions inkom om dit vir homself te sien. Dan moet hy die waterreaktor se planne in die hande kry sodat hulle dit in die geheim kan vervaardig en in die buiteland verkoop teen 'n reuse wins. Jy laat nie so 'n kans verbygaan nie. As Suid Afrika dit nie gaan nodig kry nie, sal die res van die wêreld deur hulle neuse betaal om so iets te kan hê.

$$* * * *$$

Ming Li is gelukkig. In haar poging om uit te vind wie die manne was wat vir Markus en Bethany agtervolg het, het sy geslotekring televisie materiaal gekry wat die motor in die straat voor H_2O Solutions opgeneem het. Sy het 'n stille dankie geprewel vir die hoëdefinisiekamera wat die beeld vasgevang het. Dit is een ding van Markus en Bethany, net die beste was goed genoeg vir die maatskappy se veiligheid.

Die voertuig was so geparkeer dat sy die nommerplaat sonder moeite kon lees. Daardie selfde aand het sy in haar volle Ninja-mondering by die munispale kantore ingeglip om die rekenaarstelsel te gebruik om die eienaar op te spoor.

Haar hart het in haar keel geklop toe sy die perseel betree het. Die adrenalien het in haar are gebruis van opwinding, om haar talent in te span vir iets goeds. Sy was so behep met haarself dat sy amper in die een sekuriteitswag vasgeloop het, terwyl hy besig was met sy uurlikse patrollie. As dit nie vir sy verveeldheid en swak opleiding was nie, het hy haar op heterdaad betrap. Haar sintuie het die reuk van sy sigaret opgetel net voordat sy om die hoek van die gebou geloop het. Sy het in haar spore gevries en haarself plat teen die muur gedruk.

Met haar mond effens oop om haar asemhaling te beheer het sy ontspan en saamgesmelt met die omgewing.

Voordat sy vanaand op die besoekie gekom het, het sy 'n ligte maaltyd geëet wat nie vleis ingesluit het nie, omdat dit jou liggaamsreuk beïnvloed en maklik jou posisie kan weggee. Die wag het letterlik sentimeters van haar af verbygeloop, salig onbewus van haar teenwoordigheid. Die feit dat hy self gerook het, het ook in haar guns getel, aangesien sy eie reuksin afgestomp en onsensitief was vir enige vreemde reuke en geure. As sy haar hand uitgesteek het, sou sy aan hom kon raak.

Toe hy ver genoeg weg was, het sy haar asem saggies uitgeblaas en haar roete hervat na die lisensiekantore waar die rekenaar was. Binne het sy vinnig die inligting ingesleutel en die adres van die eienaar gekry. Al wat sy gehoop het, was dat die bestuurder se nuutste inligting op die stelsel geberg was.

Sy het die area verlaat en in die nag verdwyn, so stilletjies as wat sy gekom het.

Die wag het later met sy volgende inspeksie, gefrons toe hy sien dat die rekenaar aan was, maar dit afgemaak as toevallig en sy patrollie hervat sonder om dit te rapporteer.

* * * *

Pieter de Klerk lê op sy rug en slaap. Sy gesnork weergalm deur die kamer wat hy gelukkig met niemand anders deel nie. Sy vrou het die spaarkamer betrek net nadat hy terug gekom het van die hospitaal af met die skade aan sy gesig. Alhoewel sy nie geweet het wat gebeur het nie, kon sy raai. Hy was weer by een of ander straatgeveg betrokke en het sy gat gesien. Dit was vir haar die laaste strooi en sy het besluit dit is nou of nooit. Toe sy spaarkamer toe trek, het hy nie eens probeer keer nie. Die huwelik was lankal verby, en hierdie was die laaste stuiptrekkings. Dit was vreemd om weer alleen in 'n kamer te slaap, veral na 'n huwelik van twintig jaar saam met 'n vrou in dieselfde bed.

Sy gebreekte kakebeen, waar Frans Delport se voorhamer van 'n vuis hom getref het, is aanmekaar geheg met drade totdat dit weer aangegroei het. Dit is nou al amper twee weke en die pyn begin nou draagliker word. Hy het die hou nie sien kom nie. Daar was baie stories wat die rondte gedoen het van die manier waarop Frans die manne straf as hulle droogmaak. Hy het net nooit verwag dat hy ook aan die ontvangkant van die straf sal wees nie. Hy het altyd probeer om sy werk reg te doen om vergelding vry te spring, en toe gaan staan en skiet Danie 'n skoot in die rigting van die GTI. Hy kon dit nie glo nie.

Op pad terug werk toe het hy sy misnoeë uitgespreek teenoor hom wat so sneller-bedinges was. Danie het net ge-glimlag en dit afgemaak as niks ernstig nie. Totdat hulle voor Frans gestaan het en sy wraak moes deurmaak. Danie was nie so gelukkig nie. Toe Frans slaan het hy sy kop laat sak en skedelbreuk opgedoen. Hy lei nog steeds aan korttermyn geheueverlies as gevolg van die hou teen die voorkop. Op die oomblik is hy op langverlof.

Hy skrik wakker en staar op na die plafon. Vir 'n oomblik sukkel sy brein om die prentjie te verwerk. Toe word dit duide-lik soos sy oë dit regkry om te fokus. Die blink lem van 'n baie skerp swaard rus liggies teen sy strottehoof. Aan die ander end van die wapen is 'n figuur wat hy nog net in films gesien het; 'n Ninja. Die swart kleed bedek die figuur heeltemal behalwe vir die skrefie waar die oë is. En dit lyk nie vriendelik nie. Die posisie van die swaard laat hom besef dat hy nie moet roer nie. Die geringste beweging en daardie lem sny deur sy keel. Hy sluk swaar en fluister moeilik deur sy aanmekaargewerkte kake: "Wat wil jy hê?"

"Inligting," kom die sagte antwoord sonder aarseling terug in vlot Afrikaans.

Hy frons. 'n Afrikaanse Ninja. Nog vreemder. Hy wonder of hy besig is om te droom. "Watse inligting?" Hy kan nie dink wat die Ninja van hom wil hê nie want hy is maar net 'n sekuriteitsbeampte by Future Security Management of FSM soos hulle dit noem.

"Hoekom het julle die mense in die rooi GTI agtervolg?"

Pieter word merkbaar bleker toe hy die woorde hoor en sluk swaar. Hy kan voel hoe die sweet hom aftap en sy nagklere deurweek. "Watse mense?" probeer hy hom dom hou. Sy regterhand wat op die pistool se kolf langs die bed rus, span saam soos hy hom reg maak om dit te gebruik.

Die volgende oomblik kan hy voel hoe die lem die vel breek en bloed laat vloei.

"Moenie my geduld toets nie. Ek het nie tyd vir stories nie. Hoekom het julle die mense dopgehou?" word die vraag herhaal. Ming het die beweging van sy adamsappel gesien toe sy die vraag vra; hy weet van wie sy praat.

Die skielike woede wat in Pieter opwel maak hom roekeloos. Dit is asof sy brein net besluit: Te hel daarmee dat almal my aanvat. Hy probeer sy regterhand met die pistool opbring om te skiet maar besef te laat dat hy hopeloos te stadig is vir die geoefende vegter wat bokant hom uittroon. Hy voel die pyn toe die swaard sy keel binnedring, oomblikke voordat die duisternis hom toevou.

Ming Li staar na die lewelose vorm op die bed waar sy wydsbeen oor hom staan. Haar *Ninja-to* swaard het moeiteloos deur sy keel gegly en sy rugmurg deurboor tot in sy matras. Voordat sy hom wakker gemaak het, het sy die hand langs die bed gesien afhang wat liggies op die pistool rus terwyl hy slaap. Sy kon die besluit in sy oë waarneem net voordat hy begin reageer het om die wapen op te lig uit sy holster wat aan die bed vasgemaak was. Wat hy nie besef het nie, is dat die aksie om die swaard af te druk tot in sy rugstring, baie vinniger gebeur as wat hy kan reageer. Hy moes swaartekrag oorkom terwyl sy net die swaartekrag sy werk moes laat doen. Hy het nie 'n kans gestaan nie, veral nie met haar wat bo-oor hom uittroon nie.

Sy vee die swaard se punt aan die beddegoed af en steek dit terug in sy skede agter op haar rug, en vee sy starende oë se ooglede met haar hand toe. Nou sal sy genoodsaak wees om die ander party in die saak te besoek met die dieselfde versoek.

Sy hoop net hy is meer geneë om die vraag te beantwoord, sonder om sy lewe te waag.

Met 'n dun LUD-penflitsie in haar mond vasgeklem deursoek sy vinnig die kamer vir enige leidrade waar hy werk. In sy hangkas kry sy 'n uniform met die letters FSM geborduur. In kleiner letters onderaan is die volle naam: Future Security Management. Sy glimlag wrang. Sodra sy uitgevind het waar sy maatjie bly, is dit sy beurt vir 'n middernagtelike besoek …

✳ ✳ ✳ ✳

Danie Momberg is bietjie van 'n windgat. Hy sal enigiets probeer om ander mense te beïndruk, veral sy kollegas en sy baas, Frans Delport.

Ongelukkig het hy dit bietjie te ver gevoer toe hy op die GTI geskiet het nadat dit van die pad afgeloop en in die mielieland beland het. Hy het soos 'n wafferse Rambo 'n skoot in die rigting van die motor afgetrek en probeer om die insittendes die skrik op die lyf te jaag. Die stofwolk was nog dig en dit was moeilik om te sien wat die twee in die GTI gedoen het, nadat dit tot stilstand gekom het. Hy wou hulle ontmoedig om manhaftig te probeer wees. Toe hulle uiteindelik by die motor aangekom het, was hulle weg. Net die oop passasiersdeur het verklap dat daar mense in die voertuig was. Hy het hardop geswets en die omgewing vinnig verken om te sien waarheen hulle so skielik sou verdwyn.

Toe hy vir Pieter beduie in die rigting van die klomp bome daar naby, wou dié niks daarvan hoor nie. Aangesien hy in beheer was van die operasie, kon hy hom nie direk teëgaan nie, want as Frans Delport daarvan sou uitvind, was sy doppie geklink. Pieter het begin om die grond te fynkam vir spore sodat hulle kon sien waarheen die mense beweeg het. Sy vermoede was dieselfde en hy het stelselmatig in die rigting beweeg toe hy die twee spore optel.

Was dit nie vir die geluid van die naderende sirenes nie sou hulle die man en die meisie gevang het vir ondervraging, ook iets wat Danie op die ingewing van die oomblik uit sy eie besluit het. Frans se opdrag was duidelik, hou die mense dop en kyk wat hulle doen, waar hulle gaan en met wie hulle praat. Hulle was nie veronderstel om met hulle kontak te maak nie.

Hy is op die punt om werk toe te ry toe sy selfoon lui. "Danie," antwoord hy dit ingedagte.

"Danie! Help!" kom die dringende stem oor die lug.

Hy herken Pieter se vrou se stem. Hy word yskoud. "Wat's fout, Martie?" vra hy besorg.

"Dit … dis Pieter…" kry sy die woorde uit.

"Wat van Pieter?" vra hy harder en maak die kattebak se deksel toe. Hy klim in die motor en kry dit aan die gang.

"Hy … is dood!" kom haar stem skril oor die foon.

Danie skrik toe hy die woorde hoor. "Wat het gebeur, Martie? Hoe …"

Haar snikke word al hoe erger en sy mompel iets deur die trane wat hy nie kan hoor nie. "Hou vas, ek is op pad," sê hy ferm en druk die foon dood. 'n Sin van dringendheid pak hom beet en hy sit sy voet neer om vinniger daar te kom. Hy dek die afstand tussen sy en Pieter se huis in 'n rekord tyd. Van ver af kan hy die flitsende blou ligte van die polisie en die rooi ligte van die ambulans waarneem in die vroeë oggendure. Hy bring die motor met skreeuende bande tot stilstand en spring uit voordat dit behoorlik gestop het.

'n Polisieman probeer hom keer voordat hy die geel lint stukkend loop wat oor die voetpaadjie na die voordeur gespan is om die toneel af te sper. "Dit is my vriend en kollega wat hier bly," probeer hy verduidelik.

Die polisieman is ferm en hou hom gemaklik terug waar hy onder die lint probeer deurkruip. "Ek is jammer, meneer maar hierdie is 'n misdaadtoneel en niemand word hier toegelaat nie." Die kyk in sy oë spreek boekdele en Danie staan terug, sy hande omhoog om oorgawe aan te dui.

Hy vee oor sy borselkop uit frustrasie en staar na die voorkant van die huis. Hy kan beweging binne die huis sien waar die polisie se forensiese mense besig is.

"Wat het gebeur?" probeer hy uitvis.

"Dit sal jy die speurders moet vra, meneer. Ek handhaaf net die perimeter om ongemagtige toegang te keer. Is jy familie?" vra hy nuuskierig en beduie na die motor wat nog staan en luier.

Danie kyk om en besef in sy haas het hy nie die enjin afgeskakel nie. Hy loop terug na sy motor toe, skakel die enjin af en haal die sleutel uit. Hy druk die deur toe en sluit weer by die polisieman aan.

"Dit is my beste vriend en kollega wat hier bly. Sy vrou, Martie het my gebel en gesê hy is dood. Kan ek nie maar net ingaan en gaan kyk nie, asseblief," pleit hy.

Die polisieman lyk ongemaklik met die pleidooi. "Ek is jammer, meneer maar ek mag nie. Ek kan my werk verloor as ek dit sou toelaat." Hy kyk huis se kant toe en sê: "Ek sal uitvind of ek jou kan toelaat. Wag net hier." Hy loop 'n entjie weg en praat saggies in sy tweerigtingradio. Na 'n kort gesprek kom hy terug en sê: "Hulle sê jy kan deurgaan. Bly asseblief net binne die afgebakende looparea."

Hy lig die lint op. Danie buk deur en loop vinnig huis se kant toe. Op daardie oomblik kom die draagbaar by die deur uit met die swart liggaamsak waarin Pieter se oorskot is. Hy bly verdwaas staan terwyl die draagbaar verby gestoot word.

"Danie!" dring Martie se stem tot hom deur. Hy draai na haar toe en is net betyds om haar in sy arms te vang toe sy aangestorm kom. Hy druk haar teen hom vas en voel hoe haar trane sy hemp deurweek. Hy vou sy hande om haar gesig en kyk in haar oë: "Wat het hier gebeur?" vra hy ferm.

Martie sukkel om haar aandag weg te keer van die draagbaar en die swart sak bo-op.

Danie skud haar effens totdat sy haar aandag op hom vestig. "Wat het gebeur? Vertel my alles."

Sy begin weer van vooraf huil. Toe sy effens bedaar sê sy in 'n gebroke stem: "Ek het hom so in sy bed aangetref. Dood."

"Hoe?" vra hy sag en lei haar terug stoep toe. 'n Ander polisieman bewaak die ingang na die huis. Hy lei haar na een van die stoele op die stoep en gaan sit langs haar.

Hy haal sy sakdoek uit en hou dit na haar toe uit. Sy neem dit en dep haar oë wat rooi is van al die huil. "Dit was die eerste keer wat Pieter alleen geslaap het. Ons het besluit dat dit beter is so. Die huwelik is verby, Danie …" Haar stem raak weer weg as sy dink aan hulle laaste aand saam. Skielik is sy spyt dat dit op so 'n noot moes eindig.

Danie brand van nuuskierigheid om by die eintlike ding uit te kom maar hy besef dat hy geduldig sal moet wees.

"Ek het vanoggend vir hom koffie gevat in die bed. Ek wou hom verras. Toe ek die deur oopmaak toe …" Weer vloei die trane vryelik.

"En toe?" beklemtoon hy die belangrikheid om die einde te hoor.

Sy kyk verbaas na hom voordat sy aangaan, half in 'n dwaal van skok. "Hy het op sy rug gelê, so stil en rustig. As dit nie was vir …"

"Vir wat, Martie? Om hemelsnaam, vertel my!" skree hy dit uit.

Martie skrik vir die harde toon in sy stem en frons. "Hoekom is jy so opgewerk?"

Hy neem haar een hand in syne en vryf liggies oor die agterkant daarvan, meer om sy eie emosies onder beheer te kry as om haar te kalmeer. "Ek is jammer, Martie. Ek wil net weet hoe hy aan sy … einde gekom het, dit is al." Binne kook hy van ongeduld maar hy probeer sy bes om kalm te bly.

Sy vryf oor sy gesig en glimlag. "Alles reg, Danie. Dis net … al die bloed …"

Danie kyk haar vraend aan. "Bloed? Watse bloed?"

"Hy het daar gelê op sy rug en daar was baie bloed orals om hom. Toe ek nader staan toe sien ek dit."

"Wat?"

Sy kyk weer na hom met weemoed in haar oë. "Daar was 'n wond aan sy keel en die bed was vol bloed gewees."

Danie is stomgeslaan. Wie sou so iets gedoen het, wonder hy. As dit 'n inbreker was, sou hy nie so wreed gewees het nie.

"Is enigiets weg uit die kamer?" vra hy ingedagte. Die sekuriteitsinstink neem oor terwyl hy die moontlikhede oorweeg.

Martie lyk verbaas vir 'n oomblik terwyl sy dink. "Nie wat ek kon sien nie. Hoekom?" vra sy nuuskierig.

Hy vermy haar oë. "Sommer net. Ek probeer net dink wie so iets sou gedoen het. As inbraak die motief was sou daar iets weg wees, soos 'n TV-stel of rekenaar of geld of iets van waarde. Jy sê daar is niks weg nie?"

Sy skud haar kop vasberade. "Nee, alles is nog daar. Sover ek weet," voeg sy by.

Hulle gesprek word onderbreek toe die speurder wat die saak ondersoek uit die huis loop en by hulle aansluit. Hy sit sy een hand op Martie se skouer en steek sy ander hand uit en sê: "Mike Colby." Sy grys oë som Danie stilweg op.

Danie kom orent en vat die geofferde hand. "Danie Momberg, vriend van die familie," antwoord hy en staar stip na die speurder.

Mike knik sy kop en kyk na Martie. "Mevrou de Klerk, ons is klaar met ons ondersoek vir nou. Jy kan terug gaan huistoe. Ons het al die beddegoed en die matras gevat as bewyse. Ons sal dit terug besorg sodra ons klaar is. Ons het gereël vir 'n skoonmaakspan wat besig is om die kamer op te ruim en ontslae te raak van die... merke en ander tekens van die insident."

"Dankie meneer Colby, ek waardeer dit regtig. Ek glo nie ek sal gou weer in daardie kamer wil slaap nie..."

Mike glimlag. "Ek verstaan mevrou." Hy haal een van sy kontakkaartjies uit en gee dit vir haar. "As daar enigiets anders is wat jy kan onthou, gee my asseblief 'n lui. My selfoon- en kantoornommers is op die kaartjie."

"Dankie," antwoord sy, neem die kaartjie en steek dit in haar sak sonder om daarna te kyk.

"Het jy familie by wie jy kan bly?" vra hy besorg.

"Toemaar meneer Colby, sy kan by my kom bly vir tyd en wyl," tree Danie tussenbeide. "Hulle het nie kinders gehad nie en Martie se familie is almal in Johannesburg."

"En waar sal dit wees?" vra Mike met 'n opgetrekte wenkbrou.

Danie gee vir hom sy fisiese adres terwyl Mike 'n nota in sy sakboekie maak.

"Sal dit orraait wees?" wil hy vraend weet.

Mike knik sy kop en vat haar hand. "Laat weet my as daar enigiets is wat ek kan doen. Ek help graag." Hy skud Danie se hand en loop die trappe af na sy voertuig toe.

"Wag hier, ek is nou terug," fluister hy vir Martie en volg die speurder.

Sy knik bevestigend en staar uit oor die tuin, te verwese om iets te sê.

Mike kom agter hy volg hom en draai om. "Kan ek help?" vra hy fronsend.

Danie loop tot by hom en kyk vlugtig in die rigting van die stoep waar Martie sit.

"Ja, ek dink so. Ek wil net weet wat met Pieter gebeur het? Dink jy dit was 'n huisroof?"

"Hoekom wil jy weet?" vra Mike en bekyk hom op en af. "Is jy van die polisie?"

"Nee, ek en Pieter het vir FSM gewerk. Met ons opleiding en instinkte is 'n situasie soos hierdie ongehoord, stem jy nie saam nie."

Mike sit sy hande in sy sye, kyk om hulle rond en sê smalend: "Ek weet van FSM. Julle ouens het nie 'n goeie reputasie nie as gevolg van julle baas, Frans Delport. Hy het baie onortodokse metodes wat nie altyd strook met polisiebeleid nie. So wat is so snaaks omtrent hierdie saak?"

Danie krap sy kop en staan nog nader. Hy wil nie nou sy baas se metodes bespreek nie. Daar is 'n belangriker saak wat sy aandag vereis. "Die manier wat Pieter gesterf het. Wat sê dit vir jou?"

"Wat bedoel jy?" vra Mike geïrriteerd. Hy het nie veel ooghare vir FSM se manne nie.

"Sy keel was oopgesny!" verfris Danie sy geheue. "Dink jy dit is normaal vir 'n huisbraak?"

Mike kyk ongemaklik rond en vra: "Wie het gesê dit is 'n huisbraak?"

Danie trek sy skouers op en sê: "Wat is fout? Jy lyk of jy 'n spook gesien het."

Mike vryf oor sy ken en draai 'n keer in die rondte terwyl hy oorweeg of hy oop kaarte moet speel. "Kyk, ek mag dit nie eintlik vir jou sê nie, maar die manier wat jou vriend dood is, is niks soos wat ek al vantevore gesien het nie."

"Hoe bedoel jy" vra Danie sag en vou sy arms oor sy bors in afwagting.

Sonder om 'n woord verder te sê draai Mike na sy motor toe en sit die lêer in sy hande op die enjinkap neer. Hy maak dit oop en haal 'n foto uit van die moordtoneel. Hy draai dit sodat Danie dit kan sien.

Danie skrik toe hy die foto sien. Sy oë word onmiddellik vasgevang deur die wond wat Pieter se dood veroorsaak het. Dit is buitengewoon. Die merk is nie baie breed nie. Hy frons en haal die ander foto's uit. Die volgende een is geneem nadat Pieter se liggaam opgelig is. Dieselfde grootte gat is ook aan die agterkant van sy nek sigbaar. Hy kyk na Mike.

Mike het hom dopgehou terwyl hy die foto's bestudeer het. Hy sien dieselfde vraag in sy oë: Wat het die ongewone wond veroorsaak?

"Sien wat ek bedoel?" vra hy die oorbodige vraag. Hy haat dit om te spekuleer oor watse tipe wapen dit was want dit kom altyd terug om jou in die agterwêreld te byt.

Danie skud sy kop en sit die foto's terug in die lêer. "Dit is vreemd ja. So, wat gaan julle nou doen? Het julle iemand wat die wapen sal kan identifiseer?"

Mike trek sy skouers op. "Miskien sal die lykskouer die oorsaak kan uitpluis. Wil jy hê ek moet jou op hoogte hou?" vra hy saaklik.

Danie kyk weer stoep se kant toe. "Asseblief ja. Ek wil nie hê Martie moet haar te veel bekommer hieroor nie. Sy kan so maklik stres en dit is nie goed vir haar gesondheid nie, veral nie met die begrafnisreëlings wat voorlê nie. Hulle was veertien jaar getroud ..." las hy by. Hy haal sy pen uit en skryf sy naam en nommer op die voorkant van die lêer en gee dit terug vir Mike.

"Dis reg so. En doen my 'n guns?" vra Mike oor sy skouer terwyl hy inklim.

"Wat?"

"Moenie vir Frans Delport sê dat ek jou help nie. Ek en hy sit nie langs dieselfde vuur nie." Met dit sit hy die voertuig in rat en trek weg sonder om te wag vir 'n antwoord.

Danie steek sy duim in die lug om aan te dui dat hy gehoor het. Vir 'n lang ruk staar hy na die motor wat wegry. Iets is nie reg met hierdie prentjie nie, besluit hy. Behalwe dat Mike en Frans nie beste vriende is nie, lyk dit asof Pieter se dood nie 'n ongeluk was nie. Hier is twyfelagtige dinge aan die gang en hy sal moet uitvind wat dit is en gou ook.

* * * *

In die skaduryke blarekleed van die boom reg voor die huis, sit Ming Li roerloos die toneel onder haar en dophou. Haar asemhaling is vlak en reëlmatig. Sy durf nie beweeg nie uit vrees dat hulle gaan agterkom sy is daar.

Met haar swart gewaad is sy so te sê onsigbaar in die digte boom. Danie en Mike het direk onder die boom gaan staan en gesels en sy het alles gehoor.

Sy is vies vir haarself want die merk wat die *Ninja-to* swaard op Pieter se keel gelos het, gaan probleme veroorsaak. Dit het onnodige aandag getrek na die dood van Pieter de Klerk, iets wat haar saak kan bemoeilik.

Sy het kans gehad om Danie deur te kyk gedurende hierdie episode en sy kom agter dat hy nie dom is nie. Hy begin dink en dit is gevaarlik. Sy het gehoop om hom ook onkant te vang net soos sy kollega, maar dit word duidelik dat dit al hoe moeiliker gaan word om hom te verras. Hy is nou nog meer op sy hoede. Sy sal baie versigtig moet wees en haar kans afwag om hom te ondervra.

Sy leun teen die koel bas van die boom en probeer ontspan. Sy het nog 'n rukkie om te gaan voordat sy die beskerming van die boom kan verlaat. Danie moet eers weg.

HOOFSTUK 7

Met hulle eerste ontmoeting laat in die aand, sit die drietal om 'n klewerige tafel in 'n twyfelagtige buurt iewers in die Kaap. Die Hollander is nie die tipe plek waar mense van hulle kaliber graag ontmoet nie, maar weens die sensitiwiteit van die saak is dit belangrik dat niemand hulle saam sien nie.

Ming Li, Markus Rheeder en Bethany Clarke is aangetrek vir die geleentheid. Geen ontwerpersklere of enige aanduiding dat hulle geld het nie. Markus het sy goue Rolex aan maar steek dit goed weg onder die langmouhemp wat hy aanhet. Dit is sy trots en hy voel kaal daarsonder. Hulle lyk half verslons en die ander mense in die kroeg ignoreer hulle heeltemal. Die kroegeienaar het op 'n stadium by hulle gestop om te vra of alles reg is. Ming se kyk het hom gou van plan laat verander en hy het verskrik weggeskarrel, soos 'n benoude dassie wat van sy prooi probeer wegkom. Daarna het niemand hulle weer gepla nie.

Markus vat 'n diep sluk van sy bier en sug behaaglik. Die ander twee skud hulle koppe.

"So," vra Bethany net hard genoeg om bo die geraas van stemme gehoor te word, "wat is nuus?"

Ming se oë deurloop die binnekant van die kroeg soos sy soek vir enige verdagte persoon wat dalk meer as die gewone belangstelling in hulle toon. Die hoed wat sy gekies het, sit laag op haar kop en die skaduwee wat dit gooi verberg haar soekende oë. "Ek het die eerste persoon gevind wat betrokke was by die skietvoorval toe julle agtervolg is."

"En?" wil Markus nuuskierig weet. "Kon jy enigiets wys word?"

Ming trek haar gesig op 'n plooi. "Nie heeltemal nie. Hy was onwillig om my vrae te beantwoord en boonop nog gewapen ook." Sy vat 'n slukkie van haar mineraalwater voordat sy aangaan. "Toe moes ek hom maar oortuig dat ek ernstig was."

Markus kyk na haar vir 'n oomblik. "Hoe het jy hom toe oortuig?"

Ming kyk vir die eerste keer direk na hom en glimlag. "Jy wil nie weet nie, Markus. Onthou wat ek gesê het, hoe minder julle weet, hoe beter vir julle. So moenie weer vra nie."

Markus lag saggies. "Touché!"

Bethany teug aan haar Martini en lemonade. "So weet jy nou al wie vir die aanval op ons verantwoordelik was?"

Ming neem nog 'n slukkie van haar water voordat sy antwoord. "So half en half. Ek weet vir wie hy werk en ek vermoed dat die betrokke maatskappy hulle dalk aangesê het om julle te agtervolg. Vir watter rede weet ek nog nie, maar ek sal binnekort weet, dan kan ons aksie neem teen die persoon of persone.

"Dit klink goed. Wat van die ander persoon in die motor?" vra Markus en kou aan die tandestokkie wat hy op die pad in van die kroegtoonbank af gevat het.

"Ek het hom in my visier. Ek weet waar hy bly, maar ek moet versigtig wees aangesien hy baie meer oplettend is as sy maat. In my bedryf moet jy die geduld hê om jou kans af te wag vir die regte geleentheid om aksie te neem. Ongeduld maak dat jy roekeloos raak en dan verloor jy die voordeel."

Die ander twee knik instemmend. Hulle sal nie eintlik weet nie want nie een van hulle het veel kennis van Ninjas nie. Hulle voel wel veiliger in haar teenwoordigheid en het nie beswaar gemaak toe sy Die Hollander voorstel nie.

Daar was al 'n paar keer berigte in die lokale koerant oor die moeilikheid by dié spesifieke kroeg. Soos die Landrover wat die Datsun Pulsar agtervolg en verongeluk het. Daar was glo 'n ontvoering by betrokke asook afpersing en ander lelike dinge wat die publiek geskok het toe dit uitgekom het. Iets met 'n geheime organisasie te doen wat die regering gemanipuleer het vir hulle eie doeleindes.

Hulle maak hulle drankies klaar en staan op. Markus los 'n paar note op die tafel om die koste van die drinkgoed te dek. Buite slaan die koue lug hulle vol in die gesig na die warmte daar binne en dit laat hulle na hulle asems snak. Dit vat 'n ruk om daaraan gewoond te raak. Nog mense kom en gaan en hulle steur hulle nie aan die drietal nie.

Skielik doem daar twee figure op, reg in hulle pad na die parkeerarea waar Markus die tweedehandse Mercedes C200 gelos het. Die area is swak verlig en hier en daar is 'n straatlamp wat werk. Hulle stop in hulle spore met Ming wat effens voor staan, haar hande langs haar sye.

Sy lig haar kop stadig op en kyk die twee mans om die beurt aan. "Kan ek help?" vra sy sag. Die hoed gooi 'n skaduwee oor haar gesig wat dit moeilik maak vir hulle om te sien waar sy kyk.

"Ja skattie!" grynslag die een man en haal sy springmes uit en begin vermakerig daarmee speel, terwyl hy dit oop en toe maak. Die lem weerkaats die lig van die naaste straatlig en verblind hulle oë. Die ander een dans ook heen en weer soos hy sy maat probeer namaak. Altwee is duidelik op die een of ander dwelmmiddel wat hulle baie moed gee.

Bethany gryp Markus se arm vas in 'n beergreep van skok. Sy gesig vertrek van pyn soos haar naels in sy vlees insny.

Ming hou die man met die mes se bewegings dop soos hy die mes heen en weer swaai. Wat hy nie besef nie, is dat sy besig is om sy ritme te leer, iets wat hy nie sou gedoen het as hy van beter geweet het nie. Die metode laat haar toe om in sinkronisasie met hom te beweeg om hom te ontwapen. Hy neem haar stilte verkeerdelik op as 'n teken van oorgawe, nog 'n fout wat hom duur te staan gaan kom.

Ming ignoreer die ander ou want hy is duidelik nie 'n bedreiging nie.

"Ek soek al julle kosbare besittings skattie. Geld, juwele, selfone en enigiets anders wat van waarde is." Markus se goue Rolex vang sy oog en hy glimlag breed. "En ja, horlosies van waarde soos die meneer se goue een."

Met sy ander hand hou hy 'n rugsak na haar toe uit en beduie met die mes dat hulle die artikels daarin moet sit.

Ming grynslag en maak of sy haar horlosie gaan afhaal. Terselfdertyd staan sy nader om sy aandag gevange te hou. Met sy bene effens uitmekaar is hy reg vir wat gaan kom.

Hy kyk na haar en laat sak die mes effens in afwagting van die horlosie wat sy gaan aangee. Die volgende oomblik beweeg sy na links en draai haar liggaam weg van hom af. Haar linkervoet skiet op en tref hom sekuur tussen sy bene. Met 'n luide intrek van sy asem laat val hy die rugsak en vou dubbel. Hy klem sy hande tussen sy bene vas, waar die ondraaglike pyn soos 'n vuurwarm swaard deur sy onderlyf trek. Die mes lê vergete op die plaveisel langs hom.

Die ander ou skrik hom boeglam vir die skielike beweging en sy maat se wriemelende, kreunende vorm op die grond. Hy spring om en slaan voet in die wind, sy maat totaal vergete. Hy sal agterna, wanneer hy nugter is, desperaat probeer uitwerk wat werklik plaasgevind het aangesien sy brein nie naastenby die spoed waarteen dit gebeur het kan verwerk nie.

Ming staan nader en buk oor die belhamel waar hy op die grond rondrol van pyn. Sy tel die mes op en beskou dit in die lig van die straatlig. "Dit is slegte maniere om mense op straat voor te keer en te beroof. Veral onskuldige mense soos ons," sê sy afgemete en beduie na Markus en Bethany. "Ons kon ernstig seergekry het hier vanaand."

Hy kyk haar aan met haatgevulde oë deur die newels van pyn wat sy liggaam se senustelsel oordonder. "Bitch," is al wat hy deur saamgeperste lippe uitkry.

Ming kyk op en beduie vir die ander om te loop. "Ek kry julle by die motor."

Markus en Bethany kyk na mekaar en hervat hulle pad na die voertuig toe sonder om om te kyk. Hulle wil liewer nie weet nie, nie eens toe die kort kreet en roggel geluide agter hulle opklink nie. Toe word dit stil.

* * * *

Mike Colby is nie 'n gelukkige man nie. Die dooie man op die lykskouer se tafel bekommer hom. Pieter de Klerk is duidelik vermoor maar hy het nie 'n moordwapen nie en niemand weet wat die merk kon veroorsaak het nie. Die lykskouer, Armand Brits, is net so in die duister soos hy. Die beste raaiskoot wat hy kan waag is dat dit 'n swaard van een of ander aard is.

Toe hy dit hoor het hy hardop uitgebars van die lag, tot ergenis van Armand wat hom fronsend aangestaar het.

"Wat is so snaaks?" wou hy weet.

Mike het besef dat hy ernstig is. "'n Swaard! Wie op dees aarde maak gebruik van swaarde om mense dood te maak?" vra hy met 'n glimlag. "Is hier dalk 'n middeleeuse swaardvegter op sy wit perd, wat rondgaan en mense in hulle beddens met sy tweesnydende swaard doodsteek?" vra hy dramaties en maak 'n paar swaai bewegings met sy hand asof hy 'n swaard rond-swaai.

Armand kyk hom aan en vou sy hande oor sy bors, glad nie beïndruk met Mike se mannewales nie. "Uhuh, meneer slim. Het jý dalk enige idee wat dit kon gewees het? Of steek jy jou desperaatheid weg agter hierdie vertoning van bravade?" Hy maak 'n gebaar in die rigting van Mike se danspassies.

Mike gaan staan langs hom en krap sy oor. "Ek weet jy probeer jou bes en ek is jammer as ek 'n grap daarvan maak. Die feit is, ek weet nie. Maar as jy so sê dan moet ek dit seker so in my verslag sit ..."

"Watse verslag?" wil Armand grootoog weet. Hy wys 'n vinger in Mike se rigting. "Ek het gesê ek vermoed dit is 'n swaard. Ek is nie seker nie. En buitendien, jy weet dat ons ouens nie verslae gebaseer op gissings uitreik nie. Net feite."

Mike lag en klop hom op die skouer. "Bedaar man, bedaar. Ek maak net 'n grap." Hy stap tot by die metaal ondersoektafel waar die liggaam lê en bekyk weer die wond, sy hande in sy sakke. "Waarmee is jy vermoor, huh?" vra hy saggies terwyl hy die merk van naderby bekyk. "As die dooies darem kon praat né."

Armand skakel die skerp lig aan wat bo die tafel gemonteer is om meer lig op die onderwerp te gooi.

"Shit! Dit is helder!" maak Mike beswaar en druk sy oë styf toe vir die skielike verblinding.

Armand skuif 'n vergrootglas nader en posisioneer dit só dat Mike die merk duideliker kan sien. "Wat ook al die wapen was, dit was vlymskerp. As jy na die kante van die wond kyk sal jy sien dit is skoon, geen skeurmerke nie."

Mike gril vir sy verduideliking en staan effens terug uit die helder ligkring.

Armand merk sy ongemak, maar gaan voort: "Die wapen is ook sonder veel moeite deur die nek werwels wat dit skoon gekloof het, geen stukkies been wat afgesplinter het nie. Was dit nie vir die besonderse vorm van die wond nie, sou ek sê dit is deur 'n laserstraal veroorsaak ..." Hy skakel weer die lig af en trek die vergrootglas weg. Met sy hande in sy oorjas se sakke leun hy teen die kaste waar die implemente en gereedskap ge-bêre word. "So, daar het jy die kern van alles wat ek weet van die saak."

"Is hy onmiddellik dood?" vra Mike ingedagte.

Armand kyk weer na die liggaam, haal sy bril af en maak die lense skoon met 'n sakdoek wat hy uit sy broeksak opdiep. Nadat hy die bril opgesit het, sê hy: "Wanneer die rugstring so gebreek word is die dood oombliklik. Hy het nie geweet wat hom getref het nie. En hy het ook nie gely nie," voeg hy by.

"Dankie, Armand ek waardeer die moeite om vir my die ondersoek so vinnig af te handel. Nou moet ek die kaptein gaan inlig en hoop ek het nog 'n werk na dese."

"Geen probleem."

Hulle skud blad en Mike loop by die dubbeldeure uit op pad na sy kantoor op die eerste verdieping. Hy haat onsekerhede.

Armand wag totdat Mike by die deur uit is voordat hy die liggaam weer terugsit in die yskas teen die een muur. Iets omtrent die wond pla hom, maar hy kan nie sy vinger daarop lê nie. Hy is seker hy het dit al voorheen gesien, maar kan nie onthou waar nie. Hy wou ook nie sy vermoede met Mike deel nie omdat hy nie seker is hoe hy daarop gaan reageer nie.

Met sy vinger op die ligskakelaar versteen hy. Hy weet skielik waar hy dit al gesien het. 'n Koue rilling trek langs sy ruggraat af en hy kyk om na die donker kamer agter hom. Dit voel asof iemand hom dophou ...

* * * *

Ming Li gee hom 'n paar minute voordat sy haarself los maak van die skaduwee waar sy skuilgehou het. Geruisloos beweeg sy tot by die yskas en maak die deur oop. Sy trek die trollie met die liggaam uit en staan vir 'n oomblik en luister; alles om haar is stil.

Sy haal die *Ninja-to* uit sy skede en begin die liggaam bewerk.

Terwyl Mike en Armand vroeër hier binne besig was, het sy die foto's van die naby skote van die wond uit die lêer verwyder asook die rekenaar se hardeskyf en die geheuestokkie met die digitale beelde van die moordtoneel skoongemaak. Daar sal geen bewyse wees hierna nie ...

* * * *

Die volgende oggend kom Armand vroeg in soos gewoonlik. Die vrese van gister is vergete en hy neurie saggies op pad in van waar hy sy motor in die ondergrondse parkering geparkeer het.

Hy bêre sy rugsak met sy skootrekenaar in sy kantoor, trek die blinders oop en skakel sy rekenaar aan om op te warm. Daarna sit hy die ketel aan vir sy eerste koppie koffie en trek sy oorjas aan.

Terwyl die ketel kook loop hy soos gewoonlik, 'n rondte deur die ondersoekkamer en skakel al die ligte aan sodat hy reg kan wees vir die dag se werk.

Soos hy die vertrek inloop vang sy oog iets en hy kyk in die rigting van die yskas, die een deur staan effens oop. Hy herken dit as die deur waar Pieter de Klerk se ligaam gebêre word. Versigtig kyk hy in die vertrek rond voordat hy fronsend na die yskas toe loop. Met bewende hande trek hy die deur oop en verstar van skok. Na wat soos 'n ewigheid voel, klap hy die deur toe en haas hom terug na sy kantoor. Hy tel die telefoon op en skakel Mike se uitbreiding. "Jy beter kom kyk. Hier is groot kak!" kry hy dit uit en sit die foon neer. Hy gaan sit swaar op sy stoel en begin op sy rekenaar soek na iets terwyl hy wag.

Mike kom soos 'n warrelwind by die deur ingestorm en steek vas toe hy Armand sien. Dié lyk of hy 'n spook gesien het. Sy gesig is asvaal geskrik.

"Wat is fout?" vra Mike uitasem soos hy al die trappe afgehardloop het. Hy het Armand se stem oor die telefoon herken en dadelik geweet daar is groot fout.

Armand kyk hom aan asof hy hom vir die eerste keer sien. Sonder 'n woord staan hy op en loop ondersoekkamer toe met Mike kort op sy hakke. Hy lei hom tot by die yskas en maak die deur oop.

Mike deins terug toe hy die gesig sien en hou sy hand voor sy mond. Hy kan voel hoe die inhoud van sy ontbyt opstoot in sy keel. Die boonste gedeelte van die liggaam tussen die kop en skouers is onherkenbaar vermink. Dit lyk asof iemand dit deur 'n maalvleis masjien gesit het.

Hy klap die deur toe en hardloop na die wasbak toe waar sy maag vir oulaas 'n draai maak voor die inhoud met alle geweld uitkom. Die konvulsies hou aan totdat daar niks meer oor is nie. Met 'n kreun vee hy sy mond af met die papier handdoek wat Armand hom geduldig aangee. Hy sluk groot teue uit die glas water wat vir hom gehou word.

Hy kyk met weersin in die rigting van die yskas en vra in 'n hees stem: "Wat de hel het met hom gebeur?"

Armand volg sy blik en sê: "Iemand het die bewyse vernietig sou ek sê. Maar dit is nie al nie."

Mike hou sy slape vas waar 'n hewige hoofpyn posgevat het van al die braking. "Wat kan erger wees as dit?" vra hy moedeloos en wys na die yskas.

"Iemand het ook al die foto's van die moordtoneel en die digitale lêers wat op die rekenaar was, uitgewis. Ons het geen bewyse of foto's van die wond nie."

"Fok!" gil Mike dit uit en gooi die leë glas met geweld in die staalwasbak dat die skerwe so spat. In die proses sny 'n stukkie van die vlieënde glas sy vinger en die bloed loop vryelik.

Hy kners op sy tande en suig die bloed op wat uit die sny sypel. Hy draai sy sakdoek om die wond en loop vererg agter Armand aan wat koers kies na sy kantoor toe.

Nadat Armand daarin geslaag het om die bloeding te stop, maak hy vir hulle elkeen 'n sterk koppie koffie. Terwyl hulle aan die warm vloeistof teug, is elkeen besig met sy eie gedagtes.

"Weet jy wanneer dit gebeur het?" vra Mike en beduie na die ondersoekkamer.

Armand neem nog 'n sluk en kyk hom in die oë. "Dit moes laasnag gebeur het net nadat ons weg is. Ek is kort na jou hier uit huistoe en het eers vanoggend weer ingekom." Hy vertel vir Mike hoe hy die halfoop deur gesien het en ondersoek ingestel het.

"Is daar enige teken dat iemand ongemagtige toegang tot die gebou gekry het?" vra Mike.

Armand gee 'n kort laggie. "Nee, dit is die eerste ding waarvoor ek gekyk het. Die plek is net soos ek dit gelaat het toe ek gisteraand hier weg is. Ek begin dink dat dit spook hier. Hoe anders het iemand ingekom? Daar is vingerafdruk-skandeerders by elke ingang. Hulle is veronderstel om peuter-bestand te wees." Hy kyk benoud rond.

"En die digitale foto's op die rekenaar?"

Armand skud sy kop. "Net nadat ek jou gebel het, het ek die lêer oopgemaak om te sien of ons darem nog daardie bewyse het, en daar was niks. Dit is so goed verwyder dat daar nie eers 'n spoor was dat dit uitgevee is nie. Wie dit ook al gedoen het is goed, baie goed."

Mike knik instemmend. Sy voorgevoel was reg, hier is iets snaaks aan die gang. Hy tel die telefoonhandstuk op en bel sy assistent om te kyk of die afdrukke van die foto's nog in die lêer is. Sy gesig vertrek van woede toe sy terugkom met die antwoord en hy groet kortaf voor hy die handstuk op sy basis neerplak.

"Die foto's in die lêer is ook weg!" gee hy sy misnoeë te kenne en sak op die stoel neer.

'n Stilte daal oor hulle neer.

"Ek weet wat die merk veroorsaak het," kom Armand se stem kalm.

Mike ruk sy kop op en staar in ongeloof na hom. "Wat?" vra hy nuuskierig.

"'n Samurai swaard."

* * * *

Ming Li is uitgeput. Nadat sy by die lykshuis weg is, het sy direk woonstel toe gekom. Eers het sy haar *akkerboommeditasie*-tegniek op die koue teëls beoefen, wat haar heelwat beter laat voel het.

Om by die lykshuis se ondersoekkamer in te kom was die maklikste, sy het net een van die agterlosige polisiemanne gevolg toe hy die gebou betree het en die deur te lank gevat het om toe te maak. Gelukkig het hy haar nie gesien nie.

Om uit te kom na die operasie was veel moeiliker aangesien almal reeds huistoe was. Sy het haar toe maar tuisgemaak in een van die kantore wat min gebruik word en uitgeglip toe een van die skoonmakers in die vroeë oggendure buite toe is om 'n dampie te maak. Hy was ook te lui om die deur toe te maak en het die besem teen die oop deur ingewig om dit oop te hou totdat hy klaar was.

Sy pak haar swaarde en ander wapens langs mekaar uit en begin die ritueel om hulle skoon te maak. Dit is een roetine wat jy leer as 'n Ninja; jou wapens moet altyd skoongemaak word direk na 'n sending. Jy moet respek toon vir jou wapen en dit met deernis hanteer.

Die metaal is spesiaal gevorm, deur die verskillende tipes staal herhaaldelik te vou gedurende die vervaardigingsproses. Soos die lae uiteindelik voltooi word, kry die swaard sy kenmerkende geboë vorm. Die traandruppel vorm van die lem gee die swaard sy kenmerkende snykant met die stomp agterkant vir stewigheid en stabiliteit. 'n Goeie kwaliteit lem sal altyd die merke van die verskillende lae staal by sy snykant vertoon, amper soos die jaarringe in 'n boom se stam. Die binneste laag is die hardste en dit vorm die kern van die snykant. Die *Ninja-to* en *Katana* verloor nooit hulle skerpte nie, al kap jy bome.

Sy haal die spesiale helder olie uit sy houer en plaas dit versigtig langs die swaarde. Daarna kom die sagte lappie waarmee die olie egalig oor die lem gevryf word om die metaal te behandel. Dit verwyder enige onsuiwerhede, voed die metaal en maak dit blink.

Die skede kom volgende aan die beurt om enige teken van bloed daaruit te verwyder sodat dit nie die metaal van die swaard weer vlek nie. 'n Uur later is sy klaar. Sy pak die wapens in een van haar kas se laaie weg waar dit nie deur nuuskierige oë gesien kan word nie.

Sy neem 'n vinnige stort en gaan lê nakend op die bed. Die ligte briesie wat deur die oop venster inwaai, het 'n kalmerende uitwerking op haar en sy gee haar oor aan die salige gevoel van die wind se streling. Die laaste gedagte voor sy aan die slaap raak, is dat daar na vanaand geen bewyse meer oor is van die wond wat sy Pieter de Klerk toegedien het nie. Nou kan sy konsentreer op die res van die operasie. Danie Momberg is volgende ...

HOOFSTUK 8

Markus en Bethany sit in sy kantoor. Dit is sterk skemer buite en die koffiebekers is koud. Nadat hulle die vordering met die vervaardiging van die waterreaktor bespreek het, sit hulle in stilte en geniet die laaste strale van die son.

Markus reik na die interkom en loer na haar. "Lus vir nog koffie?"

Bethany knik haar kop ingedagte. "Ja, dankie."

"Mel, wees 'n skat en maak nog twee bekers koffie asseblief."

"Seker, Markus, ek bring vir julle."

"En sommer van daardie lekker beskuit ook, as daar nog is," voeg hy by.

Mel lag. "Jy kan bly wees. Daar is nog net twee stukke oor."

"Dankie Mel." Hy los die knoppie sonder om te wag vir 'n antwoord.

"So, dink jy ons is reg om nou die Departement van Waterwese te nader met ons ontwerp?" vra hy en kyk in haar rigting terwyl hy met sy pen speel.

Bethany kruis haar bene. "Ek dink dat ons nou heelwat nader is aan die finale produk as wat ons 'n rukkie terug was. Ons het al die probleme uitgesorteer met die oorverhitting van die spoele wat ons so baie drama gegee het. Wanneer wil jy gaan?" vra sy.

Markus trek sy gesig op 'n plooi. Hy kyk vraend in haar rigting. "Wat van volgende week?"

Sy knik instemmend. "Dit is te sê as jy so gou 'n afspraak kan kry. Ek hoor Steven Manjekeng is 'n besige man."

"Gmf!" snork Markus deur sy neus. "Besig om mense te ontmoet en tyd te mors op die gholfbaan ja, maar ek sal probeer. Wie weet, met die droogte en die krisis soos dit tans daar uitsien, sal hy dalk meer geneë wees om ons gouer te ontmoet eerder as later. Sy kop is ook op 'n blok."

"Hoe so?"

Markus glimlag. "Hy is nie baie populêr by die parlement nie want hy kon nie hulle vrae oor die noodmaatreëls beantwoord nie. Sy vrou is blykbaar die een wat die antwoorde het."

"Kan nogal vernederend wees as jy vasgevra word. Ek hoor die opposisieparty se verteenwoordiger in die parlement draai nie doekies om wanneer sy vrae vra nie."

"Seker omdat sy blond is," merk Markus droog op.

Bethany kyk hom gemaak-kwaai aan. "En wat het dit met die prys van eiers uit te waai? Sy skop gat, soos dit moet. Die mense doen nie hulle werk nie."

Markus hou sy hand op om haar te paai. "Oukei, oukei! Jy hoef nie so tekere te gaan nie. Ek sê maar net …"

Mel gee 'n ligte kloppie aan die deur en kom ingeloop met die twee bekers en beskuit op 'n skinkbord. Sy sit dit op die tafel neer en vat die twee leë bekers.

"Dankie, Mel, jy is 'n ster."

"Plesier." Sy kyk van die een na die ander. "Is daar enigiets anders voor ek gaan?"

Markus kyk na Bethany wat haar kop skud. "Nee dankie, Mel. Dit is al vir vanaand. Sien jou môreoggend."

Sy glimlag in hulle rigting. "Dan sê ek maar goeienag. Lekker slaap."

Nadat hulle gegroet het is sy uit en die deur weer toe agter haar.

"Hoe gaan jy die saak benader?" vra Bethany en neem versigtig 'n slukkie van die warm vloeistof. Haar oë betrag hom oor die rand van haar beker.

Markus kyk by die venster uit en oordink die vraag. Hy trek sy skouers op. "Ek het gedink om dit so eenvoudig moontlik te hou. Ek kan daardie *Powerpoint*-aanbieding wat jy gemaak het net so gebruik om die konsep te demonstreer en dan die *pitch* te doen vir die kontrak. Ek glo nie hulle het 'n ander plan van aksie nie. Ontsouting en die boor van die Aquifers in en om

Kaapstad gaan te lank vat en baie meer kos as ons idee. Wat dink jy?"

"Dit is 'n geval van tussen die duiwel en die diepblou see. Ek dink die tyd is reg om dit nou te doen, voordat hulle ander alternatiewe kry wat ons uit die prentjie kan sit. Om nie te praat van as dit goed begin reën nie. Die winter is op ons."

Markus suig peinsend aan die agterkant van sy pen. "Ek wonder nog wie regtig vir die droogte verantwoordelik is en wat hulle motief is. Daardie resultate wat ons vir Ming gewys het, toon sonder twyfel dat iemand dit teweeg gebring het deur kunsmatige maniere. Dit moes 'n briljante chemikus gewees het wat dit reggekry het."

Bethany sug. "Jy is reg. Die 'hoekom' pla my ook. Die ander probleem met ons aanbieding is dat die verkeerde mense daarvan te hore kan kom."

"Soos?" vra Markus fronsend.

Bethany rek haar oë. "Soos die ouens wat die droogte ver-oorsaak het. Hulle het baie om te verloor as dit skielik nie meer saak maak nie, veral met ons waterreaktor."

"Nog nie daaraan gedink nie," antwoord hy stroef. "Ons het reeds probleme met iemand wat ons tegnologie wil steel. En nou dit ook!"

"Ons kan net sowel met 'n groot rooi kol op ons rug rondloop. Ons is 'n teiken vir een en almal wat hierdeur geld gaan verloor."

Markus voel skoon benoud as hy dink aan die moontlikheid van nog skurke op hulle spoor. Hulle is maar nie gebou hiervoor nie. Nie eens in sy wildste drome sou hy ooit kon dink dat hierdie werk so gevaarlik kan word nie. Hy is veral besorg oor Bethany, sy verdien dit nie.

"Jy moet maar ekstra versigtig wees as jy terug ry huis toe, of werk toe in die oggend," maan hy saggies. Die episode met die GTI is nog vars in hulle geheue.

Bethany glimlag en klap hom speels op die arm. "Moenie so negatief wees nie man! Jy soek 'n slegte ou agter elke bossie." Sy probeer om braaf voor te kom, maar innerlik bewe sy as sy dink aan wat kan gebeur.

"Anders moet jy maar by my kom bly..." waag hy 'n skoot in die donker en hou haar reaksie onderlangs dop.

Bethany bloos en stamel: "Ekskuus? By jou kom bly soos in ...?"

Hy beduie met sy hand. "Ag jy weet ... by my in die huis kom bly. Daar is 'n ekstra kamer hoor!" laat hy gou hoor en wys 'n vinger in haar rigting.

"Markus Rheeder!" bersipe sy hom lighartig. "Wat daarvan as jy ander intensies het met my in my weerlose toestand?" Haar oë glinster en sy lek liggies oor haar lippe.

Die gebaar ontgaan hom nie. Nou is dit sy beurt om te bloos. Hy voel hoe die warmte sy ore laat tintel. "Jy hét my, Bethany. Ek sal nie daardie sexy liggaam van jou kan weerstaan nie ..." Hy bly geskok stil toe hy besef wat hy kwytgeraak het. "Ek bedoel ..." probeer hy die situasie red.

Bethany se helder lag weergalm deur die kantoor toe sy die verleentheid op sy gesig sien. Skielik sien sy hom in 'n ander lig. Hy is nie meer nét haar vennoot nie, maar iemand wat die potensiaal het om méér te wees. Sy voel hoe die gloed in haar binneste begin woel by die gedagte aan sy hande op haar lyf. Sy skrik vir haar eie gedagtes en staan op. Terwyl sy haarself met 'n stuk papier op sy lessenaar koud waai sê sy verleë: "Sjoe! Is dit warm in jou kantoor of wat?"

Markus lag en bedek sy gesig met sy hande om sy verleentheid weg te steek. "O gaats, Beth, ek is jammer. Ek weet nie wat oor my gekom het nie." Hy beduie met sy hande in haar rigting terwyl sy oë haar op en af bekyk. Hy is intens bewus van die perdebylyfie wat hy nog nooit vantevore raakgesien het nie. Sy emosies ry wipplank. Haar parfuum tart sy neus en hy voel lighoofdig.

Bethany merk die verandering in hom wat begin het met die verkorte vorm van haar naam, iets wat hy nog nie vantevore gedoen het nie. Dan is daar sy oë wat haar takserend op en af beskou soos 'n perdekenner wat 'n nuwe merrie beoordeel voor hy haar aanskaf.

Sy besluit om die aftog te blaas voordat dinge handuit ruk. Nie dat ek sal omgee nie, hy is baie aantreklik; en ryk natuurlik

... dink sy in haar enigheid. Sy tel haar sleutels op en sê: "Ek sal daaraan dink."

"Wat?" vra hy onnosel en kyk afwagtend na haar.

Sy kyk af en vroetel met haar handsak. "Die blyery storie ..."

"O!" is al wat hy uitkry. Hy staan op en vroetel met sy hande in sy broeksakke. Hy het lus en gryp haar daar en dan maar hy is nie seker of dit die regte ding sal wees om te doen nie. Netnou klap sy hom of iets.

"Wel," maak sy keelskoon. "Ek gaan ry. Sien jou môreoggend?" Sy draai summier om en loop vasberade deur toe.

"Nag, Beth, lekker slaap," roep hy haar toe.

"Jy ook Markus," groet sy oor haar skouer en maak die deur agter haar toe. Buite sy kantoor leun sy teen die koue muur om tot verhaal te kom. Hoe het dinge nie skielik verander nie. Vanoggend nog was hulle kollegas met niks anders as net hulle werk wat hulle aan mekaar verbind het nie. Nou is dit meer persoonlik. Dit is asof die muur wat tussen hulle was nie meer daar is nie. Die skille het van hulle oë afgeval. Rou emosie dreig om haar te oorweldig en sy stap vasbeslote na haar motor toe. Sy het tyd nodig om tot verhaal te kom.

Sy kies koers woonstel toe en merk nie die motor wat haar op veilige afstand agtervolg nie ...

* * * *

Danie Momberg sit in sy motor wat in 'n donker deel van die straat geparkeer is en hou die H_2O Solutions gebou dop. Soos dit laat word, word die mense wat in en uit die gebou beweeg, al hoe minder. Hy kyk kort-kort op sy horlosie en wonder hoekom die mense so laat werk in die maatskappy. Het hulle dan nie familie by die huis nie, wonder hy vererg. Hy wil graag self by die huis uitkom. Dit was 'n moeilike dag en hy is nie lus vir nonsens nie.

Mike het hom vanoggend gebel en laat weet van die episode by die lykshuis waar die ligaam van Pieter de Klerk geskend is om die merk van die moord te verbloem. Hy het sy frustrasie en woede op die slaansak in die gym uitgehaal. As hy die persoon of persone in die hande kry wat dít gedoen het, gaan hulle betaal. Dit is vir hom so verkeerd dat iemand 'n lyk skend. Dit toon geen respek vir die dooies nie. Hy kan dit nie vat nie.

Hy trommel sy vingers op die stuurwiel van ongeduld soos hy wag vir die één persoon om by die gebou uit te kom, Bethany Clarke. Hy het bietjie navraag gedoen by sy kontakte in die sekuriteitsbedryf en uitgevind wie die passasiers in die GTI was wat hulle moes agtervolg en dophou. Hy kan nie glo dat een van hulle vir die moord op Pieter verantwoordelik kan wees nie. Daarvoor is hulle té ordinêr. Regte akademiese nerds wat nie 'n vlieg skade kan aandoen nie. Dit wil nie sê dat hulle nie iemand kon gekry het om die vuilwerk te doen nie. Die statige gebou en die toestand van die tuine vertel hom dat hier geld is, baie geld. En geld wat stom is, maak reg wat krom is.

Hy het Bethany uitgekies om sy woede op uit te haal omdat sy 'n vrou is. Hulle breek makliker as dit by ondervraging kom. Vir Markus sou hy kans gesien het as hy 'n maat gehad het. Die enigste probleem is, sy maat is dood - iemand moet betaal.

Oplaas herken hy haar toe sy by die voordeur uitgeloop kom, heel ingedagte. Hy grinnik terwyl sy oë haar hongerig aanstaar. Sy het nogal 'n lyf aan haar. Hy sal haar eers bietjie 'los maak' voordat hy die ondervraging begin. Sy sal meer geneë wees om sy vrae te beantwoord as sy eers tot oorgawe gedwing is. Dan is hulle soos klei in jou hande. Hy ken van. Dit was juis sy taktiek wat Frans Delport beïndruk het tydens sy werksonderhoud. FSM doen nie dinge op die konvensionele manier nie. Hy het iemand gesoek wat sal doen wat gedoen moet word, om die gewenste resultate te kry. Toe Danie dit agterkom in die onderhoud het hy besluit om sy geheime met hom te deel. Frans was heel in sy noppies met die nuutste toevoeging tot die maatskappy.

Die GTI kry koers stad se kant toe en hy volg op 'n veilige afstand. Hy is van nature 'n versigtige mens en hy het baie vroeg in sy lewe agtergekom dat hy 'n aanvoeling het vir ge- vaar. Daardie spesiale iets wat min beskore is. Die manlike weergawe van vroulike intuïsie. Dit het al menigmaal sy gat uit gevaarlike situasies gered.

Hier waar hy agter die stuur van sy warmgemaakte Ford XR6 sit, kry hy weer daardie gevoel. Hy ril en kyk vir die soveelste keer in sy truspieëltjie na die verkeer agter hom. Alles lyk op die oog af normaal, maar hy weet van beter. Sy gevoel is nooit verkeerd nie. Hy durf dit nie ignoreer nie. Hy kan net nie bepaal waarvandaan die gevaar sal kom nie.

'n Verandering in die ligte agter hom laat hom twee keer kyk. Toe sien hy dit; 'n stel ligte wat dieselfde pas as hy handhaaf. Hy frons en hou die voertuig dop. Die vorm van die ligte is baie modern en hy herken die Xenon en LUD ligte wat kenmerkend is van nuwer motors. Die vorm van die voertuig is baie plat wat dit laat uitstaan tussen die ander. Hier is definitief nog 'n ander speler in hierdie spel besluit hy en vat die volgende afdraai. Hy ry stadig in die straat af en hou sy spieëltjie dop - niks. Niemand agtervolg hom nie.

Hy stop onder 'n straatlig en kyk na die adres wat hy vir Bethany het. Dit is nie ver hiervandaan nie. Hy besluit om 'n ander roete te volg en te kyk of hy kan uitvind wie die ander party in hierdie saak is.

Hy stop op die hoek van die straat met 'n goeie blik op die woonstel waar sy bly. Hy bestudeer die voertuie wat in die straat geparkeer staan maar herken geen vorm soos die een wat hom gevolg het nie. 'n Paar minute later kom Bethany se kenmerkende GTI in die straat af gery met 'n ander voertuig agter haar.

Sy pols versnel. Hy staar na die motors waar dit nie ver voor hom nie, verby ry. Sy oë is veral gerig op die tweede voertuig. Hy herken die vorm as die moderne BMW i8 soos dit nader kom. Die GTI draai by die woonstelblok se veiligheidshekke in en die BMW verminder spoed voordat dit weer versnel en weg ry. Hy vloek binnensmonds toe hy nie die persoon agter die stuurwiel kan sien nie. Die bestuurder het swart klere en handskoene aan wat dit moeilik maak om te sien of dit manlik of vroulik is.

Hy sug swaar en lê terug teen die sitplek terwyl hy sy opsies oorweeg. Dit is duidelik dat die i8 die GTI gevolg het. Hy wonder hoekom. Kan dit dalk 'n persoonlike veiligheidswag wees? Hy haat onsekerhede. Hy loer na die woonstelblok en neem die sekuriteitsmaatreëls in; hoë mure met elektriese heinings bo-op en kragtige spreiligte wat elke tree van die muur verlig. Die goed geplaaste hoëkwaliteitkameras vertel hom dat dit toegang bemoeilik sonder om raakgesien te word. Met sy oog vir goeie sekuriteit besef hy dat hierdie plek beveilig is met 'n doel; om ongewenste elemente uit te hou. En op hierdie oomblik is hy die ongewenste element.

Hy skakel die voertuig aan en met 'n laaste blik in die rigting van die woonstelle kies hy koers huis toe. Hy sal 'n ander plan moet maak.

Ming Li stop die BMW om die volgende hoek en kies koers deur 'n klein parkie terug na Bethany se woonstel toe. Sy het vroeg al reeds die XR6 gesien wat in die omgewing van die H_2O Solutions geparkeer was.

Danie Momberg is wel in die sekuriteitsbedryf, maar sy metodes laat veel te wense oor. Jy gebruik nie jou eie persoonlike voertuig om iemand dop te hou nie. Veral nie as jy so dom is om 'n ongewone voertuig soos die XR6 gebruik nie. Dit staan soos 'n seer duim uit. Sy onthou van sy profiel dat hy die kar gekoop het en dit omgebou het om bietjie meer wringkrag en spoed te hê. Iets waarmee hy destyds vir die polisie kon wegjaag. Totdat hy vir FSM begin werk het. Nou gebruik hy dit vir ongewone sake soos hierdie. Nie ideaal as jy nie opgemerk wil word nie.

Sy bestudeer hom deur 'n klein verkyker in die lig van die straatlig naby waar hy parkeer het; nog 'n fout. Hy is duidelik ongemaklik oor iets. Sy vermoed dat hy die BMW i8 gesien het en besluit het om eerder versigtig te wees. Een goeie ding in sy guns. Sy glimlag. Hy het duidelik 'n voorgevoel gehad dat iets nie reg was nie.

Sy was nie bang om voor hom verby te ry nie want sy het geweet die lae dakprofiel van die i8 verberg haar vorm tot so 'n mate dat sy moeilik herken sal word, al ry sy reg langs hom verby. As hy in die voertuig kon in sien sou hy haar in die Ninja-mondering gesien het wat identifikasie nog verder bemoeilik. Dit is hoekom sy die motor gekies het. Daarby het dit die nodige krag om weg te kom as sy gejaag sou word, iets wat nie uitgesluit is nie.

Danie staar lank na die woonstelblok en verkyk hom aan die hoë mure en die ander maatreëls wat sy op haar aandrang, deur Markus se manne laat aanbring het om Bethany se veiligheid te verseker. Sy is bly dat sy daaraan gedink het want sy kan onmoontlik op twee plekke op dieselfde tyd wees. Sy het nodig om te weet dat die twee veilig is terwyl sy ander dinge doen wat met die saak verband hou.

Danie gee uiteindelik die saak gewonne en ry weg.

Sy slaak 'n sug van verligting en kry koers na die BMW toe. Haar taak vir die dag is gedoen. Teen dié tyd is Markus ook al lankal by die huis. Niemand sal hulle vanaand pla nie.

* * * *

Mike Colby is in 'n slegte bui. Die eenvoudige woorde van Armand Brits dat die wond wat Pieter de Klerk se dood beteken het, deur 'n Samurai swaard toegedien is, het hom ontstel.

Eerstens is dit nie die tipe wapen wat jy sommer hier in Suid Afrika sal aantref nie. Afgesien van die goedkoop replikas van die regte ding, sal die regte swaard, tweedens, net deur 'n geoefende persoon doeltreffend gebruik kan word. Hy weet nie van enigiemand wat die nodige vaardigheid het om so iets te kan hanteer nie.

Hy het navraag gedoen by al die Dojos in die omgewing, maar niemand kon lig werp op die saak nie. Party van die Meesters het hom in ongeloof aangekyk toe hy vir hulle vertel het van die moord. Hulle het hulle koppe in ongeloof geskud en verskeie woorde in Japannees of Chinees geuiter voordat hulle die gesprek kortgeknip het, so al asof hulle bang was vir iets.

Dit is frustrerend om 'n saak te probeer oplos sonder enige leidrade wat iets beteken. In die stilligheid wonder hy of Armand nie dalk al te lank in die professie werk nie. Miskien verbeel hy hom. Dalk is hy op dwelmmiddels wat sy oordeel beïnvloed.

Hy sug en vee moeg oor sy oë wat krap van te min slaap. Toe hy die saak met kollegas aanroer, kry hy nog slegte nuus; mense het 'n swartgeklede figuur aangemeld, wat in die area rondsluip. Hy het sy oë gerol en weggeloop voordat hy sy humeur verloor. Die hele wêreld was besig om mal te word.

Sy telefoon lui en hy antwoord werktuiglik: "Mike Colby, hoe kan ek help?"

Die sagte stem aan die ander kant laat hom regop sit. "Ek hoor jy soek antwoorde."

Mike kyk rond om te sien of dit een of ander truuk is wat iemand op hom speel. Niemand is op daardie stadium besig met 'n telefoonoproep nie.

"Ekskuus?" vra hy met 'n knop in sy keel. Hy probeer sy gedagtes agtermekaar kry. Die persoon klink soos 'n vrou en hy hoor die effense vreemde aksent.

"Moenie vir jou onnosel hou nie, Mike. Jy soek antwoorde, reg?" kom die ferm stem.

Hy voel hoe sy ore rooi word van woede. "Jy sê nie vir my wat ek moet doen nie! Ek ..."

"Bedaar Mike, bedaar. Hierdie is 'n vriendelike oproep met goeie advies," kom die sagte stem. Dit gee hom koue rillings.

"Ek luister!" kry hy dit deur saamgeperste lippe uit. Die vermetelheid van die vroumens.

"Moenie jou met dinge bemoei wat jou nie aangaan nie, Mike. Jy het gesien wat kan gebeur. Wees gewaarsku. Ek weet waar jy bly. Jou vrou, Sandy en jou mooi blonde dogtertjie, Patricia is kosbaar. Jy wil nie graag hê dat enigiets met hulle moet gebeur nie, wil jy?"

Die lyn gaan dood voordat hy kan antwoord.

Mike vererg hom en gooi die gehoorstuk op sy mikkie neer. Niemand dreig sy familie nie. Almal in die omtrek skrik vir sy uitbarsting en kyk na hom.

"Wat de hel kyk julle! Gaan aan met julle eie werk!" skree hy, gryp sy baadjie en sleutels en kies koers by die deur uit. Hy het vars lug nodig. Hy kan voel hoe die paniek hom beetpak. Hy begewe hom nou in onbekende waters, iets wat hom weerloos laat. En hy haat dit.

HOOFSTUK 9

Ming Li verpes dit. Dit is nie in 'n Ninja se kultuur om onskuldige mense by 'n saak te betrek nie. Veral nie 'n man se vrou en kind nie.

Sy het toevallig 'n gesprek gehoor tussen twee kliënte van die Dojo waar sy partykeer oefen, oor die navraag wat 'n speurder gedoen het oor Samurai swaarde. Sy het so onskuldig as moontlik die gesprek onderbreek asof sy geskok was oor die nuus. Die ander was net te gretig om haar meer te vertel. Sy was eers bekommerd, hoe het hy tot die regte gevolgtrekking gekom? Die onnodige gekrappery in die saak gaan net die verkeerde aandag trek, iets wat sy verkieslik wil vermy.

Die oproep was nodig om Mike die skrik op die lyf te jaag sodat hy die saak sal stop. Sy hoop net hy doen dit, anders sal sy haar dreigement moet uitvoer.

* * * *

Markus sukkel om te konsentreer. Die episode met Bethany het hom geaffekteer. Waar daar voorheen niks spesiaal tussen hulle was nie, is daar nou die elektriese lading elke keer as hulle naby mekaar kom. Wat hom die meeste bekommer is dat die ander staf dit gaan agterkom, en voor jy jou kan kry, loop daar stories rond. Stories wat hulle nie nou kan bekostig nie. Dit kan die maatskappy ondermyn en van binne af vernietig. Kantoorromanses eindig nooit goed nie. Een of albei partye trek altyd aan die kortste ent.

Hy kyk op sy horlosie en maak die papiere op sy lessenaar bymekaar en sit dit in sy briewetas. Sy skootrekenaar gaan ook saam vir die aanbieding aan Steven Manjekeng van die Departement van Waterwese. Hulle het hierdie kontrak nodig, veral gegewe die onsekerheid wanneer die waterkrisis op 'n einde sal wees. Wie weet hoe lank die chemiese middel nog in die atmosfeer gaan bly en die wolke verhinder om hulle ding te doen. Hulle moet die yster smee terwyl dit nog warm is en die produk in die mark kry, voordat iemand anders iets beters ontwikkel of 'n beter oplossing bied vir die probleem.

Op pad na sy Porche toe loer hy by Melanie in. "Ek is op pad."

"Alles van die beste, Markus. Ek hou duim vas vir jou." Sy knipoog in sy rigting.

Markus gee 'n halfhartige glimlag en knip terug. "Ek maak so. Hoop vir die beste ..."

"... want die slegste kom vanself," maak sy die sin klaar, soos wat sy altyd doen as hy op pad is om een of ander belegger te beïndruk met sy nuutste idee of uitvindsel.

Op pad na sy motor toe dink hy weer aan sy lewe en die romantiese sy daarvan. Vir hom was Bethany nooit meer as net 'n kollega met dieselfde belangstellings en doelwitte nie. Dit is hoekom hulle so suksesvol is; hulle het nog altyd 'n mate van professionalisme gehandhaaf.

Hy het altyd gehoop dat hy en Melanie daardie vonk tussen hulle sal hê wat sal lei tot romanse en uiteindelik 'n troue. Na gisteraand weet hy nie meer nie. Dit is asof hy skielik vir Bethany raakgesien het vir wat sy is, 'n begeerlike vrou wat sy hormone deurmekaar krap. Het sy verander, of is hy dalk die een wat skielik grootgeword het? Hy skud sy kop om van die gedagtes ontslae te raak. Hy moet op sy aanbieding gefokus bly.

* * * *

Omdat Bethany se kantoor geen vensters het wat op die buite-wêreld uitkyk nie, het Markus die tweede beste gedoen. Hy het teen een van die mure 'n groot platskerm TV gemonteer wat gekoppel is aan een van die hoëdefinisie kringtelevisiekameras wat bokant Bethany se kantoor aan die buitekant van die gebou gemonteer is. Sodoende het sy 'n presiese beeld van wat sy sou gehad het as daar 'n venster was, maar sonder die risiko van inbrake of spioenasie.

Dit is hier vanwaar sy nou vir Markus op pad na sy Porche toe dophou. Sy glimlag as sy dink aan die vorige aand. Hulle albei se lewens het skielik, in 'n kwessie van 'n uur soos 'n handomkeer verander. Waar hulle voorheen glad nie van mekaar bewus was in die romantiese sin nie, is dit nou 'n ander saak. Nou dink sy aan haar voorkoms, gewig, grimering en wat nog alles, om hom te beïndruk.

Sy staan en kyk totdat die kar uit haar gesigsveld verdwyn. Sy sug, maak haar oë toe en leun teen die glas. Waarheen gaan die wipwarit hulle neem? Dit voel behoorlik soos 'n weghol trein. Laasnag het sy nie 'n oog toegemaak nie. Daar is so baie wat sy vanoggend vir hom wou sê, totdat sy hom gesien het, toe begewe haar moed haar.

Sy draai om en skrik toe sy vir Roland by haar lessenaar sien staan. Hy het so stil ingekom dat sy dit nie eers gehoor het nie.

"Môre sus," groet hy.

"Môre Roland. Waarmee kan ek help?" vra sy en gaan sit agter haar lessenaar.

Hy kug saggies.

Sy kyk fronsend op. Hy lyk ongemaklik.

"Wat is fout?" vra sy angstig.

Hy draai om en maak die kantoor se deur toe voordat hy gaan sit en sy hande inmekaar wring. Iets pla hom.

Sy sit agteroor en sê: "Vertel my wat aangaan, Roland." Haar hart klop in haar keel, sy is bang vir die volgende woorde wat uit sy mond gaan kom. Sy hoop nie hy is op die punt om te bieg oor iets onverantwoordeliks wat hy nou weer aangevang het nie. Markus sal nie weer so goedhartig wees nie; dié keer is hy uit, vir goed.

Hy vryf deur sy hare en kyk benoud rond asof Markus iewers skuil en net wag om uitgevlieg te kom.

"Toemaar, Markus is nie hier nie. Jy kan vryelik praat," moedig sy hom aan.

Hy sug hoorbaar en glimlag senuweeagtig. "Uh ... daar is iets wat ek jou wil vertel maar ..."

Sy leun vorentoe en probeer om haar in te hou. "Praat, Roland," sê sy ferm, voordat hy dalk koue voete kry.

"Daar is belangrike dokumente weg uit die laboratorium ..." kom die eenvoudige woorde.

Haar hart sink in haar skoene. Sy voel hoe die kamer begin draai om haar. Sy laat sak haar kop in haar hande en sluit haar oë om die tollende kamer te keer. Sy is bly Markus is nie hier nie. Nie vir dit wat gaan volg nie.

"Ek het dit nie gevat nie," sê hy saggies.

Sy ruk haar kop op, nie seker of sy reg gehoor het nie.

"Ek het dit nie gevat nie sus, maar dit is weg."

"Watse dokumente?" vra sy sag.

"Ontwerpspesifikasies en skematiese diagramme van die waterreaktor."

Bethany staan stadig op soos die woorde insink en loop tot by die venster wat oor die laboratorium uitkyk, haar hande in haar sakke. Die warm en koue gloede wissel mekaar af by die aanhoor van die verdoemende woorde. "Wanneer het jy dit agtergekom?" vra sy kalm met haar rug na hom gekeer.

"Toe ons vanoggend inkom was dit weg."

Sy draai stadig terug na hom toe. "Waar was die dokumente toe dit weggeraak het?"

Hy vermy haar oë. "In my lessenaar se laai. Maar dit was gesluit," voeg hy haastig by.

"Jy weet wat ...!"

Hy hou sy hande op om haar tirade te keer. "Ek weet wat die prosedure is, sus. Die dokumente moet vernietig word voordat ons huistoe gaan elke dag. Dit is net ..."

"Maar wat Roland? Wat!"

Hy sluk soos 'n vis op droë grond om die woorde uit te kry, sonder sukses. Hy neem 'n sluk van die glas water wat op haar lessenaar staan en lek oor sy lippe voor hy aangaan: "Ons het laat gewerk gisteraand en daar was nie tyd om dit te vernietig nie. Ek het gedink dat dit veilig sou wees in my lessenaar se laai." Hy trek sy skouers op uit pure moedeloosheid. "As julle my wil afdank moet julle dit maar doen. Ek was verkeerd en ek moet die prys vir my onnoselheid betaal. Dit was my fout." Hy laat sak sy kop en begin saggies huil.

Haar hart gaan uit na hom toe maar sy moet sterk wees. Hierdie is 'n ernstige saak. As die diagramme en spesifikasies in die verkeerde hande val is hulle gedoem. Dit sal nie lank vat vir iemand anders om 'n soortgelyke produk op die mark te sit nie, veral nie met die inligting wat nou weg is nie.

Sy gaan sit swaar in haar stoel en staar verwese voor haar uit. Die euforia van die romanse met Markus vervaag vinnig soos die realiteit van die situasie insink. Ons is gefok! Besef sy.

"Roland?"

Hy kyk deur betraande oë op na haar.

"Vat die dag af. Ek soek jou nie naby die gebou nie. Ek sal die saak hanteer. Wag vir my oproep."

Roland staan swaar op. "Ek is jammer, sus. Regtig."

Sy kyk hom kil aan en knik haar kop. "Ons sal later gesels."

Hy kyk vir oulaas na haar voordat hy hom uit die voete maak, sy skouers hangend van skaamte.

Toe die deur saggies agter hom toegaan bars sy in trane uit van skok. Sy diep 'n sneesdoekie uit haar handsak op en probeer die trane onder beheer bring. Net as sy dink alles is onder beheer kom die trane weer. Sy huil sommer oor alles. Die data wat weg is, haar verlore jeug, die amperse romanse met haar kollega en alles wat nog moontlik kan verkeerd loop.

Sy besef dat sy vir Markus sal moet laat weet. Maar sy sal moet wag vir die aanbieding om te eindig anders gaan hy 'n gemors daarvan maak. Sy kan haar sy reaksie voorstel. Hierdie is die einde van hulle, dis verseker. Haar broer het vir die laaste keer droog gemaak in hierdie maatskappy, en hy weet dit.

Nadat sy redelik gekalmeer het, tel sy die telefoon op en maak 'n oproep. Ming Li antwoord.

"Beth?" vra sy besorg toe sy haar stem hoor. "Wat is fout?"

Sy sluk swaar aan die trane en begin in 'n kalm stem vir Ming vertel wat gebeur het. Ming luister geduldig tot sy klaar is voor sy sê: "Bly in jou kantoor. Ek is nou daar."

Bethany beëindig die oproep en staar verwese voor haar uit. Sy hoop net dat Ming die een kan vang wat dit gevat het, voordat dit te laat is. Wie dit ook al gevat het, het klaar 'n groot voorsprong. As dit gisteraand weg geraak het is dit dalk nou al lankal in die verkeerde hande.

* * * *

Markus parkeer sy Porche in die BBP-parkeerarea reg voor die staatsgebou wat die Departement van Waterwese huisves.

Hy teken by ontvangs in nadat hulle sy afspraak bevestig het en kry koers huisbak toe. Op die derde verdieping meld hy weer aan by die minister se ontvangsdame. Sy beduie na die verweerde rusbank waar hy gaan sit en wag vir sy beurt. Die vere in die bank protesteer toe hy gaan sit, hulle is al lankal nie meer doeltreffend nie. Hy sak weg in die holte waar vele liggame al voor hom gesit het.

Hy kyk rond na die dekor en merk die ouderdom van meeste van die items. Dit dateer duidelik uit die ou koloniale era toe die plek die eerste keer gebou en gemeubileer is. Niks is nog ooit vervang of reggemaak nie. 'n Tekort aan fondse is duidelik. Selfs die reuk van die meubels herinner aan oupa en ouma se huis. Hy kreukel sy neus en loer na die ontvangsdame wat hom onderlangs dophou. Hy tower sy mooiste glimlag op en sy kyk vinnig weg toe sy agterkom hy merk haar aandag op hom.

Hy haal die papierwerk uit en vergewis homself weer van die inligting wat hy met die minister wil deel. Na wat voel soos 'n ewigheid, word hy geroep. Hy loop by die kantoor in en sak amper weg in die duur matte wat die hele vloer bedek. Die minister sit agter sy impossante lessenaar, sy bril op die voorpunt van sy neus waar hy verdiep is in 'n lywige dokument.

Agter hom hang 'n groot skildery van die huidige staatshoof. Die mure is gedrapeer in materiaal van die regerende party se kleure terwyl die landsvlag in 'n staander aan die regterkant van sy lessenaar pronk. Sagte beligting vanuit die dak, verlig die kantoor en laat dit gesellig voorkom. Die houtafwerking teen die mure verleen 'n tikkie elegansie aan die vertrek wat herinner aan die vroeë koloniale tydperk met sy delikate insetsels van dieselfde donkerkleurige hout.

Markus gaan sit in een van die leerstoele wat die minister met 'n pofferhand aandui. Hy kyk rond in die kantoor en verwonder hom aan die dekor en die meublement wat ook uit die vorige eeu dateer; swaar en stewig. Die goed weeg seker 'n ton, wonder hy by homself. Die minister se stem onderbreek sy gedagtegang.

"Meneer Rheeder! Welkom in my nederige werksnessie." Hy steek sy hand uit en verdwerg Markus se hand in syne.

"Meneer die minister. Dankie vir die geleentheid om hier te kan wees. Jy het 'n pragtige kantoor."

Steven Manjekeng maak die kompliment af met 'n waai van sy hand. Hy het nie veel sin in die donker depressiewe meubelstukke nie. As dit van hom afgehang het, het hy lankal vuurmaakhout van die goed gemaak en meer moderne meubels aangeskaf. Hy haat dit om enigiets met die vorige regime te deel. Dit voel asof hy in die verlede vasgevang is met al die outydse gemors! Dis hoekom hy meer tyd in die opelug spandeer as in sy kantoor.

Hy bestudeer die man wat voor hom sit. Hy kon nie sy geluk glo toe hy die oproep vir die onderhoud kry nie. Die man, wie se maatskappy verantwoordelik is vir sy dilemma, in lewende lywe. Toe hy die president se plan in werking gestel het om die reënproses in die wiele te ry, het hierdie man die unieke waterreaktor ontwerp en gepatenteer, wat sy planne lelik kan laat verongeluk en sy lewe kortknip. Nou moet hy voorgee dat hy in die produk belangstel, net om nie agterdog te wek nie. Eintlik sou hy die man aan sy strot wou gryp en die lewe uit hom druk, soos wanneer jy 'n lastige vlieg met een hou van jou hand platdruk.

Hy glimlag vriendelik, "Wel, meneer Rheeder. Wat het jy om vir my te wys?" Hy moet maar voorgee dat hy van niks weet nie.

Markus bekyk die kolos van 'n man sonder om ooglopend te wees. Hy is nog meer intimiderend in lewende lywe. Op televisie lyk hy so klein en niksseggend. Hier is hy in beheer. Markus maak keelskoon en haal die papiere uit sy briewetas. Hy stoot dit oor die tafel in Steven se rigting. Daarna maak hy sy skootrekenaar oop en laai die aanbieding. Hy plaas die rekenaar so dat die minister ook kan sien en begin sy aanbieding.

Nadat hy klaar is sak daar 'n ongemaklike stilte in die vertrek neer. Die minister lyk ietwat bleek as hy hom so bekyk, alhoewel dit moeilik is om seker te wees, as gevolg van sy donker velkleur.

Sweet vorm druppels op Steven se voorkop en hy vee dit met 'n skoon sakdoek af. Hy vroetel met sy das en bestudeer die papiere aandagtig. Hy is paniekerig. Hy het nie besef dat die probleem so groot is nie. Die prototipe van die reaktor is klaar getoets en reg vir produksie. Hoekom weet ek nie hiervan nie? Dink hy desperaat. Hy probeer kalm voorkom sodat Markus niks agterkom nie. Met dié dat hy so vrylik sweet is hy nie seker of hy dit goed regkry nie. Hy loer na Markus maar sy gesig is 'n masker wat geen emosie wys nie. Sy oë is op hom gerig waar hy die papiere deurlees. Noudat hy die aanbieding gesien het, is hy éérs bekommerd. Hy is in die kak! Hy sal nie die proses kan vertraag om hierdie maatskappy 'n kontrak aan te bied nie. Nie sonder om aandag op homself te vestig nie. Die president gaan gewis nie hieroor bly wees nie. Hy sal 'n plan moet maak om die produksie van die reaktor gestop te kry voordat hy daarvan uitvind.

"Wel, meneer Rheeder, ek is beïndruk met jou aanbieding en met dit wat jou maatskappy uitgerig het. Dit lyk asof jy 'n bekostigbare oplossing het vir ons groot probleem hier in die Kaap. Ek sal graag jou proposisie in detail wil bestudeer en dit aan die parlement voorlê vir goedkeuring. Sal ons weer ontmoet sê, oor twee weke of so? My sekretaresse sal jou kontak." Hy glimlag van oor tot oor. Hy moet die man oortuig dat hy die kontrak sal kry, al het hy wat Steven is, ander planne.

Markus sug van verligting. Hulle kop is deur! Hy voel seker dat die parlement die produk sal goedkeur. Hy leun vorentoe en skud die geofferde hand. "Ek sal wag vir u oproep, meneer die minister. Mag dit gouer eerder as later wees," sê hy glimlaggend in 'n grap. Die minister verroer nie 'n ooglid nie.

Steven skud sy kop en vergesel hom deur toe, sy arm op Markus se skouer asof hulle groot vriende is.

"Weereens baie dankie, meneer die minister. Ons sien uit om van u te hoor," neem hy afskeid.

Steven skud weer die hand en maak die deur agter hom toe. Hy kook van binne. Hy gaan staan by die venster en hou Markus peinsend dop toe hy by die gebou uitkom. Hy sal moet aksie neem en vinnig ook. Hierdie maatskappy kan nie die kontrak kry nie, ten alle koste!

* * * *

Onder in die parkeerterrein kry Markus 'n gevoel iemand hou hom dop. Hy kyk op en sien die minister vanwaar hy hom agter sy kantoor se gordyne dophou. Hy glimlag en waai met sy hand, maar kry geen reaksie nie. Hy frons en klim in sy Porche. Hy het nou wel verlig gevoel toe hy die minister se kommentaar gehoor het, maar iets sê vir hom dat daar 'n slang in die gras is. Die minister het té hard probeer om hom te oortuig van sy goeie intensies. Hy begin hond se gedagte kry. Op pad kantoor toe probeer hy uitwerk wat die fout kan wees. Net voordat hy by die kantoor stop, tref dit hom soos 'n voorhamer tussen die oë – die minister het gewéét van die reaktor!

* * * *

Die aanbieding het alles uit hom gehaal. Markus maak die kantoordeur agter hom toe en strek hom behaaglik uit op die rusbank wat hy onlangs vir sy kantoor aangekoop het. Die reuk van egte leer het 'n kalmerende uitwerking op sy gemoed. Alhoewel die bank ferm is, kry jy tog die gevoel dat dit jou toevou in die sagtheid van die leer wat die kontoere van jou liggaam aanneem, hoe langer jy lê. Hy kan maklik aan die slaap raak hier, so gemaklik is dit.

Hy het vir Melanie gevra dat hy nie gesteur wil word nie. Hy wag net vir sy koffie wat hy bestel het. Daar is 'n ligte klop aan die deur en sy loop in. Sy sit die beker op die tafel neer en maak haar uit die voete sonder om hom te pla.

Nadat sy weg is, maak hy sy oë oop en staar na die plafon. Hy sukkel om sin te maak van die minister se houding. As die minister weet van die reaktor, soos hy vermoed, hoekom dan voorgee dat jy belangstel? Tensy ... Hy sit skielik regop. Kan dit wees dat die minister agter alles sit? Die skielike droogte, soos nog nooit voorheen gesien nie en die agtervolging van hom en Bethany. Die vraag is net, hoe bewys hy dit? En wat doen hy as hy weet? Na wie kan jy draai vir hulp as dit lyk asof die regering teen jou gekant is? Een naam kom in sy gedagtes op: Ming Li.

$* * * *$

Ming Li het haarself vermom om by Bethany uit te kom, aangesien sy nie gesien wil word nie. Sy het vir Bethany 'n boodskap gestuur om haar te waarsku dat sy onder 'n ander naam by die kantoor gaan aankom sodat niemand haar kan herken nie.

By H_2O Solutions word sy gou gehelp om Bethany se kantoor te kry. In die laboratorium trek sy die deur dig agter hulle sodat nuuskierige oë hulle nie kan volg nie.

Nadat hulle gegroet het, verduidelik Bethany vir haar die situasie van die spesifikasies en die ander dokumente wat weggeraak het.

Ming is moeg. Sy het min slaap gehad die laaste tyd. Die saak hou haar besig. Op die oomblik slaan sy vure dood na die dood van Pieter de Klerk. Dan het sy nog te doen met die nuuskierige Danie Momberg wat so glibberig is soos 'n paling.

"Het jy enige idee wie die dokumente kon gesteel het?" vra sy versigtig.

Bethany kyk na die rekenaarskerm voor haar en sê: "Ek het die rekords bestudeer van die mense wat in en uit die laboratorium beweeg het die laaste dag of so, maar ek kry niks verdag nie."

Ming frons. "Dit kan net een ding beteken."

"Wat?"

"Dit is iemand wat hier werk."

Bethany bedek haar gesig in haar hande. Sy wou dit so graag glo dat Roland onskuldig is. "Dan weet ek wie dit is," sê sy sag.

Ming lyk verbaas. "Hoe so?"

Bethany vertel vir haar van die gesprek met Roland vroeër die dag. Toe sy kom by die deel waar hy ontken dat hy dit gevat het sê Ming: "En? Glo jy hom?"

Bethany oordink haar woorde versigtig voordat sy antwoord: "Ek wil, Ming. Regtig ek wil. Maar ..."

Ming sit haar hand op Beth se skouer om haar te troos. Toe sê sy iets wat Bethany onkant vang. "Ek glo hom."

"Wat bedoel jy?" vra sy verbaas.

Ming sug. "Dink bietjie mooi daaraan. Roland is vantevore gevang vir 'n soortgelyke daad. Een waaroor hy diep berou gehad het. Hy het sy lewe reggeruk en sy nonsens laat staan, want hy weet hy is op dik water met jou en Markus. Sy toekoms is in gedrang. Maak dit regtig sin dat hy weer iets so blatant sou doen as om sensitiewe dokumente te steel? Nie regtig nie, maar vir iemand wat hom as 'n swartskaap wil gebruik, is dit die ideale geleentheid om iets te steel en skotvry daarvan af te kom. Hy, of sy, of hulle, het geweet dat hy dit sal moet rapporteer aan jou, of aan Markus en dat hy outomaties die skuldige sal wees as gevolg van sy vorige rekord. Baie gemaklik sou ek sê."

"Maar jy ken glad nie vir Roland nie," maak Bethany beswaar.

Ming skud haar kop. "Presies! As sy suster, is jy te naby om dit te sien soos ek dit sien. Ek bestudeer al lank die menslike natuur sodat ek my werk as Ninja deeglik kan doen. En uit dit wat jy my vertel het, is ek seker van my saak. Dit klop net nie. Die vraag is net, wie in hierdie maatskappy is so desperaat om so iets te doen en weg te kom daarmee? Ek dink julle het 'n mol hier."

Bethany verbleek merkbaar. Sy kyk Ming verbaas aan. "Ek kan nie eers begin om te dink wie anders dit kan wees nie, as dit nie Roland is nie. Waar begin mens?" Sy vee haar hand in desperaatheid deur haar alreeds deurmekaar haredos.

"'n Proses van eliminasie sou ek sê. Kyk hard en deeglik na al die staf en jy sal die skuldige vind."

Bethany omhels Ming. "Dankie, vriendin. Jy red Roland se bas en my reputasie." Sy glimlag wrang en sê: "Al wat nou oorbly is om vir Markus te oortuig hiervan." Sy kyk na haar en vra: "Sal jy saamstap na sy kantoor toe? Met jou daar, sal hy nie te erg tekere gaan nie. Miskien kan ons hom saam oortuig."

"Natuurlik!" verseker Ming haar. "En as hy te oproerig raak, sal ek hom moet bedwing," voeg sy dreigend by.

Hulle lag saam.

HOOFSTUK 10

'n Klop aan die deur laat Markus geïrriteerd opkyk. Wie pla hom so laat in die dag?

"Binne!" roep hy hard, 'n ligte frons op sy voorkop.

Bethany en 'n onbekende persoon kom ingeloop. Hy kyk vraend na Bethany.

"Hallo, Markus," herken hy Ming se stem.

Hy staan glimlaggend op en omhels haar. "Ek het jou nie herken nie, Ming." Hy kyk haar op en af. "En die vermomming?"

Ming gaan sit op een van die stoele. "Dit is die enigste manier wat ek helder oordag by julle kan inloop sonder om herken te word."

Markus wend sy aandag na Bethany toe en vra: "Wat is fout?"

Bethany en Ming ruil vlugtig blikke. Markus merk dit en gaan sit agter sy lessenaar. Hier kom 'n sameswering. Hy kan dit sien. As die twee eers so vir mekaar loer, het hulle saamgespan teen hom. Hy wag vir die verduideliking wat moet kom. Dit behoort interessant te wees.

Bethany maak keelskoon en begin vertel. Ming las haar opinie hier en daar by om die storie geloofwaardig te maak vir sy voordeel.

Toe hulle klaar is kyk hy hulle in ongeloof aan. Hy sit vorentoe in sy stoel en gluur na hulle. "So, laat ek net die storie opsom. Roland het, teen maatskappy beleid, diagramme en sketse van die nuwe reaktor in sy lessenaar aangehou. Dit nie laat vernietig soos wat instruksies dit vereis nie en toe het 'n onbekende "spook" by die laboratorium ingesluip en die goed gesteel. 'n Selferkende dief, wat 'n tweede kans gegun is uit simpatie met sy suster, rapporteer die verlies asof niks gebeur het nie. En ...," hy beduie na die twee van hulle, "julle glo hom sommer net so?" Hy klap sy vingers om die oomblik aan te dui.

"Markus?"

"Ja Ming?" vra hy en vou sy hande voor hom op die tafel.

"Moenie so 'n poephol wees nie toe! Dit maak nie sin dat hy hom weer aan so iets skuldig sal maak en dan goedsmoeds die diefstal rapporteer nie. Kry jou kop uit jou agterwêreld en sien dit vir wat dit is; iemand wil hom aan die pen laat ry om hulle identiteit geheim te hou." Ming gluur hom streng aan.

Markus skrik vir die kyk in haar oë. Dit voel asof sy deur hom kyk. Hy hou sy hande op in oorgawe en sê: "Oukei, oukei! Kom ons gaan van die veronderstelling af uit dat julle wel reg is. Hoe gaan ons die skuldige vastrek? Hy, óf sy óf hulle, is seker al lankal reeds weg met die bewyse."

Bethany en Ming kyk na mekaar. "Nie noodwendig nie, Markus," antwoord Bethany sag.

"Hoe so?" vra hy nuuskierig en begin met sy pen speel.

"Wie ook al die goed gevat het, sal te bang wees om dit onmiddellik uit die gebou te verwyder. Hulle weet moontlik van die etiket wat afgesit word deur die alarmstelsel by die ingange. Ek reken hulle wag om die etiket skadeloos te maak sodat dit nie werk teen die tyd dat hulle die gebou verlaat."

"Uhuh! En hoe gaan hulle dit doen?" vra hy smalend. "Ek het persoonlik die stelsel ontwerp." Hy glimlag selfvoldaan na hulle, seker dat die stelsel onoorbrugbaar is.

Ming haal een van die etikette uit haar sak en hou dit omhoog. "Hierdie is jou etiket nê?"

Markus vat dit by haar en bestudeer die item vlugtig en gee dit terug vir haar. "Jip. Hoekom?"

Sy weier om die item te vat en sê: "Toets dit en kyk of dit nog werk."

Markus frons en haal sy toetser uit sy lessenaar se laai waar hy dit hou om willekeurige toetse op sy etikette te doen om seker te maak dit werk. Hy bring dit naby die masjien en 'n skril alarm gaan af. Nadat hy dit stil gemaak het, oorhandig hy dit vir Ming. "Dit werk. Wat nou?" vra hy nuuskierig.

Ming staan op. "Nou gaan ek vir jou bewys dit kan onskadelik gestel word." Sy draai haar rug op hom en doen iets aan die etiket. Sy draai terug en gee dit weer vir hom. "Toets dit weer."

Markus kyk na die etiket en neem dit versigtig uit haar hand. Hy bring dit weer na die masjien toe ... niks gebeur nie!

"Wat de ..." Hy kyk verbaas na die etiket in sy hand en probeer weer. Steeds niks. "Wat het jy gedoen?" vra hy geskok. Hy het nog nooit gedink om die etiket aan toetse te onderwerp om te sien of dit onskadelik gemaak kan word nie. "Hoe?" vra hy, ontnugter deur die toets.

Ming glimlag. Sy leun vooroor en wys met haar vinger na die middel van die etiket. "Die komponente in die kern is belangrik vir die etiket om te resoneer met die veld wat die antenna opwek in die detektorspoele by die ingange. Al wat jy moet doen is om die komponent te beskadig en die etiket is onbruikbaar, soos wat ek hier gedoen het."

Markus draai die etiket in sy hand in die rondte, sy brein hard besig om te dink aan 'n oplossing om dit verhoed. "Maar wie sal weet dat dit so maklik is?" vra hy sag. Hy dink aan die impak wat dit kan hê as meer van die personeel dit sou uitvind, aspris of per ongeluk. Al hulle intellektuele eiendom is skielik kwesbaar vir industriële spioenasie. Enigeen kan met enige dokument hier uitloop en niemand sal eens weet nie, nie voordat dit te laat is nie.

Ming gaan sit weer en sê paaiend: "Moenie jouself te hard oordeel nie, Markus. Mens kan nie altyd aan alles dink om die skelms uit te hou nie. Jy het net een vrot appel nodig om die stelsel te omseil. Dit is duidelik dat jy iemand in die maatskappy het wat weet daarvan en dit gaan gebruik om die inligting te verwyder."

"Hoe stop ek dit?" vra hy desperaat en vryf sy hand deur sy kort hare. Hy kan die paniek voel opwel in hom.

Ming sien die innerlike stryd en die paniek wat besig is om hom lam te lê. "Los dit vir my. Ek sal die skuldige opspoor en stop voordat dit in verkeerde hande beland," verseker sy hom.

Hy kyk haar vraend aan. "Moet ek vra hoe, of wil ek liewer nie weet nie?"

Sy lag saggies en tik hom speels op die wang. "Jy leer vinnig!" Sy stoot haar stoel terug en staan op. "Ek sal julle op hoogte hou van die vordering." Sy groet en verdwyn by die deur uit.

'n Ongemaklike stilte daal neer in die kantoor.

"Ek ..."

"Wil ..." val hulle mekaar in die rede.

Hulle lag saam - die ys is gebreek.

Markus beduie vir haar om aan te gaan: "Jy wou sê?"

"Ek wou weet of jy lus is vir ete?"

Markus glimlag geheimsinnig. "Hoe het jy my gedagtes gelees? Ek wou vra of jy wil uitgaan vir ete?"

Bethany bloos. "Oukei. Wanneer?" vra sy en vroetel senuweeagtig met haar hande.

Markus krap sy oor. "Wat van Vrydagaand? Sê so seweuur? Ek sal jou oplaai."

"Dis reg dankie. Waar vat jy my heen?" wil sy weet met 'n glinstering in haar oë.

"Wel ..., " vra hy onseker. Hy weet nie eintlik waarvan sy hou nie. "Waarvan hou jy?"

"Verras my," laat sy hoor en staan op.

"Oukei, maar dan moet jy nie kla as dit nie in jou smaak val nie."

"Ek is seker jy weet net hoe om 'n meisie 'n goeie tyd te gee," antwoord sy en draai weg voordat hy die blos op haar wange kan sien. "Nag Markus," roep sy hom oor haar skouer toe en maak sy kantoordeur agter haar toe sonder om te wag vir 'n antwoord.

Markus staar haar oopmond agterna toe sy loop. Sy brein steek vas by die laaste sin. Hy leer 'n sy van haar ken wat nogal opwindend is, spontaniteit. "Nag Bethany," is al wat hy uitkry nadat sy reeds weg is.

* * * *

Ming verlaat die gebou net so ongemerk as wat sy dit betree het. Sy het 'n idee wie vir die diefstal verantwoordelik is, maar sy het nie vir hulle laat deurskemer wie die moontlike skuldige is nie. Sy wou net eers seker maak van haar feite voordat sy hulle vertel.

Buite in die parkeerterrein sak sy behaaglik in die BMW i8 se sagte sitplekke weg en maak haar oë toe. Sy vryf haar slape liggies om van die pyn ontslae te raak wat gaandeweg erger word. Die stres is besig om sy tol te eis en sy moet by die woonstel kom om te ontspan. Maar eers moet sy iemand agtervolg en ondersoek instel na die diefstal.

'n Ruk later kom die onderwerp van haar belangstelling uit die gebou en kies koers na een van die motors wat nog in die verlate parkeerarea staan. Ming skakel die BMW aan en volg op 'n veilige afstand.

Buite die woonstel van die persoon parkeer sy die motor waar sy die woonstel kan dophou. Toe die ligte 'n rukkie later af gaan klim sy uit. Tyd om nader kennis te maak.

* * * *

Melanie du Bois voel onrustig. Vanaand kan sy net nie aan die slaap raak nie. Sy rol rond en probeer alles, van skape tel tot haar asem ophou, om te kyk of sy nie dalk dan aan die slaap kan raak nie. Helaas, sonder sukses.

Uiteindelik staan sy uit frustrasie op en stap kombuis toe om tee te maak. Toe sy haar hand uitstrek om die kombuislig aan te sit, versteen sy in haar spore. Afgeëts teen die buitelig wat deur die kombuisvenster skyn, staan daar 'n figuur, roerloos voor die venster. Sy sluk hard en sê: "Hallo ..., wie's daar?"

Die figuur beweeg geruisloos. Die volgende oomblik voel sy die koel lem van 'n mes teen haar keel. Sy wil gil, maar die lem druk net hard genoeg om enige geluid te smoor wat sy probeer uiter.

"As jy wil bly lewe, sal jy maak soos ek sê," kom die sagte stem naby haar oor.

Melanie word amper flou van skok. Sy voel hoe haar bene in jellie verander en dreig om mee te gee onder haar. Die lem wat in haar nek insny hou haar regop. "Wat ... wil jy hê?" kry sy dit uit. Die stem klink vaagweg bekend, maar sy kan nie haar vinger daarop lê nie.

"Moenie skree nie," kom die stem weer by haar oor. Dit is amper soos 'n fluistering en sy wonder of sy haar verbeel. As dit nie was vir die drukking teen haar keel nie, sou sy gedink het sy droom.

Sy knik haar kop instemmend; as sy skree is sy dood.

Die figuur druk haar in die rigting van die kombuistafel en maak haar sit op een van die stoele. Die lem verdwyn skielik van haar keel af, voor sy kan reageer word haar hande agter haar rug vasgebind. Die volgende oomblik word 'n digte swart doek oor haar kop getrek. Die lig in die kombuis word aangesit maar sy kan niks sien nie. Toe word haar voete aan die stoel vasgebind sodat sy nie kan beweeg nie.

"Wat wil jy hê?" soebat sy angstig. "As dit geld is, ek kan jou alles gee wat ek het." Sy draai haar kop rond maar kan niks uitmaak nie; die doek laat geen lig deur nie.

Die stem by haar oor praat weer: "Waar is jou handsak wat jy vandag by die werk gehad het?"

Melanie sluk swaar en sê: "Dit is by die voordeur. Vat dit asseblief, as dit is wat jy wil hê."

Die stem lag saggies.

Sy probeer onthou waar sy dit al vantevore gehoor het. Die aksent klink vreemd.

"As ek jou geld wou gehad het was dit nie nodig om te wag vir jou om kombuis toe te kom nie. Jy sou nie eers geweet het ek was hier nie, tot môreoggend, wanneer jy dit sou agtergekom het."

"Nou wat wil jy hê?" vra sy paniekerig.

"Jy beter kalmeer, Melanie. Ek wil jou nie seermaak nie. Ek soek iets anders."

"Wat?" vra sy sagter.

"Die koevert met die inligting wat jy by H_2O Solutions gesteel het," kom die skokkende antwoord.

Melanie verbleek onder die doek. Sy probeer haar dom hou, "Watse koevert? Ek weet ..."

Die volgende oomblik is die mes terug. Hierdie keer bietjie harder. Sy kan voel hoe die lem die vel breek en die bloed teen haar keel afloop.

"Oukei! Oukei! Ek het dit gevat. Dit is in my handsak."

Die lem verdwyn en dit raak stil. Toe die stem weer praat is dit iewers voor haar.

"Hoekom het jy dit gedoen, Melanie? Markus en Bethany was nog altyd net goed vir jou."

Melanie sluk aan die knop in haar keel. Haar lippe is droog van die skok. Sy bars uit in trane en haar skouers ruk soos sy huil. "Ek is so jammer!" prewel sy sag. "Ek wou dit nie doen nie maar ..."

"Maar wat?" vra die stem nader.

Sy skrik en trek terug vir die onsigbare teenwoordigheid voor haar. "My pa wou dit gehad het. Ek het nie 'n keuse gehad nie," kom die eerlike erkenning.

"En wie is jou pa?" vra die stem.

"Frans Delport?" antwoord sy versigtig.

Ming frons toe sy die naam hoor. Dit lui 'n klokkie. Skielik besef sy dat dit die baas van FSM is. "Wil jy vir my sê jy is Frans Delport se dogter?" kom die verbaasde vraag.

Melanie knik haar kop op en af. Sy het nie die moed vir hierdie tipe ding nie. "Hoe het jy geweet dit is ek wat die dokumente gevat het?"

Ming maak die koevert oop en bestudeer die dokumente. Almal is daar soos wat Markus aan haar verduidelik het. Hulle is gelukkig om dit terug te kry voordat dit in verkeerde hande beland het.

"Hoe ... hoe het jy geweet?" vra sy weer.

Ming sug en bêre die koevert in die voue van die los oorkleed wat sy aanhet. Sy bekyk die vorm van die meisie met die swart doek oor haar kop en wonder wat sy volgende moet doen. "Hoe ék weet is nie belangrik nie. Wat wel saak maak, is dat jy jou werkgewers in die steek gelaat het. Jy sou die dokumente aan jou pa gegee het, sonder om twee keer te dink en sodoende ernstige skade aanrig aan hulle besigheid, as die opposisie die waterreaktor sou namaak. Dit kom neer op verraad. En jy weet wat die straf is vir verraad," sê sy afgemete.

Melanie begin weer huil en pleit: "Asseblief! Ek het nie 'n keuse gehad nie. My pa vat nie nee vir 'n antwoord nie. Hy gaan my afslag as hy hoor dat ek dit nie gedoen het nie." Haar skouers hang van moedeloosheid en oorgawe.

Ming kou aan haar onderlip terwyl sy dink. Sy het toevallig in die verbyloop vroeër die dag die handsak langs Melanie se tafel gesien staan toe sy op pad was na Markus se kantoor. Die A4-koevert wat bo uitgesteek het, het heeltemal uit plek uit gelyk. Veral omdat dit die maatskappy se logo in die boonste hoek gehad het. Sy het nog gewonder hoekom iemand wat daar werk, amptelike koeverte sal gebruik vir persoonlike korrespondensie. Haar gevoel was reg. As dit nie was nie, sou sy Melanie nou net so gelos het en verdwyn het en sy sou niks wyser gewees het nie, behalwe vir die skok van die ondervraging natuurlik.

Sy druk op die armleuning weerskante van Melanie en bring haar gesig tot baie naby aan hare. "Ek sal jou verskoon vir hierdie keer. Laat hierdie vir jou 'n waarskuwing wees. Waag dit net om weer iets te steel van jou werkgewer, al is dit net 'n kopspeld, en ek is terug om weer hierdie gesprek te hê. Volgende keer sal ek nie weer so vrygewig wees nie. Verstaan ons mekaar?"

Melanie knik haar kop entoesiasties van verligting. "Ek belowe! Ek sal dit nie weer doen nie!"

Ming kyk na haar vir 'n oomblik en dink aan die stryd wat sy hiervandaan met haar pa gaan hê wat vir die dokumentasie wag. Dit is straf genoeg vir haar verraad. Buitendien sal sy tweekeer dink voordat sy dit weer doen.

Sy maak haar wysvinger en middelvinger reguit en slaan Melanie in 'n steekaksie in die waai van haar nek, op een van die senu eindpunte wat haar onmiddellik buite aksie stel. 'n Tegniek wat baie suksesvol is om jou aanvaller gou onder bedwang te bring, veral as hulle hulle verset. Daarna verwyder sy die doek van die bewustelose meisie se kop af en maak haar hande en voete los. Sy dra die liggaam tot in die slaapkamer en maak haar gemaklik op haar bed. Nadat sy die komberse oor haar getrek het, verwyder sy alle spore van haar teenwoordigheid, skakel al die ligte af en verdwyn in die donker nag. Haar taak is afgehandel.

* * * *

Mike Colby maak hom by een van die tafels in Die Hollander tuis. Hy kyk om hom rond na die klandisie wat dié tyd van die dag in die kroeg rondhang. Daar is 'n verskeidenheid van oud tot jonk wat hier kom skuiling soek teen die lewe se stampe en stote, soos wat hy ook maar doen as dinge te veel word.

Hy gooi sy baadjie oor die stoel langs hom en trek die bier nader wat kort tevore voor hom neergesit is. Hy neem 'n lang sluk van die yskoue vloeistof en sug behaaglik; net wat hy nodig gehad het na die stresvolle telefoonoproep. Terwyl hy die glas stadig in die rondte draai oordink hy weer die gesprek wat hy met die stem aan die ander kant van die telefoonlyn gehad het. Die dreigement was onmiskenbaar, *stop die ondersoek of jou familie gaan seerkry*.

Hy pers sy lippe saam en vloek binnensmonds. Gelukkig is die geraasvlak in die vertrek van so aard dat niemand in die nabyheid enigiets kan hoor wat jy sê tensy jy hard skree nie.

Die persoon se aksent interesseer hom geweldig. Hy kon hoor dit was moontlik van Oosterse afkoms. Dit maak die moontlikheid groot dat dit dieselfde persoon is as die een wat arme Pieter de Klerk se lewe kortgeknip het. Die Samurai swaard idee van Armand Brits begin na 'n sterk moontlikheid lyk. Iemand met daai tipe aksent sal heel waarskynlik opgelei wees om dié tipe wapen te kan hanteer.

Terselfdertyd maak dit hom bang, jy sukkel nie met iemand met sulke vaardighede nie. As dit wat hulle in films wys enigsins waar is dan soek jy vir moeilikheid. Die bietjie wat hy weet van sulke swaarde is dat hulle vlymskerp is en jou met min moeite middeldeur kan sny. Hy gril by die gedagte en kyk vlugtig rond. Hy verwag enige oomblik van die geheimsinnige vrou met die aksent en die swaard, om haar opwagting te maak waar hy dit die minste gaan verwag.

Die volgende oomblik skrik hy toe iemand 'n stoel langs hom uittrek. Hy gooi amper sy bier om van skok.

"Wat de ... " skree hy en gluur die persoon aan. Toe herken hy vir Danie Momberg.

Danie staar oorbluf na hom en glimlag. "Wat's fout met jou, my ou? Dit lyk asof jy 'n spook gesien het." Hy gaan sit en neem 'n sluk van sy drankie wat hy op pad in by die toonbank opgetel het.

Mike sug en vee 'n hand deur sy borselkop. Hy gluur na Danie van onder sy wenkbroue deur: "Jy het my die skrik op die lyf gejaag toe jy so skielik die stoel uittrek. Ek was diep ingedagte."

Danie vat nog 'n sluk. "Jy lyk of jy 'n harde dag gehad het. Wie of wat jaag jou so?"

Mike oorweeg of hy vir hom moet vertel wat gebeur het. Hy besluit dat dit nie skade kan doen nie. "Ek het 'n interessante oproep gehad."

"Ek luister."

Mike vertel hom die hele verloop van die gesprek tot waar hy die telefoon neergegooi het en uitgestorm het. Op pad na Die Hollander toe het hy op die ingewing van die oomblik vir Danie gebel en hom gevra om hom hier te ontmoet. Hy het 'n handlanger nodig, net ingeval.

Danie fluit saggies, sy oë groot. "Nou toe nou! Net toe ek gedink het ek het alles gehoor."

"Wat bedoel jy?" vra Mike geïrriteerd. Hy kan sien dat Danie hom nie glo nie.

Danie lag en trek sy skouers op. "Ek sê maar net. Nou dink jy seker dat dit die geheimsinnige Samurai vegter is wat jou gebel het. Glo jy nog die nonsens of is jy op pille? Daai goed sien jy net in movies." Hy sit agteroor en gooi sy arm oor die leuning, sy voete voor hom uitgestrek. Hy kan sien die oproep het arme Mike in 'n staat van paniek. Self, is hy nou nie een wat aan dié tipe dinge glo nie. Buitendien, dit was lank gelede wat hierdie vegters bekend was in Japan. Dinge het verander. Met moderne tegnologie is hy seker dat hulle almal al uitgesterf het, of so oud is dat hulle geen gevaar vir die samelewing inhou nie.

Mike leun nader sodat hy hom beter kan hoor tussen al die geraas deur. "Die lykskouer dink ook so."

Danie loer na die ander om hulle en vra fronsend: "Glo wat?" Hy is skielik nie meer so seker nie.

"Die merk wat die wapen gemaak het wat Pieter se lewe beëindig het, kon afkomstig gewees het van 'n Samurai swaard of iets soortgelyks."

"Het julle bewys daarvan?" vra hy en sit vorentoe op sy stoel. Sy bravade van flussies is daarmee heen.

Mike vat nog 'n sluk en vee die waterdruppels op die kant van sy glas met sy duim skoon. "Dit is juis die ding. Al die foto's van die misdaadtoneel en dié wat geneem is van die wond is skoonveld. Iemand het baie moeite gedoen om dit te verwyder voordat ons te slim raak. En ..."

"En wat?" vra Danie nuuskierig toe hy stilbly.

"Die lyk is onherkenbaar geskend sodat ons nie enige bewys het van die wond nie."

"Hoe de hel gebeur dit?" vra Danie verbaas.

Mike trek sy skouers op en antwoord: "Geen idee nie. Wie dit ook al was, het ongesiens in die lykshuis ingekom, die liggaam se nek in maalvleis omskep, die foto's in die lêer en op die rekenaars verwyder en weer spoorloos verdwyn, asof hy of sy glad nie eens bestaan het nie. Daar is geen rekord in enige van die logs op die vingerafdrukskandeerders dat daar enige ongemagtigde persoon, of persone die gebou binnegekom, of verlaat het nie. As dit nie vir Armand Brits was wat die wondmerk al voorheen gesien het nie, sou ons niks wyser gewees het nie. Toe ek begin krap toe kry ek die oproep van vanoggend. Skielik maak alles sin."

Danie is sprakeloos. Hy staar in ongeloof na Mike asof hy hom vir die eerste keer sien. "Well, I'll be damned!" slaan hy oor in Engels om sy verbasing te kenne te gee. "So, wil jy vir my sê dat daar hier, in Suid Afrika, 'n Samurai vegter rondloop wat mense met 'n swaard doodmaak en in en uit goed bewaakte geboue kan rondbeweeg sonder dat iemand enigiets agterkom?" Hy skud sy kop vir die absurditeit daarvan en begin senuagtig lag.

Mike kyk hom vies aan.

Danie sien sy reaksie en sê: "Komaan, Mike! Jy moet erken, dit klink verregaande!"

Mike sê niks en maak sy glas leeg. Hy vermy Danie se oë en bestudeer die klandisie om hom vir 'n rukkie voordat hy sê: "Glo dit of jy wil of nie. Ons het hier te doen met iets wat ons nog nooit vantevore in hierdie land gesien het nie. Iets wat vir ongelowige Thomasse soos jy, dalk onwaar en na 'n fantasie klink, maar vir my is dit 'n harde werklikheid. Ek het die dinge met my eie oë gesien en ek is bekommerd. Want hoe stop ons dit? Hoe keer jy 'n vyand wat jy nie kan sien nie?"

Danie kan sien dat Mike ernstig is en hy sluk hard aan die skielike knop in sy keel. Hy hou hom besig met sy drankie en wonder of hy dalk ook op die geheimsinnige vegter se lys is.

"Ek sal baie versigtig wees as ek jy is," kom die waarskuwing van Mike se kant af.

"Hoe so?"

"Jy is dalk volgende ..."

* * * *

Melanie word die volgende oggend wakker met 'n hoofpyn wat skrik vir niks en 'n seer skouer waar die geheimsinnige besoeker haar geslaan het. Sy voel uitgerus al is sy seer. Na 'n warm stort, stewige ontbyt en 'n hand vol pynpille is sy reg vir die dag.

Terwyl sy werk toe ry, speel die vorige aand se gebeure weer in haar gedagtes af. Die stem van die aanvaller klink vaagweg bekend maar sy kan dit nie heeltemal plaas nie. Sy wonder hoe die persoon geweet het dat sy die dokumente gevat het. 'n Gedagte skiet haar te binne en sy trek van die pad af. Haar hande bewe waar dit op die stuurwiel rus. Met paniek wat dreig om haar te oorweldig, skakel sy die enjin af, maak die deur oop en klim uit. Sy loop tot op die rand van die hoogte waar sy stilgehou het en kyk na die landskap wat voor haar uitstrek. Met diep asemteue probeer sy haar kloppende hart tot bedaring bring. Sy besef wie dit was wat haar in die woonstel besoek het, Markus en Bethany se besoeker, Ming Li.

'n Motor hou langs haar stil en sy kyk verbaas na die man wat uitklim. Sy het nie verwag dat enigiemand sou stilhou nie.

"Is jy orraait?" kom sy besorgde vraag. Hy loop tot by haar motor en bekyk dit van alle kante asof hy soek hoekom sy hier stilgehou het.

Mel kyk fronsend na die XR6 en wonder wie nog sulke antieke motors ry.

"Ek is dankie," kom haar besliste antwoord. Al wat sy nodig het, is om nog hier aangerand te word ook, asof dit nie genoeg is dat sy die vorige aand sentimeters van haar dood af gekom het nie. Sy hou hom angstig dop om te sien wat sy intensies is.

Danie glimlag gerustellend en hou sy hande omhoog. "Hei! Ek is nie 'n kaper of 'n skelm nie, oukei. Ek werk vir FSM en ek was besorg toe ek jou so alleen hier sien staan, vrou-alleen." Hy kyk na die verkeer wat verby ry en vervolg: "Hierdie is nie eintlik 'n veilige plek om te stop nie."

"FSM?" onderbreek sy die gesprek. "Werk jy vir Frans Delport?"

Hy kyk verbaas na haar. "Ja, hoe het jy geweet?"

Sy lag sinies en vee haar hand deur haar hare. "Frans is my pa."

Danie kyk haar ongelowig aan. "Jy speel!" roep hy uit. Hy kyk haar met verwondering van kop tot tone deur en fluit saggies. "Om te dink dat so lelike man so mooi dogter kan hê!"

"Ja toe nou," merk sy blosend op en vou haar arms oor haar bors. "Jy kan maar ry, ek is reg."

Danie lag saggies en leun teen die voorkant van die XR6, sy hande in sy broeksakke. "Ek is nie die slegte ouens nie. Ek wou maar net help as dit nodig was, dis al."

Mel ontspan effens maar hou hom dop, net ingeval. Sy loer vlugtig oor die vallei en kyk terug na hom toe. "Ek wou maar net my kop skoon kry dis al. Bietjie vars lug inasem voor ek die stad in ry. Niks soos skoon lug om mens se brein helder te kry nie."

Danie skud sy kop en kyk na die natuurskoon om hulle. Hy trek sy skouers op. Vir hom is dit oral dieselfde. Hy voel vere vir die natuur. Hy verkies maar die stad en sy liggies.

"Wat ookal. Ek gaan in elk geval wag totdat jy ry. Jou pa sal my nooit vergewe as ek jou los en iets gebeur met jou nie."

Mel vererg haar vir sy opdringerigheid. "Ek is orraait, regtig. Niemand sal my helder oordag hier aanval nie. Daar is te veel verkeer wat kom en gaan." Sy beduie na die motors wat verby ry. Party verminder spoed om te sien wat aangaan, maar verloor vinnig belangstelling as hulle merk dat daar geen bedreiging is nie.

As 'n nagedagte steek hy sy hand uit en maak 'n ligte buiging, "Danie Momberg. Tot jou diens."

Mel huiwer vir 'n oomblik voordat sy die geofferde hand teësinnig skud en antwoord: "Melanie du Bois." Sy hand is klam en sy trek haar hand uit sy greep voordat hy idees kry.

"Aangename kennis, Melanie. Is jou kop nou helder genoeg om te ry?" Hy beduie na die pad stad se kant toe en kyk op sy horlosie. "Ek gaan laat wees vir werk. Jou pa is nie baie toegeeflik as ons laat kom nie. Gelukkig het ek die ideale verskoning." Hy glimlag en knipoog vir haar.

Sy rol haar oë en maak haar motordeur oop om in te klim. Sy het nie lus vir sy geselskap of sy intensies nie. "Dankie dat jy gestop het," groet sy en klim in sonder om vir 'n antwoord te wag. Sy kry die enjin aan die gang en trek weg. In haar truspieëltjie sien sy hoe hy waai voordat die stof, wat haar bande opskop, hom in 'n bruin wolk omhul. Sy glimlag by haarself, sy verdiende loon!

Danie bedek sy gesig om die stof te keer en kyk die motor wat rigting kies stad toe agterna. Hy sal wat wil gee om haar weer te sien. Hy moet 'n plan maak om haar besonderhede in die hande te kry - sonder dat Frans daarvan uitvind, natuurlik. Hy sal hom lewendig afslag as hy moet weet wat hy in gedagte het.

HOOFSTUK 11

Ming, Markus en Bethany ontmoet weer soos gewoonlik laataand in Die Hollander.

Vanaand is die klandisie effens minder en die geraasvlakke laer, wat hulle gesprek bevoordeel. Toe hulle gemaklik sit, met elkeen se gunsteling drankie voor hulle, skuif Ming 'n koevert in hulle rigting.

Markus herken die maatskappy se logo op die voorkant en maak dit met bewende hande oop. Hy trek sy asem skerp in toe hy die belangrike dokumente herken wat uit die laboratorium gesteel is. Hy wys dit vir Bethany sonder om dit uit te haal.

Bethany se oë rek van blydskap en sy glimlag in Ming se rigting. "Dankie," prewel sy die woorde.

Ming knipoog vir haar.

"Dankie, Ming. Jy weet nie hoe bly is ek dat ons dit terug-gekry het nie."

"My plesier, Markus. Ek het mos gesê julle moenie stres nie. Ek sal dit terug kry."

Markus kyk haar ernstig aan. "Wie het dit gesteel Ming?" Sy oë is kil van woede.

Ming kyk hom reguit in die oë en neem haar tyd om 'n slukkie van haar drankie te vat. Markus is in 'n vuil bui en sy besef, as sy nou vir hom moet sê wie dit was, gaan hy sy humeur verloor en voor al die mense in die kroeg 'n spektakel daarvan maak, iets wat hulle nie kan bekostig nie. Sy sit haar glas saggies neer voor sy praat: "Dit is nie nou belangrik wie dit gevat het nie, Markus. Wat wel ..."

Voor sy haar sin klaar het val hy haar in die rede: "Ek moet weet, Ming! Ek moet 'n voorbeeld van hierdie persoon maak om ander te ontmoedig om ooit weer so iets te probeer."

Ming hou haar hand paaiend omhoog en kyk weer rond om te sien of dit aandag getrek het. Niemand toon enige ooglopende belangstelling in hulle gesprek nie. Sy ontspan effens voordat sy verder gaan: "Soos ek gesê het, dit is nie nou belangrik nie. Wat ek wel kan sê is dat die persoon so groot geskrik het dat hulle nie maklik weer so iets sal doen nie. Jy sal verbaas wees hoe oortuigend 'n vlymskerp *Ninja-to* swaard is wat teen jou keel gehou word. Van skok moes daar byna ander klere aangetrek word."

Markus glimlag stram in haar rigting. "Ook maar slim nê! Sê nie of dit 'n man of vrou was nie."

Ming trek haar skouers op. "Ek het my oog op die persoon. So, niks sal weer wegraak nie, dit kan ek jou belowe. Om 'n Ninja in gevegsmondering laat in die aand in jou blyplek te sien, het nogal 'n effek op 'n persoon. Veral as jy gedreig word met die dood."

"Gaan jy ons ooit vertel wie dit was, Ming?" kom Bethany se vraag. Sy hou haar gesig noukeurig dop om te sien of sy enigiets weg gee. Haar gesig is 'n masker.

Ming kyk hulle om die beurt aan. "Die dag wanneer dit absoluut nodig is, sal ek julle sê, ek belowe." Sy hou haar hand oor haar hart om haar belofte te beklemtoon.

Markus probeer vir 'n laaste keer: "Werk hy of sy in die laboratorium?"

Ming lag en beduie in sy rigting. "Jy behoort van beter te weet, my vriend. Ek gee nie my geheime weg nie. Julle sal my maar met hierdie inligting moet vertrou."

Marus kyk na Bethany en gee 'n lang sug. "Dink jy ons moet probeer om haar om te koop?"

Bethany lag en mik 'n hou in sy rigting. "Sy is 'n rots! Niks kan haar beweeg nie."

"Daar is jy reg, Beth. My woord is my eer. Elk geval ..." verander sy die onderwerp. "Daar is twee ander kandidate wat my aandag in beslag neem."

"Wie?" vra Markus uit die mag van die gewoonte. "Skies, daar doen ek dit weer."

Ming maak dit af met 'n waai van die hand. "Is daar enigiets anders wat julle nog nodig het voordat ek gaan? Môre is 'n lang dag en ek het 'n goeie nag se rus nodig."

"Daar is ja. Ek was by die minister van Waterwese en ek vermoed hy het reeds geweet van die waterreaktor nog voordat ek my aanbieding gedoen het."

"Hoe bedoel jy?" vra Ming fronsend.

"Enige ander persoon sou uit die veld geslaan, of selfs oorbluf wees oor die nuus, maar hy was kalm, te kalm na my sin. Hy het sy bes probeer om voor te gee dat hy verras was, maar ek het nie geval daarvoor nie; en toe ek by my motor kom, het ek gesien hy staan vir my en kyk deur die venster in sy kantoor. So al asof hy my opsom."

"Wie is hy en waar kry ek hom?" vra sy kalm.

"Jy gaan hom nie seermaak nie gaan jy?" vra Bethany sag.

Ming glimlag. "Moenie so paranoïes wees nie, vriendin. Ek maak nie almal seer wat my pad of julle s'n kruis nie. Net dié wat 'n bedreiging inhou." Sy loer na Markus en wag vir die inligting.

"Die Departement van Waterwese is in die middestad en die minister is Steven Manjekeng."

Sy neem die laaste sluk van haar mineraalwater en skuif haar stoel terug. "Dankie. Ek sal julle op hoogte hou nadat ek en hy gesels het."

"Waaroor?" vra Markus, maar hy weet reeds wat die antwoord gaan wees.

Sy kyk na hom met 'n onmeetlike uitdrukking in haar donker oë. "Oor ditjies en datjies, jy weet. Ek wil net seker maak ons is almal op dieselfde bladsy, as julle weet wat ek bedoel."

Die drietal kies koers na die deur toe nadat Markus die rekening betaal het. Buite in die koel naglug trek hulle hulle baadjies stywer om hulle en kyk rond vir enige teken van moeilikheid. Hulle laaste besoek was nou nie juis sonder enige voorval nie. Die area is skoon met geen teken van onraad nie.

By hulle voertuie neem hulle afskeid en kies koers na hulle motors toe. Markus en Bethany het sommer saam gery in sy Porche terwyl Ming met die BMW i8 gery het. Hy gee die karwag 'n stywe fooitjie en maak die deur vir Bethany oop.

"Meneer Rheeder!" sê sy verbaas. "Jy is vanaand 'n regte gentleman."

Markus bloos en maak die deur toe, ook maar bly dat dit aan die donker kant is, sodat sy dit nie kan sien nie. Hy kry weer die gevoel wat hy die ander aand in sy kantoor gekry het. Hy skud sy kop en klim agter die stuur in. Dit is tyd om koelkop te bly.

Op pad terug Paarl se kant toe is daar 'n ongemaklike stilte tussen hulle. Beide is te bang om die gemoedstemming te breek. Dit voel lekker intiem om in die klein spasie saam te wees.

Markus wens dit hou nooit op nie. Hy kan haar parfuum ruik en dit maak hom senuweeagtig.

Bethany voel die gloed in haar nek opstyg om so naby aan hom te wees. Die subtiele geur van sy naskeermiddel maak haar lighoofdig.

Voor hulle dit besef, is hulle voor haar woonstel.

Markus parkeer in die besoekersarea en sluit die motor af. Hy kyk deur die voorruit na die woonstelgebou. "Uit en tuis en by die huis," sê hy en draai na haar.

Bethany vermy sy oë, haar hand op die deurhandvatsel, reg om uit te klim. Dit voel asof iets haar keer om uit te klim. Ek wil nie die warmte van die motor verlaat nie, maak sy haarself wys.

Die volgende oomblik is hulle in mekaar se arms, hulle lippe soek mekaar hongerig in die halfdonkerte van die kajuit. Met hortende asems gee hulle uiting aan die opgekropte emosies wat vir so lank reeds onder die oppervlak skuil. Die beperkte spasie maak egter gou 'n einde aan hulle pogings om dinge verder te voer.

Bethany lag saggies teen sy oor en soen hom teer. "Hierdie model is nie gebou vir sulke dinge nie. Ons moes die GTI gevat het."

Markus snak na asem en soen haar in die waai van haar nek. Haar reuk maak hom mal van begeerte. "Net môre koop ek 'n verdomde stasiewa."

Bethany lag vir sy opmerking en trek weg van hom af. Sy sit haar vinger op sy lippe om hom teë te hou. "Uhuh! 'n Stasiewa nogal? Vir wat?"

Markus bloos bloedrooi en sit terug in sy sitplek. Hy vee sy deurmekaar hare reg en lag vir sy eie grap. "Nie regtig nie. Miskien ook 'n stasiewa vi r ... jy weet ..."

Sy kyk hom gemaak ernstig aan, "Ek is bevrees ek weet nie, meneer Rheeder. Jy sal dit maar vir my moet uitspel."

Hy trek aan sy hemp se kraag en maak die venster oop om vars lug in te laat. "Sjoe! Hoe sweet ek nou!"

Sy trek hom nader en soen hom op sy mond. Sy voel hoe sy lippe oopmaak onder hare en hulle tonge vind mekaar in 'n delikate dans van ontdekking. Haar liggaam reageer met die intieme blyk van begeerte wat hy uitstraal en sy voel hoe haar weerstand verkrummel onder die aanslag. Sy is op die punt om hom te vra om in te kom na haar woonstel, toe hy die omhelsing verbreek.

Sy asem jaag oor sy lippe. Hy begeer haar met alles wat hy het. Maar hy besef dat dit te vroeg is. Hy wil nie graag oorhaastig wees en haar afskrik nie.

"Beth?"

"Markus?"

"Jy moet lekker slaap."

Sy kyk verbaas na hom. Sy het regtig gedink dat hy verder wil gaan. "Oukei," is al wat sy uitkry. Sy stryk haar klere reg en kry haar handsak voordat sy die deur oopmaak.

Markus hou haar terug aan die arm toe sy wil uitklim. "Ek wil nie oorhaastig wees nie," sê hy verskonend.

Bethany sug en gee hom 'n piksoen op die wang. Sy het uitgesien na dit wat sou kom, maar hy het dit befoeter toe hy skielik terug trek. "Geen probleem nie. Is dit nog aan vir môreaand seweuur?"

Hy kyk verbaas na haar. Hy het amper vergeet van die afspraak. "Natuurlik!" stamel hy verleë. "Sien jou by die kantoor môreoggend?"

"Lekker slaap, Markus. En ... dankie vir vanaand." Sy klim uit, maak die deur toe, en loop woonstel toe sonder om om te kyk.

Markus staar na haar vorm soos sy wegloop en verwens homself dat hy dít gestop het wat natuurlik sou gebeur. Hy het lanklaas sulke sterk gevoelens teenoor 'n meisie gehad. Veral na ... Hy skud sy kop om die gedagtes af te weer en kry die Porche aan die gang. Hy trek met 'n spoed weg en klem sy kake verbete op mekaar. Sy oë is koud. Hy staar voor hom uit na die pad wat verlate is dié tyd van die nag. Die herinnerings is nog te duidelik in sy geheue ...

Die volgende oomblik bars die linker voorwiel van die Porche. Hy probeer die motor onder beheer bring, maar voel hoe dit begin tol soos die pap band die kar onbeheerbaar maak. Met 'n harde slag tref hy die kantreëling langs die pad. Dit verbrokkel voor die motor en gee sonder weerstand mee. Hy lig sy arms om sy gesig te beskerm. Gelukkig het hy sy veiligheidsgordel aangesit voordat hy gery het. Die motor kom skielik tot stilstand toe dit 'n stewige boom in die veld langs die pad tref. Die lugsak onplooi met 'n slag en toe word dit swart...

* * * *

Bethany staar oopmond na Melanie. "Sê weer," herhaal sy, nie in staat om te glo wat sy nou net gehoor het nie.

Melanie sluk swaar en dep haar oë met die snesie wat sy krampagtig in haar hand vasklem. "Dit is Markus, Bethany. Hulle het sy Porsche gekry waar dit teen 'n boom gebots het, nie ver van jou woonstel af nie."

Bethany gaan sit verdwaas op die naaste stoel. "En Markus? Is hy orraait?" vra sy geskok.

"Dit is juis die ding Bethany, hy is skoonveld."

"Wat?" vra sy verbaas.

"Toe die ambulans en die polisie daar opdaag, is daar geen teken van hom nie. Hy het verdwyn, Bethany!" skree sy histeries.

Bethany staan op en druk haar teen haar vas om haar te kalmeer, haar gedagtes in hoogste versnelling. Sy is verbasend kalm vir iemand wat nou net slegte nuus gehoor het. Dit voel asof sy in 'n droom lewe. Toe skop haar beskermingsinstink in.

Sy maak Melanie sit en stap na die koffiemasjien toe vir 'n sterk koppie koffie. Terwyl sy deur die mosies gaan om die brousel te maak, oordink sy weer die gebeure van die vorige aand. Sy herleef weer die intense oomblikke tussen hulle in die Porsche, net voordat sy uitgeklim het en voel die gloed van begeerte oor haar spoel. As sy maar net probeer het om hom te oortuig om saam te kom woonstel toe, sou hy nou ongeskonde gewees het. Maar ja, spyt kom altyd te laat.

Sy neem 'n sluk van die sterk mengsel en draai na Melanie. "Wie het jou laat weet?" vra sy kalm.

Melanie het haarself intussen gekalmeer en sê: "Die polisie. Hulle het gebel met die nuus net voordat jy ingekom het. Hulle het blykbaar die motor se registrasienommer nagespoor en die skakelbord gebel."

"Wat van Markus se selfoon?"

"Ook af," antwoord sy en dep weer ywerig toe die trane dreig.

"Wie anders weet hiervan?"

Melanie kyk om haar rond. "Ek het nog nie kans gehad om vir enigiemand anders te vertel nie." Sy staan op om woord by die daad te voeg.

Bethany hou haar hand op om haar te keer. "Moenie! Ek sal die personeel inlig," vermaan sy ferm. Die situasie moet onder beheer gehou word, vir nou. Dit kan moraal ernstig benadeel as dit verkeerd gedoen word. Sy loop stadig op en af in Melanie se kantoor terwyl sy haar opsies oorweeg. Gelukkig is almal nog nie op kantoor nie. Dit gee haar tyd.

"Gaan aan asof daar niks gebeur het nie. Ek sal alles uitsorteer. Is daar 'n kontaknommer by die polisie wat ek kan skakel?" vra sy vasberade en hou haar hand uit vir die inligting.

Melanie skarrel na haar lessenaar toe en kom terug met die haastig geskrewe nota met die ondersoekbeampte se naam en telefoon nommer op. Bethany lees die naam, Mike Colby.

* * * *

Die ongelukstoneel is 'n miernes van bedrywigheid.

Eers moes die brandweer seker maak dat daar geen gevaar bestaan dat die motor aan die brand sal slaan nie. Die polisie het die Porsche deursoek vir enige leidrade wat sou aandui wat van die bestuurder geword het.

Die bestuurder se deur was wawyd oop en die veilgheidsgordel is nie losgemaak nie, maar afgesny. Bloedspatsels op die stuurwiel en die spatbord het aangedui dat die bestuurder heel waarskynlik nog lewendig was na die ongeluk. Bloedmonsters is geneem en na die laboratorium gestuur vir analise. Bloedalkohol vlakke was een van die prioriteite vir die ondersoek, miskien het die bestuurder beheer verloor omdat hy dalk een te veel gedrink het.

Toe Mike Colby by die toneel opdaag, het hulle hom deurgelaat om sy eie ondersoek te doen. Met sy hande in sy broeksakke het hy 'n wye draai om die toneel geloop en alles deurgekyk.

Behalwe dat die Porsche afgeskryf was, het die stukkende voorband sy aandag getrek. Fronsend het hy dit van naderby beskou en die hele band deurgekyk vir enigiets wat verdag voorgekom het. Op die oog af het dit gelyk asof die band gebars het, wat aanleiding gegee het tot die ongeluk.

Hy wink een van die forensiese tegnici nader en beduie na die band. "Ek soek 'n verslag oor die gebarste band asseblief."

"Enigiets spesifieks waarvoor ons moet kyk?" vra die tegnikus outomaties terwyl hy 'n aantekening op sy knypbord maak.

Mike staar ingedagte na die band, "Nee. Ek wil maar net seker maak ons dek al die moontlikhede. As die bloedtoetse negatief is moet daar 'n ander rede wees."

Die tegnikus knik sy kop en vra: "Nog iets?"

Mike skud sy kop en beduie dat hy kan gaan. Toe hy alleen is sê hy saggies: "Hierdie ingevoerde motors kom gewoonlik met bande wat gery kan word selfs al is hulle pap. Duur tegnologie, maar baie betroubaar. Hoekom het hierdie een so sleg uitgerafel?" Hy vat weer aan die stukkende flenters wat eens 'n goeie band was en hy wonder.

Daarna bekyk hy die area waar die ongeluk plaasgevind het en probeer uitwerk hoe die ongeluk kon gebeur het. 'n Reguit stuk pad, met geen draaie of blinde hoogtes waar 'n goeie bestuurder maklik beheer kon verloor het nie. Hy frons opnuut en kyk na die wrak. As jy maar kon praat nè, mymer hy ingedagte.

Een van die Forensiese tegnici staan nader en vra of hulle die motor kan insleep vir die ondersoek. Mike tree terug en wys dat hulle kan voortgaan. Hy staan en kyk hoe die wrak losgeskeur word van die boom waarom dit gevou was. Stukke van die bakwerk breek af en besaai die gras om die boom. Toe alles opgelaai is en die sleepwa die pad vat, loop hy vir oulaas oor die deel waar die motor 'n kort rukkie vantevore gestaan het.

Dit is toe dat hy dit sien: 'n stukkie metaal wat nie daar hoort nie. Hy buk en tel dit op en draai dit tussen sy vingers in die rondte. Dit het skerp punte aan alle kante. Die tipe wat gewoonlik in 'n ketting aangebring word en oor 'n pad gelê word om motors skielik tot stilstand te bring.

Hy glimlag en kyk weer na die pad vanwaar die Porsche gekom het. Iewers daar het die ketting gewag vir hom om daaroor te ry. Wat teen hom getel het, was die spoed waarteen hy gery het. Dit is hoekom die motor deur die sperreëling is en teen die boom tot stilstand gekom het. As hy die aanbevole spoedgrens gery het, sou hy veilig kon stop. Iemand het vir Markus Rheeder ingewag, die ongeluk veroorsaak en hom op die koop toe ontvoer ... Waarvoor? Wonder hy.

* * * *

Ming het skaars tyd om behoorlik wakker te word toe haar selfoon begin lui. Dit is Bethany.

"Môre, Beth, waaraan het ek die vroeë oproep te danke?" Sy maak haarself behaaglik tuis op die sitbank op die stoep met 'n beker koffie in die hand.

Die snik aan die ander kant vang haar onkant. Sy sit die beker neer en vra besorg: "Is alles reg, Beth?"

"Markus is weg, Ming," kom die antwoord.

Ming voel 'n koue rilling langs haar rug af loop toe sy die woorde hoor. "Wat bedoel jy?" vra sy kalm.

"Markus het my gisteraand by my woonstel afgelaai en op pad huis toe het hy 'n ongeluk gehad en sy Porsche teen 'n boom afgeskryf."

"En Markus? Is hy orraait?" vra sy skerp toe Beth stilbly.

Na 'n oomblik van stilte kom die bedaarde stem: "Hy het verdwyn Ming!"

Sy sluk swaar en voel hoe haar hare regop staan. Dit wat sy die meeste gevrees het, het gebeur: Markus is ontvoer. Hardop sê sy: "Is jy op kantoor?"

"Ja. Ek probeer uitwerk wat om te doen. Ek moet nog vir die res van die personeel vertel ..."

"Moenie!" kom Ming se dringende stem. "Moenie vir die ander vertel nie. Nog nie. Klim in jou GTI en kry my by die Polo-Inn restaurant op die Val-de-Vie landgoed." Sy wil nie graag weer na die H_2O Solutions se kantoor gaan nie, uit vrees dat Melanie haar stem sal herken na die besoeke die ander aand. Sy is nogal skerp en sy kan maklik die konneksie maak, dan is haar geheim daarmee heen.

"Hoekom daar?" vra Beth nuuskierig. Gewoonlik kom Ming in haar vermomming kantoor toe.

"Neutrale grond," is al wat sy sê en lui af voordat Beth te veel kan vra.

Ming sit vir 'n hele ruk en staar na die selfoon. Sy kan haarself skop dat sy so gerus geraak het. Sy moes geweet het dat so iets kon gebeur. Sy het 'n hele paar mense goed die moer in gemaak en enigeen van hulle kon die ongeluk beplan en uitgevoer het. Die vraag is: watter een? Wie het die sterkste motief en is desperaat genoeg om so iets te doen.

Sy staan op en stap badkamer toe. 'n Warm stort is al wat sy nou nodig het. Dit gaan 'n lang dag wees.

HOOFSTUK 12

Markus word swaar wakker. Sy lyf pyn en hy voel styf. Hy sukkel om sy oë oop te maak. Die een wil nie saamwerk nie. Hy vee met sy hand oor sy gesig en voel die droë bloed wat hard geword het. Hy uiter 'n kreun van die pyn toe hy sy linkeroog aanraak. Dit voel geswel. Daar is bloed op sy lippe ook en sy bolyf is seer as hy beweeg. Hy probeer om te sien waar hy is, maar die omgewing lyk nie bekend nie. Toe hy probeer regop sit, skiet daar 'n skerp steekpyn deur sy lyf. Hy vat teer aan sy ribbes en bars amper in trane uit van die pyn; hy het duidelik 'n rib of drie gebreek.

Hy lê terug op die harde oppervlak waarop hy homself bevind en probeer ontspan. Die pyn bedaar geleidelik. Sy asem jaag oor sy lippe van die inspanning.

Skielik voel hy 'n gladde glibberige ding oor sy gesig vee. Hy skrik en bring sy hand omhoog om homself te verdedig. Die gevoel verdwyn en hy hoor 'n hond grom. Hy glimlag. Dit is maar net 'n hond wat hom in sy gesig lek. Hy maak weer sy goeie oog oop en bekyk die dierasie wat hom nuuskierig aanstaar, sy kop skeef gedraai.

"Hallo my honne," kom sy stem hees oor sy lippe.

Hy reik uit na die hond en dié skuif weg van hom af, bevrees oor wat hy gaan doen. Hy slaag daarin om hom stadig regop te druk. Hy kyk verbaas om hom rond. Die son skyn helder en warm op sy liggaam, waar hy op 'n sementvloer van 'n vervalle gebou lê. Die gras staan heuphoogte om die plek en dit is duidelik dat dit nie gebruik word nie.

Die hond staar hom aan, nie seker of hy vertrou kan word nie. Sy stert waai heen en weer soos hy sy opsies oorweeg. Sy tong hang uit met die kwyl wat 'n kol op die vloer maak. Hy is duidelik honger.

Markus probeer peil waar hy homself bevind maar die area lyk glad nie bekend nie. Die gebou self is gestroop van enige mure en ander strukture om enigsins te kan identifiseer.

Met groot moeite en deur vlae pyn, slaag hy uiteindelik daarin om op sy voete te kom. Hy leun teen 'n pilaar om sy asem terug te kry en die ergste pyn te laat bedaar. Hy kyk af na die hond wat hom steeds gadeslaan asof hy geamuseerd is met die mens se mannewales. Hy gee 'n kort blaffie om sy misnoë te kenne te gee.

Markus probeer glimlag, maar slaag nie heeltemal daarin nie. Hy hou sy hand uit na die hond toe om vrede te maak, maar dié skuif net nog 'n ent verder weg. Hy maak 'n waaibeweging met sy hand in die hond se rigting en begin stadig in die rigting van die grootste oop area beweeg, die hond moet nou maar doen wat hy wil. Hy moet uitkom en uitvind waar hy homself bevind.

Buite die gebou word hy bewus van motors wat nie ver van waar hy is nie, verby ry. Hy beweeg moeisaam voort en probeer sy bewegings so eenvoudig as moontlik hou om die pyn te verminder. Hy voel die sweet teen sy slape afloop van die inspanning.

Hy beweeg deur die lang gras en kom skielik in 'n oopte waar die pad is. Die draad heining voor hom frustreer hom nog meer. Hy het nie lus om in sy toestand deur te klim nie. Daarvoor pyn sy ribbes te veel. Terwyl hy teen die draad af loop en 'n hek van een of ander aard soek, kyk hy na die area om te sien waar hy is. Al wat hy deur sy een oog kan waarneem, is die dubbelpad daar naby waar daar elke nou en dan 'n motor teen hoë spoed verbyjaag. Dit lyk na 'n verlate industriële gebied.

Toe hy uiteindelik die opening kry wat hy soek, slaak hy 'n sug van verligting. Hy moet hulp kry. Uitasem leun hy teen die paal vir ondersteuning. Hy soek sy sakke deur maar vind niks van belang nie. Gewoonlik dra hy 'n sakdoek, beursie en sy Switserse opvoumes in sy sakke. Selfs sy selfoon is weg.

Die laaste wat hy kan onthou was dat hy vir Bethany by haar woonstel afgelaai het en daarna huistoe gery het. Toe was daar die harde slag en die motor wat buite beheer geraak het en deur die padversperring gebars het - en toe die donkerte.

'n Motor hou naby hom stil en hy kyk op. Die man agter die stuur kyk met groot oë na hom, nie seker of hy dit moet waag om te help of nie.

Markus probeer glimlag en hou sy hande omhoog om te wys dat hy geen gevaar inhou nie. In die proses verloor hy sy balans en slaan neer. Die pyn kom soos 'n golf oor hom en hy verloor sy bewussyn toe sy gesig die grond tref. Die laaste gedagte wat hy onthou, is dat hy seker nou dood is. Hy gee hom oor aan die genadige donkerte wat soos 'n wolk oor hom toesak.

* * * *

Bethany sit alleen by 'n tafel in die Polo-Inn restaurant op die Val-de-Vie landgoed. Sy voel heel ongemaklik tussen al die weelde wat duidelik hier teenwoordig is.

Buite staan daar net duur Duitse motors rond en dit is net goue horlosies, duur boetiekklere en kosbare juwelierswares wat deur die besoekers gedra word. Dit is duidelik die uithangplek van die elite in hierdie area, waar geld duidelik nie 'n probleem is nie.

Haar arme GTI lyk so verlate en alleen tussen al die weelderige motors.

"Kan ek u bestelling neem?" vra die stem by haar tafel.

Sy skrik en kyk op na die kelner wat haar vriendelik aanstaar, 'n pen en noteboek in die hand. Hy is deftig aangetrek en sy kraakvars wit uniform is perfek, nie 'n naat uit sy plek nie. Sy lang hare is glad gekam en netjies in 'n poniestert vasgebind agter sy kop. Hy het 'n blink diamant oorbel in sy linkeroor. Sy gelaatstrekke is aan die donker kant, wat haar die idee gee dat hy 'n uitlander is. Tog is sy aksent foutloos Afrikaans.

Sy besef skielik dat sy staar en maak ongemaklik verskoning. "Skies, jy het my onkant gevang."

Hy glimlag en sy egalige wit tande verbaas haar. Seker nog 'n rede hoekom hy gehuur is, dink sy in haar enigheid. Hy pas volmaak in hierdie omgewing in.

Sy kyk weer na die spyskaart waar die drinkgoed aange-dui word.

"Sal ek u nog tyd gee om te besluit?" kom die geduldige vraag toe sy niks sê nie. Sy oë toon geen emosie nie, want hy ken die tipe, ryk en bederf. Hulle kom sit hier vir die hele god-delike dag en drink duur eksotiese drankies en gesels oor niks anders as geld en besittings nie. Hy verpes die aansitterigheid en die valse fronte wat die mense voorhou. Heimlik weet hy dat die meeste wat tyd hier deurbring, vrot is van die skuld en glad nie gelukkig is in die lewe nie. Hy hoor elke dag hoe hulle hulle lot bekla by alles en almal wat hulle 'n horende oor gee. Hy het gou geleer dat jy jou gesig neutraal moet hou en net oe, en aah, as hulle hulle monde begin uitwas. Jy wil nie betrokke raak by ander se ellende nie.

Bethany bloos en sê: "Bring vir my 'n koppie tee, asseblief." Sy het die pryse gesien en haar oor 'n mik geskrik. Vir die prys van 'n enkele glasie wyn kan jy omtrent tien bottels koop!

"Gewone of Rooibos?" kom die volgende vraag.

"Gewone, dankie."

"Warm melk of koue melk?"

"Koud."

"Beker of koppie?"

Sy kyk geïrriteerd op na hom en lig haar een wenkbrou omhoog. "Kan ek net die beker tee kry met koue melk en vier suikers asseblief!"

Hy buig in haar rigting, tel die spyskaart op en maak hom-self uit die voete sonder om verder iets te sê. Hy kan agterkom sy is nie in 'n goeie bui nie. Hy sien dit ook gereeld ...

Die volgende oomblik trek iemand 'n stoel uit. Ming maak haarself tuis.

"Haai, Ming. Hoe gaan dit met jou?"

Ming kan sien sy is op die punt om te knak en besluit om die gewone protokol oor te slaan. "Vertel my wat gebeur het, Beth," vra sy fronsend.

Bethany kyk vir 'n oomblik om haar rond en vertel dan vir Ming die verloop van gebeure die vorige aand.

Ming luister aandagtig vir enige ander detail as wat sy gehoor het tydens die oproep vanoggend. Daar is niks nuuts nie. "Weet die polisie wat gebeur het?"

Beth dink na voor sy antwoord. "Nee, hulle is baie geheimsinnig. Jy weet mos. Hulle gee nie sommer enige belangrike leidrade of ander inligting weg nie."

Die kelner daag op met haar tee in 'n beker op 'n skinkbord en sit dit voor haar neer. Hy skuif die suiker houer nader en bly staan en kyk na Ming met 'n vraagteken op sy gesig. "Enigiets vir u?" vra hy beleefd.

Ming kyk na die beker tee en beduie dat sy dieselfde wil hê. Hy draai flink om en sweef weg tussen die tafels deur om haar bestelling te gaan haal.

"Wie is die ondersoekbeampte in die saak?"

"Uh, Mike Colby, as ek reg onthou. Hy het vroeg vanoggend gebel om ons in te lig dat die motor gevind is waar dit om 'n boom gevou was. Markus was skoonveld." Sy snik weer en pink 'n traan weg.

Die kelner daag weer op en sit die beker voor Ming neer. Met 'n ligte buiging verdwyn hy weer. Die kyk in Ming se oë het hom laat besluit dat dit veiliger sal wees om niks te sê, of te lank te vertoef nie. Sy lyk gevaarlik.

Ming swets innerlik toe sy die speurder se naam herken. Nog iemand wat haar stem al gehoor het. Sy durf hom ook nie weer kontak nie. Bethany sal maar namens haar die vrae moet vra. Die situasie raak nou heel buite beheer. Niemand het voorsien dat dit hierdie proporsie sal aanneem nie. Sy het gedink dit sou vinnig en gou oor wees, en nou dit. Sy hou haar gesig neutraal.

"Het jy al met hom gepraat?" vra Ming en vat nog 'n sluk van die warm vloeistof. Die tee is vir 'n verandering nogal lekker.

"Nee. Melanie het direk met hom gesels. Hy sal blykbaar weer terugbel as hy meer inligting het."

Ming dink vir 'n oomblik voor sy die vraag vra: "Wie dink jy sou hom wou ontvoer het? Ek bedoel, is daar enigiemand wat rede sou hê om dit te doen?" vra sy fronsend.

Bethany sug hoorbaar terwyl sy die suiker in haar tee roer. Haar oë bly op die beker gerig waar die vloeistof stadig in die rondte draai. Sy voel amper gehipnotiseer deur die aksie. 'n Hand op haar arm laat haar ruk. Sy glimlag moedig. "Ek het al probeer dink wie so iets sou kon doen, maar ek kan om die dood nie dink aan enigeen wat so lafhartige daad sou beplan en uitvoer nie." Sy trek haar skouers op. "Aan die ander kant is daar baie maatskappye wat jaloers is op ons uitvindings en seker graag hulle hande daarop sal wil lê."

Ming knik haar kop. Dit was haar eerste gedagte ook. "Hoe goed ken jy regtig vir Markus?" kom die verrassende vraag.

Bethany kyk haar in ongeloof aan en knip haar oë 'n paar keer vinnig. "Watse vraag is dit, vriendin? Jy weet ons is saam deur universiteit en ..." Sy bly skielik stil toe sy besef dat sy eintlik min van sy agtergrond weet. Sy dink onwillekeurig terug aan sy reaksie die aand toe hy haar by die woonstel afgelaai het. Hy was nogal terughoudend en het skielik afsydig geword toe sy hom innooi. Hardop sê sy: "Wie ken regtig iemand anders, Ming? Ons almal hou maar 'n sekere front uit na die wêreld daarbuite wat wegsteek wat ons innerlik is." Haar oë fokus in die verte as sy dink aan die geraamtes in haar eie kas.

Ming sien die stryd wat sy in haarself voer en voel jammer vir haar. Sy het die bedekte nuanses opgetel van die twee se belangstelling in mekaar. Op universiteit was dit glad nie daar nie, maar nou is dit anders en dit maak die saak nog moeiliker. Wanneer persoonlike gevoelens eers in die pad kom, word jou oordeel sleg beïnvloed.

"Jy sal vir Mike Colby moet bel en vra hoe dit gaan met die saak."

"Hoekom ek?" vra Bethany belangstellend.

Ming sug en kyk haar reguit in die oë. "Ek kan nie betrokke raak nie onthou. En buitendien, hy ken my stem."

"Hoe so?"

"Ek het hom gebel om hom bietjie die skrik op die lyf te jaag toe hy te naby aan die waarheid kom oor die dood van Pieter de Klerk. Die wapen wat ek gebruik het, het sy belangstelling geprikkel en ek moes dit in die kiem smoor voordat hy te slim raak."

Bethany lag saggies. "Ek dog julle Ninjas is foutloos."

Ming voel hoe die blos teen haar hals opskuif; die opmerking raak 'n senuwee. Sy konsentreer op haar asemhaling om haarself tot bedaring te bring, voordat sy iets sê wat onnodig is. "Ek het nooit kon dink dat hierdie in so 'n gemors sou ontaard nie. En ja, ek was bietjie roekeloos gewees oukei!"

Bethany sit haar hand op Ming se hand en sê saggies: "Alles reg, vriendin. Ek moes dit nie gesê het nie. Jy weet ons waardeer jou hulp geweldig. Sonder jou was ons éérs in die gemors."

Ming klop haar liggies op die hand en glimlag. "Moenie jou aan my steur nie. Ek kry min slaap met al die gebeure die afgelope ruk. My senuwees is bietjie rou geskaaf, maar ek sal regkom."

Bethany maak haar beker leeg en sit dit op die skinkbord neer. "Ek sal vir Mike bel en jou laat weet wat hy sê. Is daar enige spesifieke vrae wat ek moet vra?"

Ming oordink die vraag vir 'n oomblik. "Ek wil net weet of hy al vasgestel het wat gebeur het en of iemand al 'n losprys gevra het vir hom. As dit geldgedrewe was, sou iemand al iets laat hoor het. Ontvoerders weet hulle het min tyd voordat hulle gevang word en gewoonlik wil hulle gou hulle geld hê sodat hulle kan landuit. Dit sal my 'n idee gee waar om te begin."

"Goed. Ek doen so."

Hulle neem afskeid en elkeen kies koers na sy eie motor toe.

Ming kry waarderende kyke van die mansgeslag wat die BMW i8 raaksien toe sy grasieus inklim, onbewus van die beroeringe wat sy veroorsaak. Die motor staan soos 'n seer duim uit; dit is enig in sy soort op daardie tydstip.

* * * *

Markus word wakker en kyk verbaas om hom rond. Hy lê in 'n ruim kamer op 'n dubbelbed. Teen die oorkantste muur is 'n groot venster wat uitkyk op 'n pragtige tuin. Dit is 'n wolklose dag en die son bak neer op die aarde. Die bome in die verte se blare beweeg liggies in die effense windjie wat waai.

Die kamer self is smaaklik gemeubeleer en die beddegoed ruik na wasgoed versagmiddel. Sy klere is netjies gewas en gestryk en hang oor die enigste stoel in die vertrek. Verskeie skilderye van natuur tonele versier die mure in die kamer.

Op die bedkassie langs hom staan 'n glas met water en 'n langnek vaas met 'n enkele wit roos wat duidelik vars gepluk is. Iewers hoor hy 'n horlosie tik, die enigste geluid in 'n doodstil huis. Die kamerdeur is toe.

Hy sit stadig regop en klem sy kake saam toe die pyn deur sy lyf skiet. Die gebeure kom teruggespoel deur sy gedagtes en hy wonder met 'n frons waar hy homself bevind. Die laaste ding wat hy onthou, was toe hy sy bewussyn verloor het nadat hy in die verlate gebou iewers wakker geword het. Hy onthou die motor wat gestop het om te help en die vriendelike gesig van 'n bejaarde man wat deur die voorruit na hom gestaar het. Toe net die donkerte wat hom oorweldig het.

'n Ligte klop aan die deur onderbreek sy gedagtes. "Kom binne ...," antwoord hy huiwerig.

'n Vriendelike gesig loer om die deur. "Aah! Is ons wakker?" Die bejaarde man kom ingeloop met 'n skinkbord in sy hande wat hy op die bedkassie neersit. 'n Stomende koppie koffie en 'n bord met spek en eiers staan die hele skinkbord vol. Daar is twee snye roosterbrood op 'n aparte bordjie. Boerebrood. Seker deur die man se vrou gebak, dink hy waarderend.

Markus kyk verbaas na die skinkbord en die man wat hom glimlaggend aanstaar.

Hy staan skielik nader en hou sy hand uit. "Genade! Waar is my maniere vanoggend. Ek is Roy Drummond. Jy is nou in my huis se spaarkamer. Ek het jou langs die pad gekry net nadat jy omgekap het. Ek wou jou eers daar los, maar ek kon dit nie oor my hart kry nie. Jy het sleg gelyk. Toe bring ek jou maar hierheen. Ek het nie geweet of jy in die moeilikheid was nie."

Markus neem die hand in syne en druk dit liggies. "Markus Rheeder, aangename kennis."

Roy sien die frons op sy voorkop en sê: "Toemaar, jy is veilig hier. Ek het jou met moeite in die motor gekry en reguit huistoe gekom. My vrou was eers huiwerig om jou in te laat en sy wou net die polisie bel. Ek moes net keer vir die vale." Hy lag gemoedelik en beduie na die kos. "Jy beter eet. Jy is seker vrek van die honger." Hy staan op en beweeg deur toe. "Eet gerus klaar en kom deur kombuis toe dan gesels ons." Hy maak die deur saggies agter hom toe.

Markus kom moeisaam orent en swaai sy voete versigtig van die bed af. Hy haal vlak asem en die sweet slaan op sy voorkop uit; die pyn in sy ribbes maak hom dood. Hy trek die skinkbord nader en voel hoe sy maag grom. Hy is nogal honger. Hy eet stadig en elke keer as hy sluk, vertrek sy gesig van die pyn. Hy wonder of hy iets ernstigs beseer het toe hy die ongeluk gemaak het.

Toe hy klaar die bord se inhoud weggepak en die koffie gedrink het voel hy effens beter. Met moeite kry hy sy klere aangetrek en loop versigtig, om die pyn tot 'n minimum te beperk, kombuis toe. Sy selfoon is skoonveld en hy moet by 'n telefoon uitkom om vir Bethany te laat weet dat hy orraait is.

* * * *

Steven Manjekeng stoot die deur van sy kantoor toe en loop ingedagte na sy lessenaar. Voordat hy halfpad is kry hy 'n snaakse gevoel en steek vas. Hy kyk stadig om en word amper flou van skok. Nie ver van hom af nie staan 'n gedaante geklee in swart, met net twee donker oë sigbaar wat hom emosieloos dophou. Alhoewel die persoon se arms gekruis is besef hy dat hy baie versigtig sal moet reageer. Die twee onmiskenbare swaarde wat agter die persoon se rug uitsteek lyk bedreigend genoeg en binne maklike bereik.

"K ... kan ek help?" kom sy stem skor oor sy droë lippe. Hy voel hoe die sweet op sy voorkop uitslaan.

"Dit sal alles afhang van wat jy my kan vertel," kom die rustige stem van onder die masker. Dit is 'n vrou! besef hy skielik. En toe maak hy die fout wat almal maak; onderskat die ernstigheid van die situasie wanneer jy van aangesig tot aangesig kom met iemand van 'n Ninja se kaliber. Hy draai sy rug op haar en mik na sy lessenaar waar sy 9mm pistool gebêre word.

Ming staar in ongeloof na die man wat waag om sy rug op haar te keer. Sy beweeg sywaarts tot waar sy 'n ononderbroke uitsig het oor sy lessenaar en hou hom stip dop soos hy hom haas om by sy lessenaar uit te kom. Haar hand hou die *shuriken* liggies vas, reg om te gebruik as dit moet. Sy laat hom begaan want sy weet wat hy soek; sy pistool in die boonste laai. Dié se patrone het sy reeds verwyder toe sy vroeër sy kantoor deurgesoek het. Hy gaan 'n verrassing kry.

Steven bereik sy lessenaar en ruk die laai oop waar die pistool lê. Hy tel dit op en swaai om, die pistool reeds oorgehaal en gereed om afgevuur te word. Hy trek die sneller en hoor die sieklike klik van die hamer op 'n leë kamer waar 'n patroon behoort te wees. Hy kyk in afgryse na die wapen in sy hand en trek die magasyn uit. Die leë magasyn gaap hom aan. Skielik besef hy wat sy gedoen het. Hy kyk stadig op na haar en hou sy hande voor hom uit in 'n gebaar van oorgawe. Sy gesig vertrek in paniek vir wat gaan kom. Hy sak op sy knieë neer.

Ming stap stadig nader tot voor hom. Die *Ninja-to* het intussen in haar hand verskyn en sy swaai dit lui heen en weer voor haar asof sy kontempleer of sy hom nou of later moet doodmaak.

Die lig wat van die blink lem af weerkaats vang Steven in die gesig elke keer as dit voor hom verby beweeg. Hy staar gefassineerd na die lem in haar hand.

"*Are you going to kill me?*" vra hy beangs.

Ming lag saggies. "Hoekom sal ek jou wil doodmaak meneer Manjekeng? Het jy iets gedoen wat dit verdien?" terg sy hom. Die plat kant van die lem kom teen sy keel te ruste.

Hy sluk swaar en voel hoe die lem saam beweeg soos sy keel op en af dein. "Wat wil jy hê?" vra hy in oorgawe, sy vuur geblus.

Ming laat sak die swaard en leun nader aan sy gesig. "Het jy geweet van die nuwe water vervaardigingsmasjien van H_2O Solutions?"

"Natuurlik. Meneer Rheeder was hier om ..."

Voordat hy klaar kan maak, is die swaard terug teen sy keel. Die keer bietjie harder. Hy snik.

"Ek bedoel voordat meneer Rheeder sy aanbieding in jou kantoor kom doen het?" Haar oë boor in syne in.

Steven weet dat sy lewe letterlik op 'n mespunt is. Sê hy 'ja' is sy lewe verby. Sê hy 'nee' en sy weet dat hy lieg, is sy lewe ook daarmee heen. Hy sluk weer terwyl hy koorsagtig aan 'n uitweg dink.

Ming merk die huiwering en weet dat sy reg was; hy het geweet van die ding, lank voordat Markus daar was. "Kom ek vertel jou wat gaan gebeur meneer Manjekeng. Dit is duidelik soos daglig dat jy geweet het van die masjien lank voordat die aanbieding gedoen is."

Steven wil nog protesteer maar die swaard druk al stywer teen sy keel vas. Dit breek die vel en 'n dun straaltjie bloed loop teen sy keel af en voor by sy hemp in. Hy skrik en maak sy mond toe. As sy nou 'n kramp kry, is sy keel af.

"Soos ek gesê het, jy gaan 'n kontrak opstel met H_2O Solutions vir die verskaffing van hierdie masjiene vir die droogte in die Kaap. En jy gaan dit doen met die nodige oortuiging sodat die parlement dit sonder enige twyfel goedkeur. Verstaan ons mekaar?"

"En as ek dit nie doen nie?" vra hy in 'n klein stemmetjie. Frans Delport gaan nie gelukkig wees hiermee nie, dink hy gelate.

Ming kyk na sy lessenaar se kant toe en sê afgemete: "Jou vrou en twee dogters is nogal pragtig. Dit sal jammer wees as hulle iets moet oorkom ..." Sy laat die res van die sin in die lug hang en tree terug. Die swaard verdwyn in sy skede agter haar rug.

Steven sluk swaar en word bleek by die gedagte dat hierdie vrou ooit sy gesin moet besoek om die dreigement uit te voer. Hy laat sak sy kop en knyp sy oë toe. Hy knik sy kop en prewel: "Ek sal dit doen. Gee my net kans tot ..." Hy kyk op. Die vertrek is leeg.

HOOFSTUK 13

Danie Momberg is gefrustreerd. Sy plan het nie heeltemal verloop soos hy gehoop het nie.

Eerstens het die Porche buite beheer geraak toe die wiel gebars het, wat nie veronderstel was om te gebeur nie. En toe breek dit deur die versperring en land op teen 'n boom. Amper was Markus bokveld toe wat dinge nog moeiliker sou gemaak het.

Soos dit was, het hy net betyds by die motor uitgekom om Markus uit te haal voordat die mense in die omgewing te nuuskierig geraak het. Hy het soos 'n marathon atleet gesweet om sy slagoffer se bewustelose liggaam uit die beperkte spasie van die Porche se kajuit uit te wikkel. Met 'n groot gesukkel het hy hom uiteindelik in sy Ford gelaai en die pad gevat na sy huis toe. Hy was bang die man gaan dood voordat hy gekry het wat hy so dringend nodig gehad het.

Toe hy in die agterplaas ingetrek het, het hy hom gehaas om die hoofhekke toe te maak sodat dit nie onnodig aandag lok nie. Die plek is verwaarloos. Die mure het jare laas 'n laag verf gesien en die gras sny hy net as dit moet, wanneer die munisipaliteit hulle stem dik maak en dreig met boetes en moontlik tronkstraf. Die geute het lankal die gees gegee. Plek-plek hang dit net aan die laaste skroef of twee, die res het al weggeroes deur die jare. Die dak se sinkplate roes erg deur van die wind en weer en kan doen met 'n bietjie TLC soos sy een pel altyd sê; tassies, lime en coke.

Self glo hy nie aan harde werk nie, veral nie tuinwerk nie. Dit is vir mense wat geen ander belangstelling in die lewe het nie. Mense wat verveeld is en iets nodig het om hulle hande mee besig te hou. Hy werk hard genoeg vir Frans Delport in die week. Naweke wil hy sy eie ding doen. Met sy pelle rondhang en 'n bottel brandewyn ernstig beseer. Deesdae het hy die gewoonte om die doppie stukkend te trap as hy eers oopgemaak is, geen ander opsie as om die bottel leeg te maak nie.

Nadat hy 'n rukkie gesit het om sy kragte te herwin, het hy vir Markus in die buitegebou ingedra en hom op die enkelbed matras neergelê. Hy het 'n tou nader getrek en sy hande vasgebind met 'n unieke knoop wat nie maklik kan loskom nie. Hy is nogal trots op sy kennis van toue en hoe om hulle op allerhande verskillende maniere te knoop.

Met deinende bors het hy teruggestaan en die stil liggaam gadegeslaan. Hy het nie te goed gelyk nie. Die lugsak het sy deel gedoen om sy gesig te verniel. Hier en daar is daar nog vars bloed wat merke op sy vel laat, maar die meerderheid het al droog geword.

Hy kyk af na sy eie klere en merk die bloedmerke soos hy die liggaam hanteer het. Hy vervies homself en vloek kliphard. Nog vertragings.

Nadat hy homself skoon gemaak het en 'n relatiewe "skoon" hemp aangetrek het, het hy Markus se sakke stelselmatig deurgesoek vir die sleutelkaart wat hom toegang sal gee tot die perseel van die H_2O Solutions; daar was niks. Hy staan op en vloek weer hard en aanhoudend om aan sy frustrasie uiting te gee. Hy het vergeet om die motor ook te deursoek.

Peinsend staar hy na sy slagoffer en wonder wat nou. Gelukkig is hy nog bewusteloos anders sou hy dalk die man moes uitsit, permanent. Hy kan nie die kans waag dat Markus hom sal herken nie.

Hy kom tot 'n besluit en tel weer die liggaam op en sukkel terug in die rigting van die Ford. Hy kan hom nie daar los nie. Die plek is in sy naam geregistreer en as iemand bietjie moeite doen, sal hulle hom opspoor. Hy moet hom iewers gaan aflaai waar hy hopelik nooit weer sal wakker word of dalk deur iemand anders oorval en vankant gemaak sal word. Hy wil nie dit ook nog op sy gewete hê nie.

Hy sluit die huis toe en vat die pad in die rigting van Kaapstad. Hy het 'n idee waar hy hom gaan aflaai.

Terug by die Porche 'n uur later, staan hy op 'n veilige afstand in frustrasie en kyk na die toneel wat wemel van polisie en ander nooddiens personeel. Hy wil huil van woede. Al die moeite verniet. Skielik onthou hy die oorpak in sy kattebak, identies aan dié wat die nooddiens personeel dra. Hy trek die oorpak aan en vat 'n diep teug vars lug voordat hy in die rigting van die Porche begin loop. Sy oë hou die ander dop om te sien of enigiemand hulle steur aan hom. Niemand kyk eens in sy rigting nie.

Hy beweeg nonchalant tot by die Porche en maak die voordeur oop. Sy hart klop in sy keel. Hy leun in en soek die kajuit stelselmatig deur asof hy daar hoort. Hy maak die paneelkissie oop en sien onmiddellik die kaartjie. Hy gryp dit met bewende hande en steek dit in sy boonste sak voordat hy orent kom en maak of hy die motor wil beveilig. Niemand pla hom of vra wat hy daar soek nie. Almal neem aan hy weet wat hy doen en dat hy rede het om daar te wees. Hy maak hom geleidelik uit die voete en bevind hom weer by die Ford. Ook net betyds. Toe hy terugkyk sien hy hoe een van die polisiemanne op die toneel die oop voordeur fronsend aankyk. So al asof hy wonder wie dit oopgemaak het.

Sonder om te huiwer kry hy die Ford aan die gang en kies koers na die H_2O Solutions se kantore toe. Hy kyk op sy horlosie en merk dat dit al amper drieuur is. Hy sal sy litte moet roer as hy betyds wil wegkom voordat dit lig word.

* * * *

Markus staar benoud na die dubbelloop van die haelgeweer wat millimeters van sy neus af roerloos op hom gerig is. Rory se glimlag is weg en in die plek daarvan is daar 'n vasberade uitdrukking in sy oë.

"Sit neer die telefoon," kom sy rustige stem. Met 'n knik van sy kop beduie hy in die rigting van die telefoon instrument wat Markus in sy hand vashou, op die punt om vir Bethany te bel.

Markus sluk hard en sit die instrument stadig op sy mikkie terug. Hy is verward. "Ek dog ..."

"Jy weet wat dog gedoen het?" kom die stem van Rory terug, 'n grynslag op sy gesig.

Markus knik. Hy het so onskuldig gelyk toe hy 'n rukkie terug sy ontbyt gebring het.

Die loop van die geweer beduie dat hy moet gaan sit.

Markus hou sy hande waar dit duidelik sigbaar is en hy gaan sit met moeite en heelwat pyn in die stoel wat vir hom uitgewys word.

Rory laat sak die geweer en maak dit staan teen die tafel langs hom.

In die stilte wat volg hou hulle mekaar dop.

Markus is die eerste wat die stilte verbreek. "Wat doen ek hier?"

Rory vat 'n sluk van sy koffie voor hom en bekyk Markus in stilte. "Die situasie het handuit geruk toe moet ek maar ingryp," laat hy van hom hoor.

"Ek verstaan nie," sê Markus fronsend. Hy weet nie waarvan die ou praat nie. Die laaste wat hy onthou, is die persoon in die motor wat gestop het om hom te help.

Sy gedagtes word onderbreek toe 'n bejaarde dame die vertrek binnekom. Sy kyk vir 'n oomblik van die een na die ander en gaan aan die lag. "Jy moet tog my man verskoon meneer. Hy ly aan demensie en hy weet nie altyd waar hy homself bevind nie." Sy streel liefderyk oor sy hare en hy kyk met deernis na haar. Sy vat die geweer en sit dit eenkant teen die muur neer. Sy merk Markus se blik en sê: "Daar is nie patrone in nie. Maar hy weet dit nie," sê sy hand voor die mond asof sy nie wil hê Rory moet hoor nie.

Markus slaak 'n sug van verligting en lag saggies. "Vir 'n oomblik het ek gedink my doppie is geklap." Hy vee moeg oor sy gesig en steek sy hand na haar toe uit. "Ek is Markus Rheeder, mevrou en ek moet by my mense uitkom. Ek was in 'n motorongeluk betrokke en iemand het my ontvoer. Toe ek wakker word was ek in die verlate gebou waar julle my opgetel het?" sê-vra hy terwyl hy haar reaksie dophou.

"Ekskuus, meneer. Ek is Sally Drummond. Jammer oor die geweer." Sy beduie in die rigting van die wapen. My man sukkel maar om altyd die realiteit van die fantasie te onderskei. Hoop nie jy het te groot geskik nie?"

Markus staan op en vra: "Kan ek net 'n oproep maak en my mense laat weet waar ek is en dat ek orraait is?"

"Seker jong. Jy weet teen hierdie tyd waar die telefoon is." Sy gee vir hom die adres en hy loop stadig in die gang af om die oproep te maak. Die pyn in sy sy is besig om erger te raak.

* * * *

Bethany was verbaas om die oproep te ontvang. Sy het eers gedink dit is iemand wat gekskeer. Dit het Markus 'n ruk gevat om haar te oortuig en toe die reaksie. Sy het in trane uitgebars en toe kom die vrae die een na die ander: "Is jy orraait? Het jy pyn?" Waar is jy?"

"Hokaai!" moes hy haar keer sodat hy 'n woord kon inkry. "Ek is op 'n plaas so vyftien kilometer uit die Paarl uit. Kan jy my kom haal?"

"Ek is nou daar," kom die antwoord. Die volgende oomblik gaan die telefoon dood. Hy kyk verbaas na die instrument voor hy dit neersit en sy kop skud. Sy is haastig om by hom uit te kom. Hy glimlag as hy dink aan die ander aand. Hoe amper was dit nie gewees nie.

Terug in die kombuis is hy net betyds om 'n stomende beker koffie en 'n bak vol egte boerebeskuit te kry. Hy gaan swaar sit en staar na die beker voor hom. Hy is tot die dood toe moeg en wil net vir 'n week lank gaan slaap.

'n Hand op sy skouer laat hom opkyk. Sally se vereelte hand gee hom 'n sagte drukkie. Hy vat haar hand in syne en glimlag op na haar. "Dankie dat julle my gehelp het."

Sy knik woordeloos en kyk weg voordat hy die trane in haar oë kan sien.

"Wat is fout, tannie Sally?" vra hy saggies en neem 'n slukkie van die warm vloeistof.

Sy gaan oorkant hom sit en kyk met betraande oë verby hom na die velde daar buite. "Jy laat my baie dink aan my seun ..." Sy vroetel 'n gefrommelde snesie uit haar mou en vee haar oë af. Sy hou haar besig met haar hande en vermy sy oë. Oplaas kyk sy op. "Hy sou omtrent jou ouderdom gewees het vandag as hy ... "

Markus wag vir haar om aan te gaan. Hy kry die gevoel dat dit 'n moeilike onderwerp is om aan te roer.

"Hy was in die fleur van sy lewe toe hy in 'n motorfietsongeluk oorlede is."

"Ek is jammer om dit te hoor, tannie. Wat het gebeur?" vra hy simpatiek.

"Hy was op pad huistoe vir die naweek toe 'n dronk bestuurder 'n rooi verkeerslig oorsteek en hom raakry." Sy snik weer as sy aan die dag dink toe hulle die tyding gekry het. "Hy is op slag dood."

Markus weet nie wat om te sê nie. Hy neem die krom hand in syne en gee dit 'n drukkie uit meegevoel met haar verlies. 'n Naderende motor trek hulle aandag. Dit hou met 'n vaart voor die agterdeur stil. Hy hoor hoe dit gly op die los gruis voor dit in 'n stofwolk tot stilstand kom. Dit moet Bethany wees.

Hy staan op en is net betyds om haar te vang toe sy by die agterdeur ingestorm kom en hom omhels. Hy uiter 'n kreet van pyn en sy trek verskrik weg. Sy bekyk hom op en af en vra besorg: "Wat is fout?"

Markus glimlag moedig deur die pyn. "Ek dink ek het in die ongeluk 'n rib of drie gebreek."

Sy slaan haar hand geskok voor haar mond. "Ek is so jammer, Markus, amper maak ek dit erger." Sy vou haar hande sag om sy gesig en trek hom af na haar toe. Hulle lippe ontmoet teer en hy voel hoe haar tong hom terg. Hy swig onder die druk en maak sy mond oop om haar tegemoet te kom. Hulle soen met oorgawe tot hy wegbreek. Hy staan terug en beduie na Sally. "Kan ek jou voorstel aan my redders."

Bethany maak verskoning vir haar gebrek aan maniere en stel haarself voor. Nadat sy die hele storie gehoor het, neem hulle afskeid en sy help Markus tot by die GTI. Hulle neem afskeid en waai vir oulaas toe die huis stadig agter hulle kleiner raak. Sally lyk broos en eensaam waar sy die motor agterna kyk en haar hand stadig heen en weer waai.

Markus leun terug in die sitplek en probeer ontspan. Vir 'n wonder ry Bethany besadig en nie met die voet in die hoek en die toere in die rooi nie.

Sy sit haar hand besorg op sy been en gee dit 'n drukkie.

Hy maak sy oë oop en glimlag vir haar. "Was jy bekommerd?"

"Natuurlik! Hoe dan anders? Veral na die ander aand ..." Sy bloos en bly stil.

Markus lag saggies, "Ek is jammer dat ek jou so laat skrik het. Ek het regtig nie aspris die kar verongeluk nie. Dit was ..."

"Ek weet wat dit was, Markus. Iemand het jou met opset laat verongeluk. Die polise probeer nog uitvind wie dit gedoen het en hoekom. Selfs Ming is betrokke."

Hy kyk haar fronsend aan. "Ming? Hoekom?"

Sy gee hom 'n vlugtige kyk voordat sy op die pad konsentreer. "Ek was regtig bekommerd oor jou. Ek kon aan niemand anders dink om te help nie, veral as dit vir 'n losprys was of iets dergliks ..."

Markus staar fronsend deur die ruit. Hy wonder self.

"Shit!" laat hy skielik hoor.

"Wat?" vra Bethany besorg.

"Ry reguit kantoor toe," antwoord hy verbete, sy lippe in 'n dun lyn.

"Hoekom? Waaraan dink jy?"

"Ek het 'n idee wat hulle wou gehad het."

"Wat?" vra sy verbaas.

Hy skud sy kop en sê: "Wat anders as die planne vir die waterreaktor. Ek begin dink dat daar iemand in die regering is wat graag hulle hande op die ontwerp wil kry om ons uit te skakel."

"Dink jy dit is dalk Steven Manjekeng se trawante? Hy is die een wat die meeste hieruit kan verloor," vra sy bekommerd.

"Weet jy of Ming hom al gaan sien het?"

"Vir Steven?" vra sy onseker.

Hy knik.

Bethany skud haar kop. Ek het nog nie met haar gepraat nadat jy weggeraak het nie. Hoekom bel jy haar nie en vra?"

Markus knik ingedagte. "Ek sal bel sodra ons by die kantoor kom. Ek wil net eers weet of iets van belang weg is."

"Waar is jou toegangskaartjie vir die gebou?" vra Bethany skielik.

"Ek gooi dit gewoonlik in die Porche se paneelkissie..." Hy word yskoud. Hoeveel mense het nie toegang gehad tot die motor na die ongeluk nie. "Waar is die Porche se wrak?" vra hy angstig.

Bethany kan sien dit pla hom. Sy trek haar skouers op. "Ek het nie gevra nie. Miskien is dit onder bewaking as bewysstuk by die polisiestasie?" waag sy dit.

"Teen hierdie tyd het iemand lankal die kaartjie in die hande gekry en by die kantore ingekom." Hy sug moedeloos as hy dink aan al die veiligheidsmaatreëls om die gebou inbraakbestand te maak, net om sy kaartjie oop en bloot in die Porche te laat lê vir enigeen om dit te vat en sonder probleme te gebruik. Wat nog!

Hy maak sy oë oop toe die motor in die parkeerarea tot stilstand kom. Toe hy uitklim, is Ming by en omhels hom teer. Hy wonder waar sy vandaan kom. Weereens het sy haar vermomming aan sodat niemand haar kan herken nie. "Hi, Ming, hoe gaan dit?"

"Sy bekyk hom van kop tot tone. "Seker beter met my as met jou. Het jy pyn?"

"Baie," is al wat hy uitkry terwyl hy op sy tande kners.

"Nou wat maak jy hier? Jy hoort in die hospitaal!" berispe sy hom kwaai.

"Hy is hardkoppig soos gewoonlik!" haak Bethany af en rol haar oë. "'n *Sucker for punishment.*"

Markus vertel vir Ming hoekom hulle daar is en van sy vermoede dat iemand die kaartjie gesoek het om toegang te verkry tot die kantore om die planne vir die nuwe waterreaktor te steel.

Nadat hulle deur al die staf verwelkom is en stadig tot in sy kantoor vordering gemaak het, maak Ming die deur agter hulle toe. Melanie se eerste instruksie was vir 'n rondte tee en koekies voordat hulle die kantoor in is.

Markus gaan sit versigtig in sy stoel. Die pyn is ondraaglik en hy voel lighoofdig van die inspanning. Hy hoop hy maak dit voor hy omkap.

Daar is 'n ligte klop aan die deur en Melanie kom ingeloop met die bestelling. Sy sit die skinkbord op die lessenaar neer en maak haar haastig uit die voete. Ming en Melanie se oë ontmoet vlugtig en Ming kry 'n gevoel van onheil. Die herkenning is daar vir 'n vlietende oomblik. Melanie het haar herken! Sy hou haar gesig neutraal, maar vries innerlik as sy dink aan die gevolge as sy sou praat. Sy sal iets moet doen en vinnig ook.

Sy wend haar aandag terug na Markus terwyl hy die rekenaar vir enige ongemagtige toegang nagaan.

Net toe hy wil opgee, sien hy dit. Iemand was in die gebou net na vieruur die oggend, met sy kaartjie. Hy word koud by die gedagte dat iemand so maklik by sy heiligdom kon inkom. Hy leun agteroor en sluit sy oë; hy is tot die dood toe moeg.

"En?" kom Bethany se stem.

Hy kyk om die beurt na die twee en draai die skerm na hulle toe. "Vieruur vanoggend was iemand in die gebou."

Bethany trek haar asem hoorbaar in. "Wat het hulle gevat?"

Ming hou hom dop. Hy lyk nie goed nie. Sy besering is ernstiger as wat hy dink. Die grys kleur in sy gesig is 'n teken van erge trauma. Sy sal hom by 'n hospitaal moet kry en gou ook, voor dit te laat is.

Markus glimlag effens. "Die persoon wat die kaartjie gebruik het, het net mooi niks wys geword nie. Al die belangrike lêers is met my oogskandeerder gesluit, dus sou hy of sy nie veel kon kry nie, tensy hulle natuurlik my oog gevat het."

Ming lag verlig. "Jy moenie spot nie, Markus. Dit kan gebeur."

"Ek weet. Ek grap maar net." Hy frons toe hy 'n spesifieke rekord nagaan.

Ming merk die frons en vra: "Wat is dit?"

Hy raak vir 'n oomblik besig op die sleutelbord voor hy antwoord: "Die persoon was tot binne-in die laboratorium gewees."

"En?" vra sy terwyl sy beurtelings na die twee kyk.

"Hy of sy, sou die prototipe van die reaktor gesien het," vul Bethany die inligting aan en kyk beangs na Markus.

"Wat sal dit hom help?" vra Ming geïnteresseerd, nie seker of dit 'n probleem gaan wees of nie.

Markus trek sy skouers op. "Nie veel nie. Behalwe as hy foto's's van dit sou neem om vir iemand anders te wys. Dit sou hulle 'n idee gee van hoe die ding lyk. Meer as dit sal hulle nie kry nie."

"So, dit is nog steeds relatief veilig, of hoe?"

"Jip. Sonder die gedetaileerde sketse en die sagteware is dit net 'n stuk skrootmetaal," beaam Bethany.

"Sal hulle dit kan wegdra?" vra Ming.

Markus gee 'n kort laggie. "Nee. Daarvoor sal hulle 'n paar sterk manne nodig hê. Dit is te lomp en ongemaklik om dit alleen te dra. Ons volgende stap is juis om die masjien kleiner te maak vir kommersiële gebruik, maar dit gaan tyd vat. Vir eers is dit veilig waar dit staan."

"Wel," laat Bethany hoor. "Noudat jy weet, is dit hospitaal toe met jou meneer. Jy moet behoorlik ondersoek word." Sy voeg die daad by die woord en staan op. Sy neem hom ferm aan die hand.

Hy hou sy hand omhoog. "Net een vraag? Het jy toe ons vriend Steven Manjekeng gaan spreek?"

Ming staan op en stut haar hande op die agterkant van die stoel. "Ek het ja. Die man is nogal arrogant."

"Hoe so?" vra Bethany verbaas. Enige persoon wat van aangesig tot aangesig met 'n Ninja kom, sal sekerlik sy broek bevuil van skrik. Dit is nogal intimiderend die eerste keer.

"Hy het reguit vir sy pistool in sy lessenaar se laai gegaan. Gelukkig het ek die patrone verwyder toe ek voor hom in sy kantoor ingekom het. Anders het hy sy geluk probeer om my te skiet."

"Sou jy hom doodgemaak het as hy wel probeer het?" vra Bethany met groot oë.

Ming staar vir 'n oomblik na die muur voordat sy na Bethany kyk. "Wat dink jy?"

Bethany knik net haar kop. Ming sou nie veel van 'n keuse gehad het nie.

"So, wat was sy reaksie?" kom Markus tot die punt.

"Hy wou my nie antwoord toe ek vra of hy geweet het van die reaktor voordat jy die aanbieding gedoen het nie, maar ek het die idee gekry hy was wel deeglik bewus waarvan ek praat. En toe waarsku ek hom wat sal gebeur as hy nie vir julle die kontrak gee nie."

"Dink jy hy sal dit doen?" vra Markus fronsend. Hy sou graag wou weet waarmee sy hom gedreig het, maar hy weet teen dié tyd al dat sy nie alles sal verklap nie. Dit is in elk geval beter vir hulle om nie te weet nie.

"Hy beter, as hy weet wat goed is vir hom. Ek het juis die swaard so teen sy keel gehou vir effek, net ingeval hy gedink het ek speel. Ek dink hy sal toegee en die regte ding doen."

Bethany draai na Markus en vat weer sy hand. "Tyd om te gaan. Hospitaal toe met jou."

Markus wil nog protesteer, maar net een kyk in Ming se oë laat hom ingee. Gelate laat hy toe dat hulle hom uit die gebou uit begelei.

Dinge gebeur vinnig toe hulle by ongevalle aankom. Voordat hy hom kan kry, word hy opgeneem vir toetse. Die sterk verdowing wat hulle hom toedien, het hom genadiglik gou op pad droomland toe – hy gee hom oor aan die pynvrye slaap wat hom skielik oorval. Sy laaste gedagte is die twee bekommerde pare oë wat hom gadeslaan waar hulle langs sy bed waak.

* * * *

Danie Momberg staar na die foto's van die masjien wat hy in H_2O Solutions se laboratorium afgeneem het. Hy kyk met verwondering na die objek van sy obsessie, die waterreaktor. Hy kon nou wel nie die skematiese diagramme opspoor nie, as gevolg van die vlakke van beskerming in H_2O Solutions se rekenaarnetwerk, toe hy op die prototipe in die laboratorium afkom. Hy het gevoel soos 'n BBP toe hy sonder probleme oral met die gesteelde kaartjie kon instap. Die laboratorium was die beste van alles. Om te dink dat min mense ooit beskore is om dit van binne te sien, het hom 'n gevoel van mag gegee. Hy wens hy kon langer bly, maar dit het begin lig word in die ooste en hy was haastig om uit die gebou te kom voor hy betrap word. Hy sou dit baie moeilik kon verduidelik wat hy daar soek, en dit nogal met iemand anders se ID-kaartjie.

Eers het hy nie geweet wat dit was nie, totdat hy besef het dat hy voor die einste ding staan wat hulle wil kopieer. Eers het hy probeer om dit op te tel, maar dit was veels te swaar vir een persoon om op te lig, wat nog van ronddra. Toe doen hy die tweede beste. Met bewende hande het hy die apparaat met sy selfoon se kamera afgeneem. Hy het dit vanuit alle hoeke afgeneem en 'n grynslag op sy gesig gekry toe hy dink wat Frans Delport sal sê as hy dit sien. Nadat hy alles weer gebêre het soos hy dit gekry het, het hy koers gekry huis toe.

Frans Delport gaan in sy skik wees met die foto's, daarvan is hy seker.

HOOFSTUK 14

Mike Colby voel asof hy vir Danie Momberg kan verwurg. Hy stap op en af in sy kantoor met sy hande in sy sakke sodat hy nie die man aanrand nie.

Nadat hy van die ongelukstoneel af terug gekom het op kantoor, het hy hom gebel en gevra dat hy hom kom sien. Toe hy die instrument neersit, het hy die metaal ster met die vier punte wat in alle rigtings staan, tussen sy vingers rondgedraai en hard op sy tande gekners.

Na wat soos 'n ewigheid gevoel het, was daar 'n ligte klop an die deur.

"Binne!" roep hy en sit terug in sy stoel.

Toe Danie sy kop by die deur insteek, beduie hy dat hy moet inkom. Danie kom ingeloop met 'n frons op sy gesig. "Wat's fout, tjom?"

Woordeloos beduie Mike na die stoel voor sy lessenaar; sy oë koud.

Danie het skielik hard gesluk en sonder sy normale taw-we-tieniebravade gaan sit. Skielik vang sy oog die voorwerp op Mike se tafel en hy word merkbaar bleker. Die metaal ster lyk verlate op die skoon blad.

Hy kyk na Mike en trek sy skouers op. "Wat is dit?" vra hy en beduie na die ster.

Mike sit vorentoe in sy stoel en vou sy hande voor hom. Sy oë boor in Danie s'n. "Moenie vir jou fokken stupid hou nie," sis hy dit uit. "Jy weet baie goed wat dit is. Julle gebruik dit by FSM wanneer julle voertuie wil stop wat nie uit hulle eie wil stop nie."

Danie probeer glimlag, maar gee op toe hy die uitdrukking op Mike se gesig sien. "Wat het dit met my te doen?" probeer hy nog steeds maak asof hy niks daarvan weet nie.

Mike lag hard en lelik terwyl hy stadig opstaan. Hy kom om die tafel gestap en stop langs Danie se stoel. Die volgende oomblik gryp hy hom agter sy kop en slaan dit op die tafel se blad. Dit het so onverwags gebeur dat Danie nie tyd gehad het om te reageer nie. Sy kop tref die tafel met 'n siek geluid en hy gil van pyn toe sy neus van die slag breek. Bloed spat in alle rigtings toe hy sy kop oplig. Hy gryp na sy gesig en probeer die bloeding keer. Dit vlek sy hande en drup op sy hemp.

"Wat de fok, man!" skree hy hard.

Mike leun nader en druk sy vinger op sy voorkop. "Jy het die bleddie ongeluk veroorsaak jou idioot! Wat de hel het jy gedink!"

"Watter ongeluk?" vra hy en koes toe Mike weer 'n hou in sy rigting mik. In die proses slaan hy weer sy neus teen die tafel en gil van die pyn. "My neus is gebreek, man. Wat gaan aan?" smeek hy benoud.

Mike gee hom tyd om tot verhaal te kom, voordat hy weer voor hom kom staan en afkyk na hom toe waar hy sy neus in die lug hou om die bloeding te stop. Hy beduie na die metaal ster toe: "Ek het die ster vergelyk met dié wat in die kettings is wat julle gebruik en dit is 'n match. Ek weet dat julle spesiaal die kettings vir julle laat maak, so dit is soos 'n verdomde vingerafdruk! En ek weet dat jy iets teen H_2O Solutions het oor wat met Pieter gebeur het. Al wat ek nie weet nie is hoekom jy die ongeluk veroorsaak het en wat jy probeer bereik het om vir Markus Rheeder te ontvoer?"

Danie vat 'n ruk voor hy praat. "Oukei. Jy is reg. Dit was ek wat die ongeluk veroorsaak het. Ek wou net ..."

Die gelui van die telefoon onderbreek sy sin en hy bly stil.

Mike kyk vir 'n sekonde of twee na hom voordat hy om stap, agter sy tafel gaan sit, en die instrument optel. "Mike wat praat." Hy luister terwyl hy stip na Danie kyk. "Ek sien. Wanneer het dit gebeur? Oukei. Ek sal hom gaan besoek in die hospitaal. Bly daar totdat ek opdaag." Hy lui af en sit vir 'n oomblik met sy kop in sy hande. Hy kyk oplaas op en gluur Danie aan. "Jy kan jou sterre dank."

Danie lyk oorbluf en vra: "Vir wat?"

"Dat jy vir Markus Rheeder ongedeerd agtergelaat het, nadat jy hom ontvoer het."

"Waarvan praat jy?" vra hy benoud.

"Markus Rheeder is lewendig gevind en is op die oomblik in die hospitaal met veelvuldige wonde as gevolg van die ongeluk. Hy behoort ten volle te herstel. Jy kan bly wees dat hy ongedeerd is. Ek was reg om jou vir al wat 'n oortreding is te laat arresteer en om jou vir 'n lang tyd in 'n baie donker sel te laat vrot."

Danie skud sy kop. Hy het so gehoop dat Markus dit nie gaan maak nie.

"Is ek vry om te gaan?" vra hy sag.

Mike staar na hom met sy grys oë wat blits. "Nie so haastig nie! Ek wil nog steeds weet hoekom? Wat wou jy gehad het wat so belangrik was dat jy iemand soos Markus Rheeder wou ontvoer en tot sulke lengtes gaan om dit te laat gebeur? En hoekom het jy hom laat gaan?"

Danie vermy sy oë en probeer braaf voorkom. "Is ek onder arres?" vra hy uitdagend en gluur terug.

Mike staan stadig op en kom om die tafel geloop.

Danie deins terug en hou hom stip dop vir enige skielike beweging.

"Jy gaan nêrens heen tot ek sê dat jy kan gaan nie. Ek het die reg om jou vir 48 uur aan te hou. Todat ek tevrede is met jou storie. So, begin vertel of dit gaan 'n lang twee dae wees." Hy gaan sit op die punt van die tafel en kruis sy arms.

Danie sug en leun terug in sy stoel. Sy neus pyn verbete. Hy is seker dat hy by 'n dokter sal moet uitkom om sy neus weer reguit te maak. Dit voel skeef.

"Ek wag," kom Mike se woorde. "En ek het nie baie tyd nie."

"Oukei, oukei ek sal jou vertel. Maar belowe my jy sal dit vir niemand anders vertel nie. Dit bly tussen ons." Hy kyk in afwagting na Mike. As Frans moet uitvind is hy dood.

Mike leun weer nader. "Jy het geen regte nie my maat. Wat jy hier sê kan ek gebruik soos ek goeddink. So jy beter die waarheid praat."

Danie sluk aan die knop in sy keel en besluit dat dit beter is om maar die hele storie te vertel. Hy is in elk geval 'n gemerkte man. Hy wag nog vir die besoek deur die Ninja wat arme Pieter bokveld toe gestuur het.

* * * *

Frans Delport staar na Melanie aan die ander kant van sy lessenaar. Hy het haar na sy kantoor laat ontbied om te kom verduidelik hoekom hy nog niks sketse of enige ander dokumentasie van die waterreaktor het nie. Haar posisie by H_2O Solutions is ideaal om vir hom die inligting te bekom wat hy en sy vennote nodig het. Sy lyk heel benoud en vermy sy indringende oë.

"Praat met my, Mel. Wat is die storie?"

Melanie het die oproep verwag, maar toe dit uiteindelik kom, het sy geskrik. Haar pa kan 'n moeilike mens wees as hy die dag wil en hy was nogal heel ferm gewees dat hy haar so gou as moontlik wil sien. Gewoonlik het dit beteken dat dit nóú moet gebeur. Sy het vir Bethany gevra of sy gou dorp toe kan gaan om 'n dringende saak af te handel. Bethany het ja gesê, maar die frons op haar voorkop het beteken dat sy agterna sou wou weet wat so belangrik kon wees, dat sy tyd wou afhê van die werk af. Wat 'n gemors! Sy moes nooit ingestem het om Frans se vuilwerk te doen nie.

"Ag pa, ek het nog net nie die regte geleentheid gehad om die goed in die hande te kry nie. Sekuriteit is opgeskerp met die ontwerp van die reaktor en nie almal het toegang tot die inligting nie ..." Die verskoning klink flou, selfs vir haar.

Frans kyk na haar oor die rand van sy glas 20-jaar oue Chivas Regal whisky en vat 'n sluk van die goue vloeistof. Hy rol dit in sy mond rond en oorweeg haar woorde. Toe hy sluk brand dit 'n pad af na sy ingewande toe. Hy verlustig hom in die behaaglike gevoel van warmte wat sy binneste vul. Die whisky begin 'n effek hê. Hy voel roekeloos.

Hy snuif luid deur sy neus en staan op. Hy loop tot by die drankkabinet en vul sy glas aan. Hy staar na die vloeistof waar dit strepe maak teen die binnekant van die glas. Hy het een keer by 'n whisky fynproewer gehoor dat hulle daarna verwys as die bene van die whisky. Soos die alkohol verdamp, maak dit oneweredige bane wat afloop nadat jy 'n sluk gevat het. Hy draai die glas in sy hand rond en die gerinkel van die ys is soos musiek in sy ore; nog 'n sonde wat jy glo nie saam met goeie whisky drink nie. Water en whisky is taboe. On the rocks, soos hulle sê. Dan kom die ware smaak na vore. Enigiets van nat gras tot 'n leer nasmaak, is glo algemeen. Vir hom gaan dit oor wat dit doen en nie hoe dit smaak nie.

Vandag het hy dit nodig om sy dogter nie te lyf te gaan nie. Hy soebat nou al lank vir die inligting en sy bly hom teleurstel. Hy sal iets moet doen om dit te bespoedig.

Hy draai stadig om en gaan sit weer in sy groot stoel. Hy staar vir 'n rukkie langer na die glas in sy hand voor hy opkyk.

Melanie skrik vir die kyk in sy oë. Sy besef dat dit 'n slegte teken is, haar pa het genoeg gehad van haar stoltaktiek. Hy ken haar te goed.

"Hoe lank al vra ek vir die informasie, Mel?" vra hy sag.

Sy sluk hard. "'n Maand of so. Maar ek ..."

Skielik gooi Frans die glas met al sy mag in haar rigting.

Mel sien die projektiel in stadige aksie aankom, maar is lam van skok oor die skielike aksie. Gelukkig vir haar is dit in 'n oomblik van woede en sy korrel is uit. Die glas met sy inhoud seil rakelings by haar kop verby en tref die muur 'n ent agter haar met 'n harde slag. Die glasskerwe besaai die hele vloer, terwyl die kosbare voggies teen die muur afloop, nadat dit in alle rigtings gespat het. Dit lyk soos 'n bisarre abstrakte kuns-skildery wat iemand teen die muur aangebring het.

Sy staar geskok na hom, te bang om te beweeg.

Frans is rooi in sy gesig van verontwaardiging. Hy wou nie sy humeur verloor nie, maar dit het net skielik gebeur. Vir effek leun hy oor die tafel na haar toe. Sy lippe is 'n dun lyn.

"Jy het 'n week tyd om die inligting in die hande te kry of ..." Hy bly stil en hou haar dop. Sy het groot geskrik.

Melanie begin huil. Trane van skok en angs vloei vryelik. Sy grou in haar handsak vir 'n sakdoekie en druk haar gesig daarin. Enigiets om net weg te kom van sy ysige blik. Die teleurstelling in sy oë kan sy nie hanteer nie.

"Ek is jammer, pa. Ek het nie bedoel om pa teleur te stel nie. Ek sal my bes probeer."

"Nee, Mel! Jy SAL dit in die hande kry en gou ook." Hy beduie met sy wysvinger in haar rigting om die punt te beklemtoon. "Jy het genoeg kans gehad tot nou toe. Ek het klaar gepraat. Ek soek aksie!"

"Maar pa ..."

"As ek dit nie in my hande het teen hierdie tyd volgende week nie, is ek en jy klaar, Mel. Jy beter nie huistoe kom nie. Dan is jy op jou eie."

Melanie skrik vir die toon in sy stem. Die finaliteit van sy woorde tref haar diep. Sy was nog heeltyd onder die indruk dat sy en haar pa deesdae 'n goeie verhouding het, maar nou is sy nie meer so seker nie. Hierdie is 'n nuwe kant van sy persoonlikheid wat sy nie ken nie.

Sy staan op en kyk vir oulaas na die man wat haar die lewe die gegee het.

Frans staar by die venster uit, die verte in. Die gesprek is verby.

Melanie probeer iets sê, maar besluit daarteen. Sy draai om en loop by die kantoor uit en trek die deur agter haar toe. Haar pa se sekretaresse staar oopmond na haar, sy het die slag gehoor.

Melanie trek haar skouers op en groet voordat sy die pad vat terug kantoor toe. Sy het 'n moeilike besluit om te neem. Sy moet kies tussen haar pa en haar lojaliteit teenoor die werk. Die nagtelike besoek van die gemaskerde indringer en dié se dreigement is nog vars in haar geheue.

* * * *

Steven Manjekeng is weer sy ou self na die besoekie van die Ninja, helder oordag in sy kantoor. Hy het die sekuriteitspersoneel ingeroep en hulle goed die leviete voorgelees nadat hy elkeen 'n taai klap gegee het.

Hulle was almal verbaas dat hy in sy eie kantoor aangeval is sonder dat hulle bewus was van enige gevaar. Sy vinger onder hulle neuse en die speeksel wat rondvlieg soos hy hulle uittrap, was genoeg vir hulle om te besef dat hulle lelik drooggemaak het. Die hou teen die kop sou hulle ook nooit rapporteer nie want hulle het dit verdien. Dit verhoog net die mate van respek vir hom in hulle oë. Met hande op die hart het hulle plegtig belowe dat dit nie weer sou gebeur nie.

Nadat hy gekalmeer het, het hy hulle uit sy kantoor gejaag en die deur agter hulle toegeslaan om uiting te gee aan sy frustrasie.

Hy het voor die venster gaan staan en hard asemgehaal van die inspanning. Hy het skaam gevoel oor sy aksie toe hy bedreig is. Hy, wat in sy jong dae nie 'n bang haar op sy kop gehad het nie, het toegelaat dat 'n vrou hom ore aansit. Hy vryf oor sy kaalkop. Dit is nou toe hy nog hare gehad het, dink hy wrang. Sy gedagtes is in 'n warboel. Waar het sy vandaan gekom? Hoe het sy ongemerk in die gebou gekom en hoe weet sy van die ontmoeting tussen hom en Markus Rheeder?

Hy stap drankkabinet toe en skink vir hom 'n stewige dop Olaff Bergh brandewyn, net so skoon. Hy wil voel hoe dit brand, al die pad af na sy maag. Hy gril vir die sensasie en vertrek sy gesig. Sy donker oë is onpeilbaar terwyl hy sy opsies oorweeg. Dit verdring nie die koue in sy binneste nie.

Terug by die venster, begin 'n plan vorm aanneem om van die probleem ontslae te raak. Sy gaan nie weer so maklik by hom uitkom of hom en sy gesin afdreig nie. Hy sal haar wys ...

* * * *

Markus word wakker uit 'n diep droomlose slaap. Sy ribbes voel beter en hy voel uitgerus. Hy kyk na die drip langs die bed en die druppeltjie wat reëlmatig in die boonste breë buisie net onder die sakkie drup, 'n afgemete dosis van wat dit ook al is.

"Dit is iets wat die pyn verdoof," kom die vrouestem.

Hy skrik en kyk in die rigting van die geluid. Die verpleegster wat langs sy bed staan, glimlag breed vir sy ongemak terwyl sy die beddegoed reg trek vir besoektyd.

Sy beduie na die drip en herhaal die woorde: "Dit is iets vir die pyn. Gebreekte ribbes kan nogal eina wees, veral as jy plat lê."

"Geen wonder ek voel so goed nie," lewer hy kommentaar en glimlag terug. Sy is nogal aantreklik.

"Jy is net betyds wakker vir besoektyd. Is jy reg?" vra sy.

"Die vraag is eerder, gaan ek lank genoeg wakker bly vir besoektyd?" vra hy en kyk na die ander pasiënte om hom wie se besoekers al naderstaan.

"Toemaar," paai sy. "Die drip is net vir die pyn. Dit behoort jou nie lomerig te maak nie. Ons sal na besoektyd vir jou iets gee om te slaap. Dit verhaas die geneesproses as jy rustig slaap sonder om te veel te woel in die nag. Die ribbes moet maar vanself weer aangroei."

Markus sug en lê terug teen die kussing wat sy agter hom opgepof het, nadat sy hom versigtig opgehelp het. "Ek sal dit seker oorleef. Enige ander komplikasies?" vra hy terloops toe sy wil loop.

Sy dink vir 'n oomblik voor sy sê: "Nee. Niks wat ek van weet nie. Die skrape en ander beserings wat jy in die ongeluk opgedoen het, is oppervlakkig en behoort gou te genees. Die vier af ribbes gaan die langste vat. Mits jy jouself gedra, by-gesê."

Markus glimlag vir haar. "Ek sal my bes probeer, maar ek belowe niks. Jy weet, 'n man het behoeftes …" Hy knipoog vir haar.

Sy bloos bloedrooi en maak haar haastig uit die voete.

'n Man kom ingeloop en kyk rond voordat hy koers kry reguit na sy bed toe.

Markus merk hom op en beskou hom met 'n frons. Hy kry die idee dit is 'n speurder. Die los das en afgeleefde baadjie wat hy aan het, spreek vanself.

Hy steek vas by sy bed en hou sy hand uit. "Mike Colby, meneer Rheeder. Ek is van die plaaslike polisie se speurafdeling. Bly om te sien jy is uiteindelik wakker."

Mike gee die geofferde hand 'n stewige handdruk en sy ferm greep verbaas Markus. "Bly te kenne ... Mike?"

Mike se glimlag stel hom gerus. "Noem my net Mike. Dit is reg so. Ek het nog nooit erg gehad aan titels nie. Maak dit net makliker."

"Waaraan het ek die besoek te danke, Mike?" kom Markus tot die punt. Hy hoop heimlik dat Bethany ook 'n draai sal kom maak. Hy loer by hom verby maar sien niemand wat bekend lyk nie.

Mike merk sy blik en sê: "Ek sal nie lank wees nie. Ek wil net jou weergawe van die gebeure hoor sodat ek die saak verder kan ondersoek." Hy trek 'n stoel nader en gaan sit met sy notaboek en pen in die hand, reg om die verklaring af te neem.

Ek dog hy gaan nie lank bly nie, dink markus sinies. "Wat wil jy weet, Mike?" vra hy half sarkasties, in die hoop dat hy die skimp sal vang.

"Vertel vir my wat jy kan onthou van die gebeure net nadat die band van die Porche gebars het. Ek wil net korreleer of ek al die feite reg het en dat dit strook met die verklarings van die ooggetuies van die ongeluk." Hy kruis sy bene en leun terug in die stoel, sy aandag op Markus gerig.

Hy maak sy oë vir 'n oomblik toe om al die feite agtermekaar te kry soos hy dit kan onthou. Hy kyk Mike reguit in die oë en begin vertel wat hy kan onthou. Hy swyg oor die toegangskaartjie wat gebruik is om die kantoor binne te kom en die moontlikheid van industriële spioenasie.

Mike luister aandagtig en maak notas soos Markus uitwei oor sy herinneringe van die aand se gebeure. Toe hy ophou vra hy: "Is dit alles?"

Markus knik sy kop en vryf oor sy oë. "Ek dink so. As ek iets onthou sal ek jou bel."

Mike kou ingedagte aan sy pen. Snaaks dat hy niks sê van die inbraak by H_2O Solutions nie. Hy wonder hoekom nie. Danie was reguit en het alles vertel. Ook die deel waar hy die toegangskaartjie in die Porche se paneelkissie gevat het om toegang te kry tot die gebou.

Hy staan op, bêre die notaboekie en die pen en steek sy hand uit, 'n glimlag op sy gesig: "Spoedige beterskap. Ons sal weer gesels as jy eers ontslaan is. Kom maak 'n draai as jy beter voel dan gesels ons."

Markus neem weer die hand en gee 'n ferm druk. Hy kan sien dat Mike hom nie heeltemal glo nie en wonder wat die speurder alles van die saak af weet. "Ek sal so maak, ja."

Mike draai om en steek vas, halfpad na die deur toe. Hy grou in sy sak en draai om met sy kaartjie in sy hand. "Amper vergeet ek. Hier is my kaartjie met my selnommer op. Bel my enige tyd as jy iets kan onthou wat ons verder kan help met die saak."

Markus vat die kaartjie en vra: "Wat weet julle tot dusver van die ongeluk? Of mag ek nie vra nie?"

Mike lag. "Die ondersoek is nog in 'n vroeë stadium so dit is moeilik om nou al 'n gevolgtrekking te maak. Sodra ek meer weet, sal ek jou laat weet. Soos ek gesê het, sterkte en kom gesels as jy uitkom." Met dit draai hy om en loop by die saal uit sonder om terug te kyk.

Markus staar na sy rug soos hy uitloop en wonder wat hy nié vir hom sê nie.

Die volgende oomblik sien hy vir Bethany by die deur inloop en voel hoe sy hart vinniger klop. Hy het haar gemis.

HOOFSTUK 15

Bethany merk die speurder in die verbygaan op. Hy lyk diep in gedagte. Sy wonder wat hy wou gehad het. Hy kom juis uit die rigting van Markus se saal. Voor die deur van die saal staan 'n konstabel in uniform. Sy knik haar kop in sy rigting en wonder wie hom daar geplaas het. Die konstabel kyk haar uitdrukkingloos aan, hy is aan diens. Geen flankeerdery word toegelaat nie.

Markus gee haar 'n stywe druk. Hulle bly maar nog versigtig in hierdie nuwe verhouding. Nie een van hulle wil die eerste stap neem nie. Toe hy die ander aand terug trek het sy aangevoel dat daar iets in sy verlede is wat hom keer. Sy sou wat wou gee om te weet wat dit is, maar sy weet dat sy versigtig te werk moet gaan. Hy is op 'n sensitiewe plek in sy lewe en sy wil nie verongeluk wat hulle het nie.

"En toe? Hoe gaan dit hier met die siekes?" vra sy opgewek. Sy voel die warmte van die stoel toe sy gaan sit. Mike was toe hier.

Markus kyk na haar met 'n salige uitdrukking op sy gesig. "Ek word behandel soos 'n BBP." Hy beduie na die drip toe, "selfs die dwelms is gratis hier."

Bethany lag klokhelder. "Laat dit jou goed voel?" vra sy en kyk na die drip.

"Jy weet dan! Ek voel asof ek op 'n trip is - Geen pyn of bekommernisse nie."

"Dit is goed so. Gee jou kans om te ontspan. Ek het juis die laaste ruk gedink dat jy dit bietjie kalmer moet vat. Daar het heelwat gebeur en dit maak nogal 'n verskil aan mens se gemoedstoestand."

Markus se gesig raak ernstig. Hy kyk rond na die ander mense in die saal voor hy praat: "Ek begin voel asof daar donker magte is wat ons van alle kante af bekruip. Die dinge wat gebeur maak my bekommerd. Dink jy dit was 'n fout om die waterreaktor te ontwerp?" Hy kyk vraend na haar.

Bethany staan op en gaan sit op die bed langs hom. Sy neem sy hand in hare en kyk diep in sy oë. "Ek glo nie so nie, Markus. Dit was bedoel om goed te doen vir dié wat dit nie kan bekostig om water te koop nie. Hoe kan dit verkeerd wees?"

Hy vryf ingedagte oor haar hand. "Dit voel asof die hele wêreld agter ons uitvinding aan is. En almal wil dit verniet hê - of steel," voeg hy by.

"Jy moet ophou om so paranoïes te wees. Jy maak jouself siek. Ons sal hierdeur kom. Ons het al erger dinge getrotseer vandat ons die besigheid begin het."

Hy glimlag. "Jy is heeltemal reg. Wat is nog 'n uitdaging nè? Ons kan dit te bowe kom. Ons sal net die veiligheid van die gebou moet opskerp en waaksaam wees as ons kom of gaan. Met Ming in die omtrek sal niemand dit waag om ons skade aan te doen nie."

Sy vat teer aan sy gesig. "Dit is die Markus wat ek ken! Moenie nou gaan lê nie, ons is amper daar. Het jy al iets van Steven Manjekeng gehoor?" voeg sy by.

"Nee. Nou dat jy dit noem. Ek sal moet bel en hoor wat gaan gebeur en of hulle ons die kontrak gaan aanbied vir die verskaffing van die masjien. Ek het juis gewonder of Ming hom toe gaan sien het."

Hulle verval in stilte terwyl hulle die gebeure die afgelope tyd oordink. Beide wonder of Steven Manjekeng nog lewe en watter uitwerking Ming se besoek aan hom sal veroorsaak, as hy dit oorleef. Hy lyk na 'n man wat nie sulke inmenging sal duld nie. Die gevaar is nog nie verby nie.

* * * *

Ming wag totdat besoektyd verby is voordat sy stadig in die rigting van die saal beweeg waar Markus lê. Die skoonmakersuniform en toerusting wat sy in een van die stoorkamers gekry het, kom handig te pas. Niemand steur hulle aan haar nie waar sy stadig die vloere mop en ewe geduldig die skoonmaakwerk doen. Die groen oorjas en bypassende hoedjie laat haar vaal en oninteressant lyk. Swart skoene en donker sykouse rond die prentjie af. Sy dra geen juweliersware nie want dit lok net starende kyke van verbygangers; aandag wat sy nie kan bekostig nie.

Haar oë is vir geen oomblik stil nie. Sy bekyk ieder en elke persoon wat in die gang afgestap kom en moontlik by Markus se kamer wil inloop. Haar hande bly besig met die emmer, besem en die mop wat sy om die beurt gebruik.

Sy was verlig om uit te vind dat hy lewendig gevind is en grootliks ongeskonde daarvan afgekom het, behalwe vir die gebreekte ribbes natuurlik.

Die konstabel wat verveeld in die gang rondstaan, is 'n probleem. Sy wil nie graag hê dat hy haar moet stop en snaakse vrae vra nie. Sy neem aan hy is daar om 'n ogie oor die pasiënt te hou en seker te maak dat niemand hom verdere skade aandoen nie. Nie 'n slegte idee nie, aangesien niemand blykbaar weet wie hom ontvoer het en waarom nie.

In haar skoonmaakaksie beweeg sy stadig om die hoek van die gang sodat die konstabel haar nie kan sien nie. Sy toets een van die stoorkamers se deure en vind dit oop. 'n Entjie verder in die gang staan 'n trollie met skoon bedpanne op. Sy glimlag en beweeg vinnig in daardie rigting. Toe die gang vir 'n oomblik skoon is, gee sy die trollie 'n harde stoot en kies skuiling in die stoorkamer. Sy hou die deur op 'n skrefie oop en wag vir die slag.

Die volgende oomblik bots die bedpantrollie met 'n leë bed wat teen die een muur geparkeer staan. Dit slaan met 'n oorverdowende geknal om en die bedpanne tref die vloer en spat in alle rigtings. Deur die skrefie sien sy hoe die konstabel vervaard in die gang afgestorm kom, sy hand op sy dienspistool aan sy sy. Gereed om aksie te neem as dit moet.

Ming wag totdat hy verby is voordat sy uit die kamer kom en haastig die gang af loop na Markus se saal, voordat die konstabel besef dat dit net 'n vals alarm is en terugkeer na sy pos.

Markus kyk gesteurd op toe hy iemand by sy bed voel staan en hom aanstaar.

Sy oë rek groot toe hy haar herken. Hy maak sy mond oop om haar naam te sê toe sy soos blits haar hand om sy mond slaan om hom te keer. "Sjuut!" fluister sy saggies. Sy laat hom los en staan terug.

Hy kyk verbaas rond en fluister terug: "Wat maak jy hier?"

"Ek moes jou net sien om te hoor hoe dit gaan en of jy enige idee het wie jou ontvoer het?" Sy bly sedig staan, haar hande voor haar gevou en haar kop effens gebuig sodat haar gesig nie duidelik sigbaar is vir die toevallige toeskouer nie.

Markus vee sy hand deur sy hare en skud sy kop. "Nie 'n idee nie. Ek het my vermoedens ..."

"Wie?" fluister sy dringend. Die konstabel is seker al op pad terug na sy pos toe en as hy haar daar sien, gaan hy suspisieus wees en iets doms doen, soos om haar te probeer stop vir ondervraging.

"Uhm ... Een van Steven Manjekeng se handlangers?" antwoord hy vies.

Ming frons. Toe sy by Steven weg is, het hy amper sy broek natgemaak van skrik. Kon hy so vinnig herstel het en iets soos hierdie orkestreer? Klink nie reg nie. "Steven Manjekeng? Wat laat jou so dink?"

Markus sug hard. "Hy is die enigste een wat weet van die reaktor, waaraan ek kan dink. Het jy enige idees?" Hy kyk hoopvol na haar vir bevestiging van sy vermoede.

Ming se sintuie is ingestel vir enige beweging in hulle rigting terwyl sy Markus se opinie oorweeg. Die area is skoon, vir nou.

"Steven Manjekeng is nie die enigste een nie, Markus. Daar is iemand anders ..." Sy bly stil voordat sy te veel sê.

"Wie?" vra hy oorbluf. Hy kyk haar streng aan. "As jy weet wie dit is sê vir my, asseblief, Ming."

Ming kyk verby hom by die venster uit. Haar besoek aan Melanie die ander aand het nuwe verdagtes laat opkom, soos haar pa byvoorbeeld. Die sketse wat sy in haar besit gehad het was definitief vir iemand bedoel, en haar geld is op haar pa. Dis tyd om daar besoek af te lê.

"Rus jy en word gou gesond. Ek het werk om te doen." Met dit gee sy hom 'n vlugtige handdruk en swaai om. Haar sintuie het die nabyheid van iemand geregistreer net voordat hy aan haar vat.

Markus wil nog iets sê toe hy die konstabel agter haar op- merk, maar kom nie sover nie.

Asof in stadige aksie sien hy Ming se hand opkom en die niksvermoedende konstabel reg voor die bors tref. Die hou laat die konstabel se mond oophang van verbasing en pyn.

Sy hand was op pad na haar skouer toe sy omswaai. Die skok van die hou laat hom terug steier in die gang in en hy voel hoe sy voete nie byhou met die spoed waarteen sy liggaam agteruit beweeg nie. Hy probeer omkyk om te sien waarheen hy op pad is, toe sy lyf die muur met 'n siek slag tref. Sy kop klap teen die sementmuur en hy voel hoe die nag hom omvou. Hy verloor sy bewussyn en gly stadig teen die muur af tot hy op die vloer bly lê, uit soos 'n kers. Die twee donker poele van die aanvaller se oë sal hom nog lank bybly en nagmerries gee. So ook die krag wat in haar hande skuil. Dit voel asof 'n muil hom geskop het.

Ming wag nie vir Markus se groet nie, maar verdwyn vinnig in die gang af voordat die onderonsie aandag trek. Sy spring ligvoets oor die stil vorm van die man waar hy teen die muur tot ruste gekom het. Daar is nie tyd om te voel of hy nog lewe nie. Sy hoop die hou was nie te hard nie.

Markus se mond hang oop van verbasing oor dit wat voor hom afgespeel het. Ming se hande was 'n blur soos sy beweeg het. Dit het letterlik gelyk asof iemand die konstabel agter sy kraag optel en hom teen die oorkantste muur gooi. Dit was in 'n breukdeel van 'n sekonde verby. Hy glo nie die man het eers gesien wie hom geslaan het nie.

Bekommerde verpleegsters kom die stil vorm van die konstabel te hulp. Een van hulle kyk om om te sien of iemand gesien het wat gebeur het. Markus het intussen sy rug op hulle gedraai en maak asof hy niks weet nie. Hy hoor hoe hulle in die gang af roep vir 'n bed om die arme man op neer te lê tot hy bykom.

Hy glimlag by homself en dink aan die skraal Ming se talente. Menige man het al sy moses teëgekom met haar. Haar hande beweeg soos blits en veroorsaak pyn waar dit met die menslike liggaam in aanraking kom, veral as die slagoffer dit verdien en sy dit met mening doen. Hy is bly hy het haar aan hulle kant.

* * * *

Steven Manjekeng sit oorkant Frans Delport in sy kantoor. Hy voel half geïntimideer deur die luuksheid van die man se kantoor. Duur matte en meubels, wat afgerond word deur die goeie kleurskema van die mure en bypassend gordyne. Versonke beligting gooi sagte lig wat geen skaduwees veroorsaak nie. 'n Paar moderne skilderye versier die mure sonder om oordadig te lyk. Almal Suid-Afrikaanse skilders, sien hy in die verbygaan aan die name onderaan elkeen. Hy kners op sy tande as hy dink aan sy kantoor; vaal en leweloos. Die regering het nie geld om op sulke luukshede te spandeer nie. En hy gaan ook nie sy eie geld gebruik daarvoor nie.

Frans hou hom oor die rand van sy koffiebeker dop. Hy het juis sy drankkabinet in die een muur laat terugvou toe hy hoor wie hom kom sien het. Dit is spesiaal vir hom ontwerp sodat dit geruisloos en sonder enige teken in die muur invou. Hy wil nie die idee skep dat hy 'n drinker is en sy kosbare drank met enige jan-rap en sy maat moet deel nie. Dit is vir spesiale gaste. Steven Manjekeng is nie een van hulle nie. Dan kom die goedkoop koffie uit. Sy sekretaresse weet ook al. As sy vir gaste koffie maak, is daar 'n kodewoord wat aandui watse koffie vir die gas opgedis moet word. Vir hom word daar altyd die beste koffie gemaak in sy gunsteling beker met die maatskappy se logo op.

Steven vat 'n sluk van die koffie en vertrek sy gesig. Die goed proe soos skottelgoedwater. Hy gluur na Frans en sê: "Jy het geld vir al hierdie luukshede en koop die kakste koffie op die mark."

Frans ignoreer die sarkasme en staar uitdrukkingloos na hom. "Het jy gekom om iets konstruktiefs te doen of om my koffie te kritiseer?"

Steven voel hoe die woede in hom opkom. Hierdie man gaan hom nog eendag misgis. Hy kners op sy tande en leun terug in sy stoel. Die koffiebeker los hy op die tafelblad om 'n ring te laat op die gepoleerde hout oppervlak; net om die man nog meer te irriteer.

Frans sien dit maar sê niks. Die tafelblad is met 'n spesifieke middel behandel wat nie watermerke laat nie. "Waarmee kan ek help vandag?"

"Ek het 'n interessante gesprek gehad met 'n Ninja, die ander dag."

Frans sit vorentoe en vra verbaas: "Jy het wat?"

"Jy het reg gehoor, boertjie. Ek het 'n besoek gehad van 'n regte egte Ninja in my kantoor."

Frans bars uit van die lag. Deur die lagbuie kry hy dit uit: "Het jy Vim gesnuif huh? 'n Ninja. Waar op dees aarde kry jy Ninjas in Suid Afrika?"

Steven vervies hom vir Frans en staan op. Hy loop tot by die groot venster teen die muur links van Frans se lessenaar en staar uit oor die graperk. Hy wag tot die man bedaar voor hy omdraai. "Het jy klaar gelag?"

Frans se gesig is rooi van die lagbui en hy proes in sy gebalde vuis. Hy hou sy hand omhoog in apologie. "Skies ek lag vir jou Steven. Maar jy moet erken, dit klink bietjie vergesog. 'n Ninja hier, in Suid Afrika!" Hy kyk om hom rond en skud sy kop. "Wat wou die 'Ninja' gehad het?" lê hy die klem op die woord. "Het hy 'n swaard ook gehad? En van daardie vyfpunt sterre wat hulle so gooi?" beduie hy met sy hand en bars opnuut uit van die lag.

Steven gaan sit weer in die diep gemakstoel en vou sy een been oor die ander. Sy een duur egte leerskoen wip ongeduldig op en af. "Dink jy ek maak 'n grap?" vra hy toe die gelag uiteindelik bedaar.

Frans vee sy gesig af en kyk na Steven. Die man is ernstig. "Wat wou hy gehad het?" vra hy weer.

Voor hy dit besef, maak hy die fout wat weer 'n lagbui ontketen: "Dit was 'n vroumens."

Frans se bulderende gelag weergalm in sy kantoor en sy sekretaresse loer by die deur in om seker te maak hulle is oukei. Hy beduie met sy hand dat hy reg is en sy maak die deur toe agter haar.

Toe hy genoegsaam bedaar, sê hy saggies: "'n Vroulike Ninja. Wil jy nou meer! En?"

"En wat?" vra Steven, vies oor die fout wat hom weer die teiken van Frans se lagbuie maak.

"En wat wou sy gehad het?"

"Sy weet van die waterreaktor wat H_2O Solutions bou ... "

Frans se lag verdamp soos mis voor die son. "Ekskuus?" vra hy verbaas. Sy oë boor in Steven s'n.

"Ek het gedog dit sou jou aandag kry. Sy weet van my en Markus se ontmoeting met sy aanbieding toe hy die reaktor se werking verduidelik het."

"En wat wou sy gehad het?"

"O, nie veel nie. Ek moet die kontrak vir die verskaffing van die reaktors vir elke huishouding wat deur die waterskaarste in die Kaap geraak word, vir H_2O Solutions gee."

Frans spring op, rooi in sy gesig. "En wat het jy vir haar gesê?" vra hy dreigend.

Steven trek sy skouers op. Die skoen is nou aan die ander voet. Nou verlekker hy hom oor Frans se ongemak oor die nuwe wending in die saga. "Wat sê 'n man op sy knieë, met 'n Ninja swaard teen sy keel en 'n dreigement dat sy vrou en kind skade aangedoen gaan word as hy nie gehoor gee nie?"

Frans gaan sit swaar en stut sy kop in sy hande. Hy het dit nie sien kom nie. Hy het gedink dit gaan maklik wees om die planne te bekom en die reaktor te bou voordat H_2O Solutions enigiets vermoed. Hy weet dat Steven ten alle koste wil keer dat die masjien gebou word, maar hy wat Frans is, het 'n geleentheid gesien om geld te maak. Hy ken nie Steven se motief nie, maar syne is duidelik; word gou ryk, baie ryk.

Eers het Melanie hom in die steek gelaat met die planne wat sy nie kon kry nie en nou word die minister van Waterwese gedreig deur 'n Ninja om die kontrak nie aan hom toe te ken nie. Wat nog?

"Ek het 'n idee," kom die voorstel van Steven.

Frans kyk in afwagting op.

"Ons moet haar in 'n lokval lei."

"Uhuh. En dan?" vra Frans nuuskierig.

"Dan vang ons haar en raak van haar ontslae in een van daardie diep mynskagte waarvoor jy so beroemd is."

"Het jy enige idee hoe goed sy is? Het jy haar al in aksie gesien?" vra Frans met opgetrekte wenkbroue. Hy is nie so seker dat dit die beste idee is nie. Wat hy al van Ninjas in die rolprente gesien het, is gevaarlik.

"Ek het goed opgeleide manne wat haar vinnig in bedwang sal bring," spog Steven ewe selfvoldaan. "Ons lok haar na my kantoor toe waar ek die voordeel het, dan oorrompel ons haar voordat sy haar swaard uit sy skede kan trek. Wat dink jy? Is jy in?"

Frans kyk na hom in ongeloof. "Is jy van jou kop af, man! Jy soek nie kak met 'n Ninja nie! Jy krap nou met 'n tandestokkie in 'n leeu se knaters." Persoonlik kry hy koue rillings as hy net aan die gedagte dink om met 'n Ninja slaags te raak.

"Wie sê dat sy 'n regte Ninja is? Ek het net die swaard gesien wat sy rondgeswaai het. Enigeen kan dit namaak. Ek dink as sy eers in 'n hoek is, sal sy gou boedel oorgee," probeer Steven hom oortuig. Hy kan klaar die twyfel in Frans se oë sien. Buitendien het hulle baie om te verloor as dit nie uitwerk nie.

Frans kou aan sy onderlip soos hy dink. Hoe dit ook al sy, hulle sal van haar ontslae moet raak as hulle dit wil laat werk. Sy durf nie inmeng in hierdie proses nie. Hy wonder waar sy vandaan kom. Kan dit wees dat sy vir H_2O Solutions werk? Hardop sê hy: "Dit lyk na die enigste opsie." Tensy ons

'n skerpskutter kan kry om haar op 'n afstand uit te haal ...,
mymer hy by homself.

Steven lag. "Wie is nou die bang een huh? Ek sê mos, sy is
'n *fake*. As ons haar eers vas het, gaan sy pleit vir haar lewe.
Ninjas is net in films en strokiesprente vir kinders. Ons kan
dit doen."

"Oukei. Hoe wil jy dit doen?" vra Frans belangstellend.

Steven dink vir 'n oomblik voor hy praat: "Ons maak dit
duidelik aan Markus Rheeder dat die kontrak nie aan hom
toegeken gaan word nie. Ek is seker dat dit baie gou by haar
sal uitkom."

"En dan? Hoe kry jy haar in jou kantoor?"

Steven skuif ongemaklik rond op sy stoel. "Dan wag ons
tot sy opdaag ..."

Frans staar na hom en vra: "En hoe lank dink jy gaan dit
vat? 'n Dag, 'n week, 'n maand?"

Steven krap sy ken ingedagte voordat sy oë ophelder. "Ons
maak dit duidelik dat die kontrak die volgende dag in my kan-
toor deur die gekose maatskappy onderteken gaan word. Dit
behoort haar gou uit haar skuilplek te laat kruip."

"Mmmm, dit klink na 'n idee. Sy sal dan daar moet wees
voordat dit onderteken gaan word om dit te stop. Wat van jou
familie? Wil jy hulle nie maar eers na veiligheid bring sodat sy
hulle nie kan bykom nie?"

Steven knik sy kop. "Beslis! Met hulle uit die weg, sal sy
genoodsaak wees om my in my kantoor te kom aanval, soos
laas keer en dan het ons haar!" sê hy entoesiasties en slaan met
sy vuis in sy hand.

Frans trek 'n wenkbrou op. Hy het maar sy twyfel oor die
plan, maar dit is die beste vir nou.

"Wat wil jy van my hê? Mannekrag?"

Steven lag sinies. "Ek het nie jou hulp nodig nie, dankie. My
manne is opgewasse genoeg vir hierdie vrou. As jy haar sien
sal jy verstaan. So 'n skraal maer dingetjie. As ek haar raakvat
druk ek haar strot af," sis hy dit uit en maak 'n vuis, asof hy
haar daar en dan in sy greep het en die lewe uit haar wurg. Sy
oë staan wild in hulle kaste van woede.

"Bedaar Steven, bedaar. Nou-nou kry jy 'n beroerte hier in my kantoor dan moet ek die *paramedics* vir jou kry," maan Frans bekommerd. "Wanneer wil jy dit doen?" verander hy die onderwerp.

"Ek sal my manne organiseer, dan doen ons dit oormôre 10:00 in my kantoor. Ek sal jou bel sodra ons haar het, dan kan jy oorvat en jou ding doen."

Frans knik sy kop. "Oukei. Dan wag ek vir jou oproep." Met dié staan hy op en hou sy hand uit. "Sterkte."

Steven kom regop en vat die hand. "Sy gaan berou dat sy ooit paaie met my gekruis het."

Frans knik net sy kop en wonder of dit gaan werk. Hy is bly hy is nie Steven nie.

HOOFSTUK 16

Danie Momberg sit selfvoldaan in die stoel voor Frans Delport se lessenaar. Hy draai die geheuestokkie tussen sy vingers in die rondte terwyl hy met 'n glimlag op sy gesig na die man oorkant die tafel staar.

Frans bekyk hom fronsend en vra geïrriteerd: "Wat is jy so gelukkig? As jy nie ore gehad het nie was die glimlag reg rondom. Uit daarmee!"

"O, ek het iets wat jy in sal belangstel ..."

Frans lig sy wenkbrou op en hou sy hand na hom toe uit. "Wat?"

Hy gee die stokkie nog een draai voor hy dit dramaties op die lessenaar neersit en in Frans se rigting skuif. "Kyk maar self."

Frans tel die stokkie op en prop dit by sy rekenaar in. Hy raak besig met die muis en maak die fotolêers een vir een oop. "Is ek veronderstel om te weet wat dit is, jou moroon!" snou hy hom toe en beduie na die beelde op sy skerm.

Danie kan sien Frans se geduld is op. Hy sluk vinnig en verduidelik: "Dit is iets wat jy baie graag jou hande op wil lê."

"Soos wat?"

"Die waterreaktor van H_2O Solutions ..."

Frans staar verbaas na die foto's. "Jy bedoel?"

"Einstel!" benadruk Danie en slaan liggies met sy oop hand op die tafel.

"En wat moet ek met die foto's maak?" vra hy sarkasties. "'n Skildery maak?"

Danie lyk skielik onseker. "Wel, ek het gedog jy sal graag wil sien hoe dit lyk ..." sê hy versigtig.

Frans pluk die stokkie uit sy rekenaar uit en gooi dit oor die tafel in Danie se rigting. Hy is te laat om sy kop uit die pad te kry en dit tref hom vol in die gesig. Dit breek die sagte vel op sy wangbeen en die bloed begin stadig opwel in die wond. "Wat de hel is verkeerd met jou huh! Ek soek nie prentjies van die ding nie! Ek soek die planne om my eie te bou!" Die skuim staan wit om sy mondhoeke soos hy sukkel om sy humeur te beteuel. "Kry jou donnerse gat in rat en kry vir my die sketse en die diagramme van die ding sodat ek my eie kan maak!" Hy skuif sy stoel met geweld agteruit en stap vasberade na sy drankkabinet toe. As hy nie nou iets sterks inkry nie, gaan die mannetjie aan die anderkant van sy tafel dit ontgeld.

Danie spring op van skok. Hy verwag dat Frans om sy lessenaar geseil gaan kom en hom verder aanrand. Hy maak reg om te hardloop as dit moet. Hy het gedog dat Frans in sy skik sou wees en nou behandel hy hom soos 'n hond. Sy asem jaag van woede. Sy wang pyn en sy ego het 'n lelike knou weg. Hy voel verneder.

"Ek dog jou dogter ..." begin hy toe Frans hom in die rede val.

"Ek dog se moer man! Dit is omdat julle ouens te veel dink en te min doen dat julle so *useless* is. Lyk my ek sal sommer self die ding moet gaan haal as ek dit wil hê. Die hele lot van julle is te slapgat om dit te doen. Geen staal in julle spiere nie. 'n Klomp sissies wat net kan praat en verder niks doen nie. Alles wat ek julle gee, fok julle op met min moeite." Hy maak sy mond oop om verder gal af te gaan, maar besluit daarteen. Hy kyk na Danie en gooi sy hande in die lug uit pure frustrasie. Die mense wat vir hom werk, is maar net nie opgewasse vir die taak nie.

"Gee net pad uit my kantoor uit!" sis hy dit uit met sy rug na hom toe. Voordat Danie by die deur kom draai hy om en sê deur saamgeperste lippe: "En Danie."

Hy steek vas en draai om, gereed om te koes as daar nog 'n projektiel in sy rigting gelanseer gaan word. "Ja, Frans?"

"Moenie weer hier inkom as jy nie iets tasbaars het om vir my te gee nie. Verstaan ons mekaar? Ek soek aksie, nie net woorde en prentjies nie." Hy beduie met 'n waai van sy hand dat hy klaar is en gaan sit by sy lessenaar sonder om op te kyk. Sy hand met die glas bewe van opgekropte woede.

Danie vat dit as 'n teken dat die gesprek verby is. Hy maak die deur saggies agter hom toe en loop verby die ontvangsdame sonder om na haar te kyk.

Hy voel laer as slangkak onder seespieël in die agterstrate van Johannesburg, na Frans se tirade. Hy het lus om sy frustrasie op iemand uit te haal maar weet nie wie nie. Al die moeite wat hy gedoen het en nie eers 'n dankie van Frans se kant af nie. Die man het geen greintjie menslikheid in hom nie. Skielik verstaan hy hoekom hy die baas van so 'n groot maatskappy is. Jy kan net daar kom as jy ander mense soos gemors behandel. Iets sal moet verander. Die beeld van sy dogter kom in sy gedagtes op ...

* * * *

Ming is weer aangetrek vir haar nagtelike besoeke. Sy maak seker dat sy al haar wapens het wat sy moontlik gaan nodig kry vir die operasie. Vanaand wil sy weer iemand die skrik op die lyf jaag; Frans Delport. Hy is die volgende skakel in hierdie ketting van nywerheidspioenasie. Tussen hom, Melanie du Bois, Danie Momberg en Steven Manjekeng moet daar 'n belangrike skakel wees. Moontlik werk die lot nog saam ook om Markus en Bethany te bevark en hulle uitvinding te steel.

Sy parkeer die BMW 'n blok van Frans se deftige huis af en maak seker dis onsigbaar van die pad af vir verbygaande motors.

Dit is donkermaan met geen lig om haar posisie weg te gee nie. Sy beweeg ligvoets deur die digte plantegroei tot naby sy huis se grensmuur, haar sintuie tot die uiterste toe gespan om enige verdagte beweging waar te neem voordat dit 'n probleem word.

Sy vorder tot by die punt naaste aan die majestieuse huis wat 'n groot deel van die erf in beslag neem. Uit haar sak van truuks bring sy die *kaginawa,* of gryphaak met sy tou te voorskyn. Sy staan vir 'n oomblik en betrag die omgewing. Haar ore is ingestel op die naggeluide wat om haar weerklink. Dit is gewoonlik die eerste ding wat stil raak as gevaar dreig. Tevrede dat dit net sy in die onmiddellike omgewing is, begin sy die tou met 'n lui boog al in die rondte swaai.

Haar oë is gerig op die bopunt van die hoë muur wat toegang tot die erf bied. Sy laat die punt skiet en dit seil sierlik deur die lug bo-oor die rand. Die klimhaak steek met 'n sagte klapgeluid vas. Sy wag met ingehoue asem vir enige teken dat die geluid gehoor is. Niks gebeur nie. Sy toets die sterkte deur haar gewig daaraan te hang; dit hou.

Sy kyk vir oulaas rond voordat sy rats teen die tou opklim tot bo. Die sagte leerskoene met hulle *ashiko* spykerkloue maak geen geluid nie. Dit byt gemaklik in die muur se oppervlak in vir beter vastrapplek. Vir 'n toeskouer sou dit lyk asof sy teen 'n leer uitklim wat teen die muur staan gemaak is. Sonder moeite hang sy net onder die boonste rand van die muur en bring haar gesig stadig op sodat sy bo-oor kan kyk. Met haar masker en donker klere is sy onsigbaar teen die donker agtergrond agter haar.

Die huis is stikdonker behalwe vir die een of twee verdwaalde ligte wat die buitekant verlig. Sy wag geduldig om te sien of daar enige wagte is wat die perseel patrolleer.

Haar asem kom reëlmatig oor haar effens oop lippe. Die klim het nie eens haar asem laat jaag nie. Haar polsslag is sterk en rustig. Sy beskerm haar oë teen die lig van die beligting en deursoek die gronde vir beweging. Skielik sien sy dit; 'n sigaret kooltjie wat die donkerte verlig net buite die ligkring. Sy glimlag en skud haar kop. Amateurs! Jy rook nie so opsigtelik as jy iemand se huis bewaak nie. Hulle verwag duidelik nie moeilikheid nie.

Met een flink beweging is sy bo-op die rand van die muur. Sy beweeg vinnig al langs die muur totdat sy verskuil is agter die huis en buite sig van die wag wat staan en rook. Die *kaginawa* word laat sak en sy seil daarteen af tot op die grond. Sy druk haar plat teen die muur en loer stadig om die hoek.

Die wag leun verveeld teen 'n boom 'n entjie van die voordeur af, die sigaret hang aan sy lippe en sy oë is toe soos hy die tabakrook geniet. Oor sy een skouer hang 'n AK-47 aanvalsgeweer met die loop wat grond toe wys. Vanaand is hy meer ontspanne as gewoonlik. Dit is sy laaste aand vir 'n wyle dat hy hom moet bekommer oor inbrekers en aanvalle, iets wat in elk geval nooit by Frans Delport se huis gebeur nie. Mense sukkel nie met hom nie. Daarvoor is hy te veel van 'n bliksem. Dié wat al probeer het, het hy 'n morsige voorbeeld van gemaak en die foto's op sy webwerf gelaai vir almal om te sien wat gebeur as jy met Frans Delport sukkel. Nie een van die inbrekers het ooit lank genoeg geleef om self die storie te vertel nie.

Vanaand is sy laaste aand want hy gaan op vier weke verlof. Welverdiende verlof na 'n jaar se harde werk. Hy sien geweldig uit daarna. Sy meisie van die afgelope paar maande gaan ook vir die eerste keer saam. Hy haal die swart fluweel boksie uit sy sak en bewonder weer die ring binne-in. Die lig weerkaats op 'n klein diamant gesetel in 'n goue pand. Dit is al wat hy kan bekostig en met sy karige salaris het hy lank daarvoor gespaar. Oor 'n dag of twee, as hulle eers by hulle bestemming is, wil hy die groot vraag vra. Hy voel nogal angstig en senuweeagtig want hy weet nie hoe sy gaan reageer nie. Hy het al, van die eerste dag af wat hy haar gesien het, besef dat sy dié een is vir hom. Nou wil hy dit amptelik maak. Met 'n ring. Vir altyd.

Hy hoor die geluid van sy linkerkant af aankom en kyk stadig in daardie rigting. Wat hy sien, laat sy oë verstar van skok.

Die donkergeklede figuur kom aangesweef oor die grasperk asof dit nie aan die grond raak nie. Voordat hy kan reageer, tref iets hom teen sy voorkop. Met die beeld van twee donker oë wat hom deur 'n masker aanstaar, word dit swart om hom. Die boksie met die ring val uit sy lewelose vingers en hy gee hom oor aan die donker nag wat oor hom toevou.

Ming vang hom behendig voor hy die grond tref. Die hou was bedoel vir sy slape, maar toe hy omkyk, was sy klaar toegewy aan die hou en kon sy dit nie verander nie. Dit tref hom op sy voorkop en sy verander die krag waarmee die hou geplant word, sodat dit nie sy skedel vergruis met die impak nie. Sy laat hom stadig teen die boom af sak en lê hom gemaklik op die sagte gras neer. Haar oë beweeg rond om te sien of dit enige ander belangstelling gelok het. Niks roer nie.

Sy kom regop en merk die swart boksie waar dit half onder die wag se liggaam beland het. Sy tel dit op. Vir 'n oomblik staar sy oorbluf na die ring binne-in voordat sy besef waarna sy kyk - 'n verloofring.

Sy kyk af na die stil vorm en glimlag. Geen wonder hy was nie paraat nie; muisneste. Sy buk af en bêre die boksie in sy broek se sak. Hy gaan dit soek as hy bykom.

Sy wonder hoeveel wagte die man nog het. Met so groot erf sal daar seker meer wees, maar sy het nie tyd om hulle almal buite aksie te stel nie.

Die huis vertoon groot en statig voor haar. Sy bestudeer die voorkant en merk die betonlysie wat reg om die gebou loop. Ideaal om op te loop en maklik toegang te bied tot die huis self, deur een van die vele groot tralielose vensters of die balkonne wat voor party van die vensters aangebring is.

Sy skud haar kop. Mense wat dink net omdat die vertrek op die boonste verdieping is, gaan niemand daar probeer inbreek nie. Dan word daar geen beskermende tralies voor die vensters aangebring nie. Groot fout! Vir 'n Ninja is dit 'n openlike uitnodiging om in te kom.

Behendig sluip sy oor die grasperk en seil teen die afvoerpyp op tot by die grootste balkon wat waarskynlik toegang verleen tot die hoofslaapkamer, waar Frans Delport homself bevind.

Versigtig loer sy by die venster in en probeer die uitleg bepaal. Dit is toe dat sy sien die skuifdeur is effens oop. Die ligte bries wat waai, roer die gordyne heen en weer in die wind. Sy spits haar ore en hoor die rustige geluid van iemand wat snork in die vertrek. Sy slaak 'n sug van verligting. Hy is by die huis.

Ming betree die vertrek versigtig, haar liggaam gebalanseer op die punte van haar tone. Die sagte skoene maak geen geluid nie. Sy wag tot haar oë gewoond raak aan haar omgewing. Geleidelik raak die meubels sigbaar sodat sy kan sien waar die bed is. Sy staar stip na die vorm wat roerloos daar lê. Hy beweeg nie.

Die *ninja-to* swaard gly geruisloos uit sy skede op haar rug.

Die skielike lui van 'n telefoon in die verte vang haar onkant en sy versteen terwyl sy luister waar die geluid vandaan kom. Dit is iewers in die huis. Sy trek haar gesig op 'n plooi uit verontwaardiging en beweeg terug na die balkon waar sy agter die muur skuil en die kamer dophou.

Die persoon op die bed beweeg en staan mompelend op. Die volgende oomblik gaan die bedliggie aan en verlig sy gesig waar hy regop sit en sy oë vryf.

Frans Delport is 'n groot man. In die lig van die lampie lyk hy nog meer impossant. Ming som hom op waar sy hom dophou en besluit dat hy fisies te oorweldigend is om net so aan te pak. Met daardie boomstompe vir arms sal hy haar vinnig kan oorrompel as hy die geringste kans gegun word. Sy bestudeer sy bewegings en kom agter dat hy nogal soepel is vir iemand wat so groot van lyf is. Die weermagopleiding wat hy gehad het, het van hom 'n formidabele opponent gemaak. Een wat versigtig benader moet word.

Frans staan op en trek sy japon aan voordat hy die kamer verlaat om die telefoon te gaan antwoord. Hy is vies vir wie dit ook al is wat hom so laat in die nag pla. Dit beter dringend wees anders gaan hy of sy dit ontgeld.

Hy raap die gehoorstuk op en blaf: "Ja, wat?"

"Vreeslik jammer om u te pla, meneer Delport. Dit is die beheerkamer hier. Een van jou wagte het versuim om in te klok so paar minute terug. Is alles reg daar?" vra die vrouestem aan die ander kant.

Frans frons en kyk by die naaste venster uit terwyl hy die gehoorstuk teen sy oor hou. "Ek is nie seker nie. Daar was geen alarm nie."

"Miskien het hy net 'n draai geloop, meneer. Ons sal 'n eenheid stuur om die perseel te kom deursoek en seker te maak dat alles in orde is."

"Goed, doen dit asseblief. En laat weet as daar probleme is," beëindig hy die gesprek.

"Totsiens, meneer Delport. En jammer weereens vir die oproep," maak sy verskoning en lui af.

Frans sit die gehoorbuis ingedagte terug op die mikkie en loop na sy muurkluis toe om sy Glock 19 te kry. Hy vertrou nie die vrede nie. Dit is die eerste keer in 'n lang ruk wat dit gebeur. Hy kry skielik 'n koue rilling langs sy rugraat af.

Met die pistool oorgehaal en stewig in sy vuis geklem, loer hy deur die gordyne na die werf daar buite en probeer uitpluis wat om volgende te doen. Die wagte is gewoonlik baie stiptelik en klok op al die punte om die erf in, wanneer hulle patrolleer. Dit is eerstens om seker te maak dat hulle wel patrolleer en tweedens om te toets of hulle wakker is. Elke wag is toegerus met 'n klein elektroniese knoop wat hy teen 'n sensor moet druk op verskillende plekke op sy rondtes, wat dan sy identiteit op die veiligheidstelsel bevestig asook die tyd wanneer hy dit gedoen het. Wanneer hy 'n punt mis, is dit gewoonlik omdat hy nie in staat is om dit te doen nie.

Die manne wat sy erf bewaak is goed opgelei en hulle weet dat sulke gedrag nie geduld word nie. Hy vind dit vreemd dat dit juis vanaand van alle tye gebeur. Veral met die Ninja-storie van Steven Manjekeng nog so vars in sy geheue. Hy gril weer en skud sy kop ergelik. Kry beheer oor jouself Frans Delport, maan hy homself en maak seker die vensters is dig toe.

Hy voel 'n ligte bries oor sy bene, wat onder die japon uitsteek, en draai om. Dit neem sy brein 'n sekonde of twee om die gesig te registreer: die donkergeklede figuur wat in 'n kits tot by hom beweeg. Die glimmende lem van 'n swaard flits voor sy gesig verby en kom liggies op die kant van sy keel tot stilstand; bo-op die hoof slagaar na sy brein. Hy het nog nie eers die kans gehad om sy pistool op te lig nie en hy vries in sy spore. Hy sluk swaar. Skielik weet hy wat Steven bedoel het. Dit voel asof sy blaas uit sy eie wil ledig, net daar waar hy staan.

"Jy weet seker wat sal gebeur as jy beweeg nê?" kom Ming se eenvoudige vraag.

Frans voel die woede opkom, maar beteuel hom. Hy hou nie van die posisie waarin hy hom bevind nie, maar hy kan nou niks daaraan doen nie. "Jy sny my hoof slagaar af ja," bevestig hy haar intensie.

"Baie goed, wel gedaan. Hierdie lem is vlymskerp en die geringste sny kan die aar oopkloof. Dan bloei jy jou dood binne 'n kwessie van minute."

"Wat wil jy hê?" kom hy tot die punt, soos altyd as hy aan die ontvangkant is.

"O, nie veel nie, Frans. Ek wil net jou onverdeelde aandag hê vir dit wat ek wil weet en gaan sê."

"Soos wat?" wil hy weet.

"Wat is jou rol in die saga om die waterreaktor van H_2O Solutions te steel?"

Alhoewel hy geweet het dit gaan iets te doen hê met die reaktor, vang die vraag hom nog steeds onkant. "Ek weet nie waarvan jy praat nie," probeer hy sy onskuld verkondig.

Die lem sny dieper en hy kreun van angs. Hy verwag enige oomblik die warm gloed van bloed om teen sy nek af te stroom as die swaard deur die vel breek. Die volgende oomblik verdwyn die swaard teen sy keel en die hef tref hom teen die kop. Hy verloor sy balans en kom op sy knieë te lande; die pistool val uit sy hande en gly oor die vloer.

Die hou laat die vel oopbars en die wond begin vryelik te bloei. Voordat hy kan herstel, is die lem terug, hierdie keer teen die voorkant van sy keel.

"Jy weet, Frans, vir 'n groot man soos jy is jy nogal onnosel. En jy speel met jou gesondheid terwyl jy probeer om vir my te lieg," sis sy die woorde uit naby sy oor. "Ek weet van die inligting wat Melanie vir jou moes bring," speel sy haar troefkaart.

Vir 'n vlietende oomblik sien sy die paniek in sy oë. En toe doen hy iets wat sy nie verwag nie. Hy kom orent en gryp na die swaard en klem dit tussen sy groot hande vas sodat die lem hom nie kan sny nie. Sy oë is wild in hulle kaste terwyl hy haar aangluur.

Sy probeer die swaard los kry, maar hy is duidelik te sterk vir haar. Saam beweeg hulle in die rondte, sy wat die swaard probeer los woel en hy wat dit uit haar hande probeer trek deur drukking uit te oefen op die lem wat tussen sy massiewe vuiste verberg word.

Die volgende oomblik los hy die swaard en slaan 'n hou in haar rigting.

Die gebaar vang haar onkant en sy verloor haar balans. Terwyl sy terugdeins, sien sy die vuis aankom en probeer om dit te ontduik. Die hou tref haar skrams teen die skouer en sy vertrek haar gesig van pyn. Dit voel asof iemand haar met 'n hamer bykom.

Die sagte skoene aan haar voete red haar lewe toe sy vastrap plek kry en behendig sy swaaiende arms ontwyk. Die swaard land kletterend op die marmer teëlvloer en skuif in die rigting van die deur. Sy gooi haar lyf horisontaal en gebruik haar bene om haarself weg te skiet van die muur af waarteen sy te lande gekom het. Die aksie projekteer haar langs sy bene verby. Die *shuriken* wat blitsig in haar hand verskyn het, sny sy kuitspier oop in die verbygaan.

Frans los 'n gedempte kreet en gryp sy been vas waar die bloed vrylik uit die diep wond loop. Hy probeer om om te draai maar sy is vinniger as hy.

Sy kom orent en raap die swaard op, gereed om haarself te verdedig as hy dit sou waag om agter haar aan te kom. Die lem swiep deur die lug en die rugkant van die swaard tref hom teen sy linkerslaap. In stadige aksie val sy logge lyf vooroor en tref 'n glas koffietafel daar naby wat in skerwe breek. Sy liggaam kom te ruste te midde van die duisende glasstukke wat die vloer besaai.

Die volgende oomblik is daar 'n kabaal by die voordeur. Die stormram wat gebruik word om die deur oop te forseer, laat dit met 'n knal oopbars in 'n reën van stukke hout en splinters.

Hulle moes die rumoer binne gehoor het, besluit sy en maak haarself uit die voete.

Die veiligheidspersoneel wat die kamer binnestorm, se aandag is by die roerlose vorm in die middel van die vloer, hulle merk nie die swart skaduwee wat geruisloos teen die trap op hardloop na die boonste vloer nie.

Met oorgehaalde wapens fynkam hulle steselmatig die een vertrek na die ander om seker te maak dat daar geen aanvaller skuil nie. Dit help haar om ongesiens weg te glip.

Frans is so uit soos 'n kers waar hy half bo-op die gebreekte tafel op sy gesig lê. Die hoeveelheid bloed op die toneel laat die manne wonder of hy nog lewe. Een van hulle kontak die nooddienste wat 'n paar minute later op die toneel verskyn.

Terwyl hulle hom stabiliseer, rapporteer hulle terug aan die beheerkamer dat alles onder beheer is. Daar is geen teken van enige inbreker of aanvaller nie. Behalwe vir die wag wat bewusteloos in die tuin gevind is, is daar geen teken van enigiemand anders nie.

Niemand merk die donker figuur wat roerloos bo op die huis se dak bly lê nie.

HOOFSTUK 17

Danie lê hygend op sy rug na die dak en staar. Die sweet maak druppels op sy bolyf en sy hare is vasgeplak teen sy voorkop van die inspanning.

Hy het vir hom 'n straatvrou opgetel op pad huistoe en sy weg met haar gehad toe hulle die slaapkamer binnekom. Toe hy sy doelwit bereik, het hy haar laat gaan en langs haar op die bed neergesak, uitasem van die aksie. Sy lyk nogal baie soos Frans se dogter, flits dit deur sy brein. Hy glimlag heimlik.

Die meisie langs hom swets hardop. Behalwe dat hy haar duur klere geskeur het, het hy haar seergemaak waar dit saak maak; haar bron van inkomste. In haar werk is sy bewus van die risiko en die tipes waarmee hulle te doen kan kry. Hierdie ou het so kalm en ordentlik gelyk. Gewoonlik kyk sy die klandisie goed deur en besluit of sy die kans gaan waag om skade op te doen, of nie. Alles het afgehang van hoeveel die mans bereid was om te betaal vir dié tipe rowwe aksie. Hoe riskanter dit was, hoe meer het sy gevra.

Sy hou haar hand na hom toe uit en sê: "Jy het nog nie betaal nie. En so terloops, vir die rowwe aksie is dit R200.00 ekstra."

Danie kyk na haar asof hy haar vir die eerste keer raaksien. Hy steek sy hand uit langs die bed en vat sy pistool raak. Hy lig dit op in haar rigting en druk dit teen haar voorkop. Sy skrik so groot dat sy retireer en van die bed afval. Hy staan op en volg haar tot waar sy geretireer het en teen die muur gestuit word. Haar oë is groot van skok en sy staar na die loop van die pistool wat haar visie soos 'n donker gat vul.

Hy druk die pistool onder haar ken en lig haar kop effens op sodat sy nie anders kan as om na die dak te kyk nie.

"Jy wil wat hê?" vra hy skaars hoorbaar en druk effens harder sodat sy op die punte van haar tone moet staan om nie seer te kry nie.

Sy kerm saggies en sê in 'n smeekstem: "Asseblief! Ek het die geld nodig."

Danie staar na haar en sien die vrees in haar oë. Hy kry lekker, want skielik is hy in beheer van die situasie. Nie soos Frans Delport wat hom verneder het sonder dat hy iets daaromtrent kon doen nie. Dit doen sy ego goed om vir 'n slag weer belangrik te wees. Skielik laat sak hy die pistool en tree terug. Die rooi kol waar die loop onder haar ken vasgedruk het, staan soos 'n brandmerk uit op haar ligte vel. Hy staar gefassineerd daarna.

Haar ledemate gee mee en sy sak op die vloer neer en vou haar arms om haar bene van skok. Sy loer deur betraande oë na hom waar hy oor haar uittroon, haar aandag gerig op die wapen in sy hand. Die maskara om haar oë maak swart strepe waar dit met die trane meng en spore op haar wange laat.

Hy haal sy beursie uit sy sak en tel 'n paar note af en gooi dit voor haar neer.

Sy gryp die geld sonder om te tel en kruip verby hom om haar klere in die hande te kry. Dis tyd om te gaan voordat hy enige ander idees kry om haar verder seer te maak. Sy het genoeg gehad vir een aand.

Danie draai om en gaan lê plat op sy rug in die middel van die bed. Hy lê die pistool versigtig op sy bors en staar na die plafon bokant hom. Hy hoor hoe sy skarrel om by die deur uit te kom, maar hy gee nie meer om nie. Hy het sy punt bewys. Hy is die man.

Toe die stilte oor die kamer neersak, maak hy sy oë toe en raak aan die slaap.

* * * *

Ming sit in die BMW en haal diep asem. Dit was amper of sy was bokveld toe vanaand. Sy het Frans Delport heeltemal onderskat. Sy lig haar hande op en sien die bewerasie. Sy klem haar vuiste saam en kyk vir oulaas in die truspieëltjie na die huis 'n entjie verder af in die straat waar daar skielik baie helder ligte is en tientalle mense op die erf rondbeweeg. Sy het gewag totdat hulle gerus geraak het nadat hulle niemand op die erf gekry het nie, voordat sy die kort entjie na die muur toe afgelê het en met behulp van die *kaginawa* oor die muur is na veiligheid.

Haar skouer pyn en sy vryf dit liggies waar sy vuis haar getref het. Sy wonder hoe dit sou gevoel het as sy die volle trefkrag daarvan moes absorbeer. Die man kan slaan, dis verseker!

Terug in haar woonstel trek sy die klere uit en staar na haar refleksie in die badkamerspieël. Die area waar die kontak was, is besig om blou te word en dit is seer om aan te raak.

Sy vat 'n warm stort en gee haar oor aan die water se massering van haar moeë spiere. Sy sluit haar oë en lig haar gesig op sodat die water haar gesig kan pamperlang.

Nadat sy met 'n growwe handdoek afgedroog het, haal sy spesiale moetie uit haar tas en wend dit versigtig aan. Sy byt op haar onderlip om nie hardop te skree van die pyn nie. Daarna verbind sy die deel so goed as wat sy kan om die doepa kans te gee om sy werk te doen. Vir die volgende paar dae gaan sy swaarkry en as sy weer 'n hou op daardie plek gaan kry, sal dit nag wees.

Sy voel teleurgesteld in haarself want sy het oorhaastig opgetree deur hom te volg nadat hy uit die slaapkamer geloop het om die telefoon te beantwoord. Sy moes geduldig gewees het en gewag het tot hy terugkeer.

Met haar *kimono* aan, gaan staan sy op die balkon en kyk uit oor die hawe se ligte in die verte. Die verrassingselement is nou daarmee heen. Frans Delport sal van nou af baie meer op sy hoede wees. Sy twyfel of sy weer so gulde geleentheid gaan kry om hom te ondervra. Sy was heel verbaas oor die manier wat hy die swaard gegryp het en tussen die plat vlakke van sy hande vasgeklem het, sonder om raakgesny te word. Min mense weet van die tegniek en nog minder kan dit suksesvol toepas. Daarby het hy geweldige krag in sy arms en dit maak dit makliker om die swaard se bewegings te belemmer.

Dit was asof die swaard tussen twee reuse rotse vasgeklem was. Sy het alles probeer om sy greep te verbreek en toe los hy skielik die lem wat haar van balans af gegooi het. Sy skud haar kop terwyl sy die bewegings nagaan wat sy gedoen het. Alles was net verkeerd, of haar intuïsie oor hom was heeltemal van koers af. Dit was die eerste opponent in 'n lang tyd wat haar kon troef. Sy ys as sy dink wat kon gebeur het as die sekuriteits-personeel nie opgedaag het nie. Die hou met die swaard agter sy kop was 'n desperate een. Gelukkig het dit gewerk, anders was sy in die moeilikheid.

Ten minste het sy haar vermoede bevestig. Frans weet van die reaktor. Melanie het die waarheid gepraat.

Met 'n laaste diep asemteug draai sy om, sluit die deure en begeef haar in die rigting van die slaapkamer. Tyd om te slaap en te herstel van die dag se aktiwiteite.

* * * *

Markus word uiteindelik uit die hospitaal ontslaan met streng raad van die dokter – gedra jou en vat dit rustig vir die volgen-de ses weke. Hy het die dokter aangekyk asof hy mal is. Ses weke! Besef hy wat besig is om in sy lewe te gebeur. Met al die probleme rondom die waterreaktor en die aanslag op hulle lewens, is daar nie tyd vir rustig vat nie. Hy knik maar net in die dokter se rigting en sê liewer niks. Netnou hou hulle hom langer in die hospitaal en dit wil hy nie hê nie. As die dokter maar net geweet het.

Bethany kry hom by die voordeur net toe hy uitloop. Sy haas haar na hom toe en vat die sak met sy klere by hom, 'n bekommerde uitdrukking in haar oë. "Hoekom wag jy nie vir my nie?"

Markus trek sy gesig op 'n knop. "Ek wil nie langer hier bly as wat nodig is nie. Toe besluit ek maar om buite in die son vir jou te kom wag." Die ribbes is nog gevoelig en met al die beweging kan hy voel dat die pyn vererger. Die pynmedikasie wat hulle hom gegee het, is ook besig om uit te werk en hy word weer bewus van die feit dat die ribbes nog glad nie reg is nie.

Bethany vat hom saggies om die lyf en help hom tot by die GTI. Sy gooi die sak agterin en wag tot hy gaan sit voor sy die deur toestoot en agter die stuur inklim. Die motor vat met 'n ligte gegrom en sy kry koers kantoor toe.

Markus draai sy venster heeltemal af en teug diep teue van die vars lug in terwyl hulle ry, bly om uit die hospitaal te wees. Hy draai na Bethany en vra: "Enigiets van Ming gehoor?"

Sy kyk vlugtig in sy rigting en frons. "Hoekom? Was daar iets wat sy moes gedoen het?"

Hy kyk by die venster uit. "Sy het my kom besoek om te hoor of die polisie al uitgevind het wie my ontvoer het. Sy wou weet of ek enige idees het wie dit kan wees."

"En?"

Hy skud sy kop. "Ek het my suspisies, maar sy het iemand anders in gedagte gehad."

"Wie?"

"Sy wou nie sê nie en ek weet van beter as om te vra," voeg hy by en lê terug teen die sitplek. Die pyn klop in sy sy. Hy moet weer sy pille drink. Ingedagte sit hy sy hand op haar been.

"Dit is snaaks. Sy het my niks gesê nie." Bethany probeer konsentreer op die pad voor haar, maar Markus se aanraking stuur rillings van opwinding langs haar been af tot in haar rug. Sy voel hoe haar asem versnel. Hy het 'n slegte effek op haar. En dit word net erger hoe langer hulle bymekaar is.

Hy vryf liggies oor haar been. "Moenie stres nie. Sy weet wat sy doen." Hy voel die ferm vlees onder sy aanraking en voel hoe dit die emosies in hom wakker maak. Hy ruk sy hand weg en kyk skuldig na haar. "Ek is jammer ..." probeer hy verduidelik.

Bethany lag saggies. Haar oë glinster van afwagting. "Dis orraait, Markus. Ek hou daarvan." Sy bly skielik stil toe sy besef wat sy gesê het. "Jy weet wat ek bedoel." Sy kyk weer in sy rigting, maar hy vermy haar oë. Die gevoel van dreigende onheil spoel soos 'n golf oor haar. Skielik voel sy depressief want die oomblik is verby. As dit maar net wil hou.

Die ingang na H_2O Solutions doem skielik voor haar op en sy stuur die motor behendig in die parkeerplek in. Sy help hom uit die motor uit na sy kantoor toe. Op pad in wil almal eers hoor hoe dit gaan en dit vat hulle heelwat langer as wat sy gehoop het om uiteindelik tot ruste te kom.

Markus bestel koffie by Melanie en gaan sit versigtig in sy stoel agter sy lessenaar. Ingedagte skakel hy die rekenaar aan en wag vir die proses om te voltooi. Hy kan voel hoe die sweet op sy voorkop uitslaan van die inspanning om van die motor af te loop tot daar. Hy wens dat hy liewer eerder huistoe gegaan het. Hy sal die dokter se raad moet oorweeg en dit rustig vat.

"O ja, voor ek vergeet, die assuransie het gebel. Hulle gaan die Porche uitbetaal. Dit is afgeskryf. Glo te duur om te herstel," lig Bethany hom in terwyl hulle wag vir die koffie.

Markus laat sak sy kop in sy hande. "Dit ook nog!" Hy sug en vee oor sy oë. "Ek sal seker iets anders moet aanskaf om mee te ry nou dat die Porche weg is."

"Wel ..." begin sy.

Hy kyk na haar en wag.

Bethany vroetel met haar hande in haar skoot en oorweeg haar volgende woorde. "As ek by jou intrek kan ons saamry ..."

Markus gaap haar aan, sy mond oop van verbasing. Hy het dit nie verwag nie. Toe hy dit laas genoem het, was sy die een wat getwyfel het. "Jy bedoel?" vra hy onseker.

Sy knik haar kop en kou aan haar onderlip. "Dit is mos wat jy wou gehad het, of hoe?" vra sy versigtig, nie seker of hy nog steeds dieselfde voel oor die idee nie.

Vir die eerste keer glimlag hy. "Ek dog jy wou eers dink daaroor," vra hy onseker.

"Klaar daaroor gedink. Ek wil dit 'n kans gee. Die ding tussen ons," beduie sy met haar hande tussen hulle twee. "Kyk of dit kan werk ..." Sy voel skielik ongemaklik. Hulle het nog nie eers seks gehad nie en sy weet nie hoe hy daaroor voel nie. "Jy weet ..." Sy bly stil toe sy besef dat sy gorrel.

Markus leun terug in sy stoel en kyk na haar vir 'n ruk. Hy gooi sy hand in die lug en sê: "Nou is ek die een wat sprakeloos is. Ek het nie verwag dat jy so gou sou besluit nie. Maar, ek is bly ..."

Die stilte tussen hulle word al langer. Nie een weet wat om volgende te sê nie. 'n Ligte klop aan die deur onderbreek die ongemak. Melanie kom ingeloop met die skinkbord en die bekers koffie met beskuit op 'n aparte bordjie. Dit raak nou 'n gewoonte. Sy sit dit op die lessenaar neer en loer vinnig na die twee. Hulle vermy haar oë.

Melanie kom agter dat daar iets tussen hulle is wat swaar in die lug hang en glimlag liggies. "Koffie en beskuit, net soos jy gevra het, Markus."

"Dankie Mel."

Sy loop uit en maak die deur agter haar toe. Die twee het hulle privaatheid nodig. Eintlik is sy jaloers. Sy het regtig gehoop dat sy en Markus by mekaar sou uitkom. Nou lyk dit na 'n onmoontlike ding.

Markus hou hom besig met sy koffie en beskuit.

Bethany besluit dit is nou of nooit. Sy loop om die tafel en leun oor hom. Saggies vat sy die beskuit uit sy hand en sit dit op die bord neer. "Om hemelsnaam, soen my, Markus Rheeder!" fluister sy saggies.

Hy glimlag, vat haar gesig teer tussen sy hande en trek haar nader. Hulle lippe ontmoet mekaar. Sy voel hoe sy mond oopmaak onder hare en sy volg sy voorbeeld. Hulle tonge doen die dans van ontdekking. Die smaak van koffie is oorheersend.

Hy trek haar teen hom aan en sy hande begin haar liggaam verken.

Sy skrik vir die skielike aanraking, maar kry gou beheer oor haarself. As sy nou terug trek is dit neusie verby.

Sy voel sy hande die pad vind na haar borste en gee haar oor aan die sensasie wat dit wek. Die begeerte na hom raak al dringender. Haar asem jaag van afwagting.

Skielik stop hy en trek sy hande terug.

"Ek is jammer, Beth ... Ek kan nie!" Hy stoot haar sagkens weg en staan op, sy ore rooi van verleentheid. Hy gaan staan met sy rug na haar by die venster, sy hande in sy sakke. Sy skouers hang.

Bethany gaan sit verdwaas in sy stoel nadat sy haar klere reggetrek het. Sy voel verneuk. Gemengde gevoelens van woede en teleurstelling spoel oor haar en sy sukkel om haarself te beheer. Dit is nou die tweede keer wat hy terug trek.

Oplaas staan sy op en draai na hom toe, haar arms gekruis. "Wat is dit, Markus? Is dit iets wat ek gedoen het?"

Hy sug, skud sy kop maar sê niks. "Ek kan nie daaroor praat nie, Beth. Nog nie ..."

Sy kyk uit desperaatheid na sy rug en sukkel om die trane in te hou. Sy voel lus en gaan hom te lyf sodat hy met haar sal praat, vir haar vertel wat dit is wat dinge tussen hulle versuur. Sy kry al lank die gevoel dat daar iets verkeerd is en dit word al hoe duideliker. As hy maar net wil praat. Sy neem 'n besluit. "Oukei. Dit is orraait, Markus. Wat dit ook al is, werk dit vir jouself uit en wanneer jy reg is, kan ons gesels. Intussen sal jy maar vir jou 'n ander motor moet kry. Ek bly waar ek is." Sonder om te wag vir sy reaksie draai sy om, vat haar handsak en loop by die deur uit sonder om terug te kyk. Sy moet by haar kantoor uitkom sodat sy uiting kan gee aan haar emosies. Sy mag nie voor hom huil nie.

Markus hoor die deur toegaan agter haar, effens harder as normaalweg. Hy skrik en kyk om. Sy is weg. Hy gaan sit swaar by sy lessenaar en staar na die rekenaarskerm waar sy e-posse vertoon word. Sy oog val op die nuutste een van Steven Manjekeng af. Hy kry 'n koue gevoel toe hy dit lees:

Geagte meneer Rheeder. Dit is met jammerte dat ons u moet inlig dat u aansoek om goedkeuring van die waterreaktor as oplossing vir die waterprobleem in die Kaap nie suksesvol was nie. Na deeglike oorweging van al die kandidate se voorstelle vir die probleem, het die Departement van Waterwese die kontrak toegeken aan 'n ander maatskappy wat 'n heelwat goedkoper en meer doeltreffender metode ontwerp het.

Die kontrak sal in my kantoor geteken word om 10h00 môreoggend. Dienswillig die uwe,

Steven Manjekeng.
Minister van Waterwese in die parlement.

Markus staar na die woorde asof dit 'n giftige slang is wat hom enige oomblik gaan pik. Soos die impak daarvan by hom insink, begin hy bewe van woede en frustrasie. Die bliksem! Hy het hom bedrieg deur te sê dat die kontrak so te sê hulle s'n is. En nou dit. Hy tel die telefoon op en skakel Ming se nommer.

Nadat hulle die gewone protokol afgehandel het soos wat verwag word, kom hy tot die punt: "Jou bangmaaktaktiek het nie gewerk nie, Ming."

"Hoe bedoel jy, Markus?" Ming kan hoor hy is onsteld en sukkel om homself in bedwang te hou. Sy kry 'n sinkende gevoel in haar binneste. Sy verwag die ergste.

"Daardie hond van 'n Steven Manjekeng! Hy het die kontrak vir 'n ander maatskappy gegee. Hulle onderteken dit môreoggend 10:00 in sy kantoor. Wat moet ek doen, Ming?"

Ming se mond hang oop van verbasing. Sy het regtig gehoop die besoekie sou hom tot ander insigte gebring het. Hy is nogal 'n tawwe kalant en sy sal moet wys dat sy ernstig is. Sy het so gehoop dat dit nie nodig sou wees nie. In 'n kalm stem sê sy: "Oukei, Markus. Los dit vir my. Ek sal die saak verder vat."

"Wat gaan jy doen, Ming?" vra hy sonder om te dink. "Skies, ek weet jy het gesê ons moet nooit vra nie ..."

Dis reg Markus. Ek sal die saak oplos. Bly julle net daar en los dit vir my. Ek sal jou laat weet wat gebeur het." Sy lui af sonder om te wag vir 'n antwoord.

Markus staar oorbluf na die handstuk. Sy het afgelui. Hy sit die handstuk neer en staan op om vir hom iets te skink vir die senuwees. Hy verander van gedagte en slaan eerder twee van die pynpille weg wat die dokter hom gegee het vir sy ribbes. Hy hoop dit maak 'n hoofpyn ook beter want iemand is besig om met 'n hamerboor rotse stukkend te boor in sy kop. Hy gaan lê op die bank en raak byna onmiddellik aan die slaap – 'n rustelose slaap waar 'n mooi meisie met rooi hare en 'n aansteeklike glimlag hom teister.

HOOFSTUK 18

Terug in haar kantoor se en suite-badkamer huil Bethany haar oë uit. Vir die eerste keer in jare voel sy verlore. Dit is asof iemand die mat onder haar uitgepluk het. Markus se reaksie het haar seergemaak. Erger as wat dit moes. Dit is asof sy skielik afhanklik is van hom vir haar eie geluk, iets wat sy nog nooit vantevore ervaar het nie. Sy het nog altyd haar gang gegaan sonder om die nodigheid te hê van 'n man se aanvaarding of goedkeuring. Nou moet sy haarself uit hierdie put van selfbejammering kry en aangaan. Dit gaan nie maklik wees nie.

* * * *

Ming staar na die wapens wat sy op die bed uitgepak het. Haar kake is opmekaar geklem van ontsteltenis. Sy moet nou 'n besluit neem wat sy altyd verpes – om 'n man se gesin leed aan te doen. Hoekom hy besluit het om haar teen te gaan sal net hy weet. Ongelukkig gaan dit nou 'n impak hê op sy gesin. Iets wat hy kon verhoed het. Sy haal 'n slag diep asem en besluit om haar meditasie tegniek toe te pas.

Sy trek haar gemaklik aan en gaan lê weer op die koue teël-vloer; dit is tyd vir die *akkerboommeditasie*. Terwyl sy so lê met haar oë toe, begin 'n ander idee vorm aanneem in haar gedagtes. Iets wat heeltyd aan die buitewyke van haar bewussyn gelê en pla het.

Hierdie hele storie maak nie sin nie. Hoekom sal iemand willens en wetens sy familie in gevaar stel? In sy kantoor destyds het sy die idee gekry die man is nogal geheg aan sy vrou en kind. So, wat is die idee dan om haar direk uit te daag? En toe tref dit haar. Trots! Sy het die man se ego skade aangedoen deur hom te verneder. Toe hy op sy knieë voor haar gestaan het, nadat hy besef het daar is nie patrone in sy vuurwapen nie, het sy hom laat voel asof hy niks is nie. Komende van 'n vrou was dit die laaste strooi. Hy sou iets moes doen om sy dominansie te beklemtoon, veral as sy personeel van die episode bewus was. Hy het nodig gehad om weer respek terug te wen in hulle oë.

Haar oë skiet oop toe sy besef wat hy besig is om te doen. Sy staar na die dak met 'n glimlag op haar gesig, hy wil my vang sodat hy van my 'n voorbeeld kan maak voor sy manne. Hy moet wys wie's baas. En watter beter verskoning is daar as om haar terug te kry in sy kantoor, sy gevegsarena waar hy die voordeel het. Sy keuse van plek om sy punt te bewys! Sy staan op en skud haar kop. Amper het sy die tekens gemis. Amper het sy blindelings in die lokval ingeloop en haar lewe in gevaar gestel. Veral as hy kop in een mus is met Frans Delport. Dié het 'n reputasie dat hy permanent van mense ontslae raak, op wyses wat niemand nog mooi weet hoe nie. Behalwe miskien vir diegene wat in sy binnekring beweeg.

Sy sal die reëls van die ontmoeting moet aanpas in haar guns. Sy trek gemaklike swart Ninja-klere aan en pak die wapens wat sy gaan nodig kry in 'n knapsak.

By die BMW pak sy die sak in die kattebak en kry koers na Steven Manjekeng se huis toe. Sy moet haar vermoede bevestig en dit is die plek om te begin. As dit regtig sy plan is om haar te vang of dood te maak, sal hy sy gesin eers beveilig. Dit is die logiese keuse.

Sy parkeer 'n ent van sy huis in die straat af onder 'n lowergroen boom wat goeie skaduwee bied. Sy het voorheen sy huis besoek net om die uitleg en die omgewing te bestudeer. Hy bly in een van die woongebiede wat uitsluitlik vir parlementslede gereserveer is waar daar matige sekuriteit is. Een bemande veiligheidspunt waar almal moet in en uit. Om in te kom het jy klaring nodig in die vorm van 'n ronde skyfie wat op die voorruit aangebring word en elke keer met 'n skandeerder gelees word.

Sy hou die hek dop en beweeg die verkyker oor die heining aan weerskante van die toegangsbeheerpunt. Die drade lyk op die oog af goed in stand gehou, maar sy weet uit ondervinding dat dit baie keer misleidend is en dat nadere ondersoek die swak instandhouding uitlig. Elektriese drade wat erg geroes is en nie meer so doeltreffend is as wat dit oorspronklik was nie. Gapings in die muur wat gemaak is deur mense wat te lui is om al die pad om te loop om deur die kontrolepunt te beweeg. Die spreekwoordelike klein jakkalsies wat die wingerd verniel.

Sy maak haarself gemaklik en wag vir die nag om sy donker kombers oor die area te versprei. Sy het die dekking nodig om in te kom.

* * * *

Heelwat later skrik sy wakker en kyk na die horlosie op die BMW se instrumentpaneel wat dof in die donker gloei. Dit is net na 20:00. Sy bestudeer weer die ingangshek waar die personeel verveeld rondstaan. Meeste mense is reeds deur die kontrolepunt en daar bly nie veel oor om te doen nie.

Een van die wagte gee 'n lang gaap van verveeldheid. Die ander klop hom gemoedelik op die skouer en spot hom oor sy moegheid. Dit was 'n lang dag en die nagpersoneel neem binnekort oor.

Ming maak die deur van die BMW versigtig toe, sonder om 'n geluid te maak. In haar donker mondering is sy onsigbaar in die duisternis. Sy beweeg geruisloos tot teen die heining en begin dit stelselmatig deursoek vir die opening wat sy vroeër gesien het. Toe sy dit uiteindelik vind, kruip sy vinnig deur en hardloop ligvoets ongehinderd tot by die huis van Steven Manjekeng.

Die hele plek is in donkerte gehul en sy kry 'n voorgevoel dat die plek leeg is. Sy bestudeer die omgewing vir 'n oomblik om seker te maak dat daar niemand is wat nie daar moet wees nie, voordat sy die voordeur aanpak en met haar stel lopers oopsluit. Sy trek die deur saggies agter haar toe en gaan sit op haar hurke totdat haar oë aan die donkerte gewoond geraak het. Sy beweeg deur die huis en soek vir lewe. Die plek is leeg. Te oordeel aan die klere wat in die slaapkamers verstrooi lê, is daar haastig gepak en padgegee. Hy moes hulle uitgekry het voordat sy daarvan bewus geword het.

Steven het haar weer voorgespring deur sy familie na veiligheid te bring voordat hy die epos aan Markus gestuur het. Hy is slim, te slim vir haar smaak. Die ligte frons op haar voorkop verraai dat sy geïrriteerd is met die nuutste verloop van sake. Sy hou nie van onbekende faktore nie. Die situasie is besig om uit te rafel en sy sal baie gou iets moet doen om die skaal weer in haar guns te swaai.

Met 'n sug gaan sit sy op een van die gemaklike sitkamerstoele, leun terug en sluit haar oë. Die stilte is oorverdowend om haar. Die straatligte hier en daar gooi 'n spookagtige gloed in die vertrek.

Dit is toe dat sy die geluid hoor - stemme wat veraf praat. Sy spits haar ore en draai haar kop stadig heen en weer om te bepaal waar dit vandaan kom. Oplaas besef sy dat dit van iewers onder die huis afkomstig is. Sy frons weer en loop stadig deur die vertrekke terwyl sy die presiese ligging probeer bepaal. Uiteindelik kom sy tot stilstand buite 'n toe deur wat lyk asof dit na 'n kelder toe loop.

Versigtig bring sy haar een oor tot teen die deur en luister met ingehoue asem. Daar is duidelik iemand aan die anderkant van die deur. Sy bekyk die deur deeglik en merk dat dit heel stewig is, waarskynlik van hardehout gemaak en gepantser met staal. Daar skyn ook geen lig deur tussen die deur en die kosyn nie, wat bewys dat dit baie dig en solied moet wees sodat niks kan ontsnap nie. Die kamer is dalk selfs lugdig in die geval van 'n chemiese aanval. Die stemme kom deur die ventilasie gate wat hoog bo die deur gemonteer is. Hierdie vertrek is vir veiligheid gebou, dit is duidelik. Niemand gaan sonder 'n gesukkel sommer net toegang daartoe verkry nie.

Sy hardloop haar hand oor die oppervlak van die deur. Daar is geen aanduiding van enige klinknaels of skroewe wat die deur aanmekaar hou nie. Dit moet seker alles aan die binnekant wees, veilig buite bereik van soekende hande.

Sy sug en gaan sit op die vloer met haar rug teen die deur. Die familie is veilig, vir nou. 'n Gedagte skiet haar te binne en sy staan op. Met haar penflits in haar hand bestudeer sy die mure langs die deur. Daar moet 'n paneel van een of ander aard wees waarmee iemand van buite af die deur kan oop-maak. In geval van nood.

Met toe oë en 'n ligte frons op haar voorkop bevoel sy die muur se oppervlak, haar sintuie tot die uiterste gespan. Na wat soos 'n ewigheid voel, maak haar vingerpunte kontak met 'n skaars merkbare verandering in die gelykheid van die oppervlak. Sy bekyk die gedeelte en besef dat dit 'n deksel is. Met die vlymskerp punt van die *ninja-to* wig sy dit in die gaping in en forseer die deksel oop. Binne die opening is daar 'n sleutelbord vir 'n kode en twee liggies wat die staat van die slot aandui, rooi en groen. Die rooie brand helder wat aandui dat dit gesluit is. Sy staar na die sleutelbord en wonder hoe ingewikkeld die kode kan wees. Sy grou in haar sak en haal 'n klein houertjie met fyn poeier uit. Met 'n klein kwassie wat deel is van die stel, begin sy liggies oor die sleutels vryf in 'n sirkel beweging.

In die lig van die flits begin 'n patroon vorm. Sy glimlag ingenome. Dit bring die moontlike kombinasies van die nom-mers af na slegs drie. Duidelike vingerafdrukke wys watter knoppies gereeld gebruik word. Sy bêre die poeier en die kwassie en begin die kombinasies in tik. Met elke verkeerde kode biep die paneel twee keer om aan te dui dat dit verkeerd is. Na die vyfde probeerslag biep dit onverwags een keer en die groen liggie kom aan.

Die volgende oomblik ontsluit die slot in die deur en dit swaai stadig oop. 'n Helder verligte stel trappe lei na die dieptes onder die huis. Die stemme is ook duideliker. Daar is geen aanduiding dat hulle haar gehoor het nie.

Sy hou die *ninja-to* liggies in haar regterhand en begin stadig die trappe afstap. Sy sit haar voete aan weerskante van die trappe om te keer dat die hout kraak soos dit meegee onder haar gewig. Die stemme praat een strook deur.

Aan die onderpunt van die trap stop sy en luister vir enige verdagte geluide wat nie daar hoort nie. Tevrede dat dit veilig is, loer sy versigtig om die hoek.

Te laat besef sy dat sy geflous is. Voor haar is 'n oop vertrek met 'n TV-stel in die een hoek en verskeie stoele wat in 'n halfmaan gerangskik is. Daar is niemand in die vertrek nie en die stemme wat sy gehoor het is afkomstig van die TV wat aan is. 'n Geluid iewers in die huis bokant haar trek haar aandag. Voordat sy kan omdraai, hoor sy hoe die deur aan die bopunt van die trappe toegaan en sluit. Met 'n siek gevoel besef sy, sy is vasgevang in die kelder ...

* * * *

Steven Manjekeng hoor sy selfoon biep; 'n boodskap het so pas ingekom. Hy tel sy selfoon op en lees die woorde. Hy lag saggies. Die prooi is in die wip. Toe hy die kamer ingerig het vir noodgevalle soos hierdie, het hy ook 'n sms-eenheid geïnstalleer wat 'n boodskap direk na sy selfoon stuur sodra die deur oopgemaak word.

Hy aktiveer die internetkamera op sy selfoon sodat hy die binnekant van die keldervertrek kan sien. Die onmiskenbare vorm van die swartgeklede persoon is duidelik sigbaar waar sy in die vertrek rondloop, op soek na uitkomplek. Die plek is ondergronds en daar is net een deur in en uit. Die Ninja-meisie is veilig in die kelder van sy huis gevang.

Hy maak 'n oproep na sy manne wat haar dopgehou het en die deur agter haar toegesluit het. Hy gee die opdrag dat sy die volgende oggend vroeg na sy kantoor toe gebring moet word. Hy gaan haar 'n les leer wat sy nooit sal vergeet nie. Vir vannag kan sy daar bly en oor haar toekoms wonder. Hy is seker teen môre sal sy heel gewillig wees om saam te werk sonder veel teenkanting. Hy skud sy kop, dit was so maklik.

* * * *

Mike Colby sit en stoom by sy lessenaar. Hy weet dat Markus al uit die hospitaal ontslaan is, maar die man het nog nie 'n draai kom maak nie. Hy tik ongeduldig met sy pen op die tafelblad voor hom en wonder wat hy moet doen. Hy het lus en laat hom arresteer net om hom die skrik op die lyf te jaag. Hy steek sy hand na die telefoon om die oproep te maak, toe daar 'n klop aan die deur is. Hy sug en sit die gehoorstuk neer. "Binne!" roep hy en sit terug in sy stoel.

Die deur gaan oop en Markus Rheeder loer om die deur.

Mike staan op. "Ah, meneer Rheeder. Kom binne. Sit." Hy beduie na die oop stoel voor sy tafel.

Markus skud die geofferde hand en gaan sit. Hy vou sy hande in sy skoot en hou vir Mike dop toe hy om sy tafel loop. Hy lyk moerig.

Mike stut sy elmboë op die tafel en staar vir 'n sekonde of twee na hom, sy oë twee donker poele. "Hoe gaan dit met die besering?" vra hy besorg en wys na die ribbes.

Markus trek sy skouers op. "So-so. Partykeer vergeet ek dat die ribbes nog nie heeltemal reg is nie dan laat hulle my weet, andersins is dit darem draagbaar. Ek probeer om nie te veel daaraan te dink nie. Die lewe gaan aan."

Mike skud sy kop in simpatie. "Dit kan nogal erg wees. Ek het eenkeer 'n rib gebreek in 'n rugbywedstryd, so ek kan simpatiseer met jou dilemma."

'n Ongemaklike stilte daal in die kantoor neer. "Die rede hoekom ek jou gevra het om my te kom sien, is om duidelikheid te kry oor die inbraak by jou kantore," begin Mike. "Ek dink jy hou iets terug wat die saak kan bespoedig."

"Soos wat?" vra Markus versigtig, nie te gretig om dinge kwyt te raak wat kon gebly het nie.

Mike glimlag sinies. "Dink jy ek is onder 'n kalkoen uitge-broei?"

Markus trek 'n wenkbrou op. "Ek ken nie jou familie nie, so ek sal nie weet nie." Te laat besef hy dat hy dit liewer nie moes gesê het nie. Hy sien hoe die rooi gloed in Mike se nek opslaan van woede. As hy nou die man die hoenders in maak, gaan hy swaar kry. "Skies. Ek is jammer. Dit het uitgeglip voor ek kon keer." Hy sit vorentoe, sy gesig uitdrukkingloos, en sê sag: "Ek weet nie wat jy dink jy weet nie, maar ek het niks om weg te steek nie."

"Hoekom verswyg jy dan die feit dat die inbreker by jou waterreaktor wou uitkom?" vra Mike smalend.

Markus lag saggies. "Vertel my iets wat ek nie weet nie. Almal wat in hierdie bedryf is, wil hulle hande op die ding kry. Baie het al vantevore probeer om by my kantore in te kom om een of ander uitvinding te steel. Niemand was tot dusver suksesvol nie. Hoekom sal hierdie geval anders wees?"

Die erkenning neem die wind uit Mike se seile en hy sê haastig: "Ek dog jy sou verbaas wees om dit te hoor."

"Nee wat, Mike. Ek verbaas my net elke keer as ek sien watter truuks die mense uithaal om dit te probeer regkry. Die feit dat hulle gaan probeer is niks nuuts nie. Ons aanvaar dit so met elke nuwe idee wat ons probeer ontwerp." Hy bly stil en staar na Mike wat met sy hande vroetel, nie seker wat om volgende te sê nie. "Ek neem aan jy weet wie dit gedoen het?" vra hy en hou sy reaksie dop.

Mike vermy sy oë. "Ons weet wie dit was ja."

"En?" vra hy sag. "Gaan julle hom vervolg?"

"Waarvoor?" vra Mike kalm. "Hy het niks gesteel nie, het hy?"

So, dit is 'n "hy", besef Markus. Hy begin 'n spesmaas kry wie dit was. Daar is net een maatskappy wat daarby sal baat vind. "Nee, die idioot het nie besef dat die masjien op hierdie stadium te groot is om net so rond te dra nie. Dit vat vier manne om dit te beweeg wat staan nog van weg te dra. Ons het ..." Hy bly stil toe hy besef dat hy op die punt was om te vertel van die diefstal van die diagramme en sketse van die ontwerp.

Mike kyk na hom in afwagting. "Jy wou sê?"

"Nee dit is niks." Hy maak 'n waai beweging met sy hand om aan te dui dat dit onbelangrik is. Wat die polisie nie weet nie, kan hulle nie in die gat kom byt agterna nie. Die situasie is onder beheer, vir nou.

"Ek vra weer, Mike, gaan julle hom vervolg?"

"Daar is geen konkrete bewyse wat die verdagte verbind met die ongeluk nie. So, die antwoord is, nee." Hy bly stil oor die ster wat hy op die toneel opgetel het. Dit is soos 'n vingerafdruk, maar hy het nie lus om met Frans Delport deurmckaar te raak nie. Hy gaan dit nie maklik kan bewys nie. Frans sal daarvan seker maak.

"So, om op te som. Iemand veroorsaak 'n ongeluk om my toegangskaartjie te kry sodat hy by my kantore kan inbreek om iets te steel wat te groot is om weg te dra en hy gaan skotvry daarvan afkom, net omdat daar nie genoeg bewyse is nie."

Mike lyk ongemaklik en skuif senuweeagtig rond op sy stoel. Hierdie besoek het hóm nou in die verleentheid. Hy het gedog hy gaan iets sappigs hieruit kry waarmee hy vir Danie Momberg kan dreig. Hy knik sy kop sonder om 'n woord te sê. Daar is niks meer om te sê nie.

Markus staan op en steek sy hand uit. "Dan sê ek maar totsiens en dankie dat jy my tyd gemors het."

Mike skud die hand teësinnig. Hy voel soos 'n skaap. Hy staar Markus agterna terwyl hy by die deur uitloop en wonder, wat het Danie dan daar gemaak as die ding te groot was om weg te dra?

* * * *

Markus sukkel om sy humeur in bedwang te hou terwyl hy terug loop na sy nuwe vuurwa, 'n donkerrooi Mustang GTS met 'n afslaankap. Dit was nou 'n mors van sy kosbare tyd.

Die son skyn helder en hy trek sy oë op skrefies. Die motor het heelwat aanhangers wat rondstaan en die voertuig bewonder. Sy gesig versag en hy glimlag vir die meisies wat hom bewonderend aanstaar. Dit maak hom bewus van 'n ander meisie wat hom in sy kantoor probeer verlei het. Hy kry 'n pyn in sy hart oor die manier waarop hy haar behandel het. Hy sukkel om dit wat lank terug gebeur het te verwerk. Hy het gedog dit sou nou al makliker wees, maar die herinneringe is nog te duidelik in sy geheue ingebrand.

Hy skud sy kop en kry die motor aan die gang. Die diep gegrom laat hom hoendervleis kry. Hy sit sy sonbril op voordat hy die koppelaar los en die petrol wegtrap. Die bande begin gly op die teer en die blou rookwolke omhul die motor soos die bande wegbrand van die wrywing op die growwe oppervlakte. Hy doen dit nie gereeld met sy motors nie - bande is duur, maar partykeer is die versoeking net te groot.

Hy laat skiet die petrol effens sodat die breë bande behoorlik vastrapplek kry. Die voertuig beur soos 'n pyl uit 'n boog vorentoe en hy moet mooi vasklou aan die stuurwiel om die monster op koers te hou.

Agter hom is dit net 'n digte wolk waar die motor gestaan het, met bewonderaars wat in alle rigtings spaander van die skielike geraas en rook. Hy glimlag en lag dan kliphard om van sy frustrasie ontslae te raak. Die Mustang laat hom voel, soos 'n jong knaap van agttien wat nou net sy vryheid gekry het om self te kan bestuur. Die lewe is 'n lied, sing bliksem, sing!

Terug by die kantoor parkeer hy op sy gewone plek en slaan die kap op sodat die voëls nie die sitplekke bemors nie. Dit hou ook ongemagtigde persone uit wat duister bedoelings mag hê.

Terwyl hy terug stap kantoor toe wonder hy of Bethany orraait is. Hy kyk onwillekeurig op na die kamera wat buite haar kantoor teen die gebou gemonteer is en wonder of sy hom dophou; 'n refleks reaksie.

* * * *

Bethany merk die kyk van waar sy Markus dophou op die skerm in haar kantoor. Dit is al asof hy geweet het sy kyk. Sy wonder hoe hulle verby hierdie punt gaan kom. Dinge raak ongemaklik op kantoor en sy wonder of sy eerder 'n ander werk moet soek. Een of ander tyd sal hulle die wit olifant in die kamer moet aanspreek. Sy wil weet wat die rede is hoekom hy elke keer terug trek sodra dinge ernstig raak. Sy het net nie die moed om hom reguit te vra nie.

Die volgende oomblik is daar 'n klop aan haar deur.

HOOFSTUK 19

Ming fynkam die kelder vir enige teken dat daar dalk 'n ander ingang is, maar dit is tevergeefs. Sy is effektief in 'n tronk toegesluit. Sy gaan sit op een van die gemakstoele en staar na die TV. Die program interesseer haar glad nie. Haar gedagtes is in hoogste versnelling soos sy probeer om aan 'n uitweg te dink uit haar verknorsing.

In die loop van haar ondersoek het sy die versteekte kamera in die een hoek van die kamer opgemerk. Sy het net vlugtig daarna gekyk sodat die persoon aan die ander kant nie dink dat sy dit gesien het nie. Sy is seker Steven weet teen hierdie tyd dat sy gevang is. Hy verlustig homself seker nou lekker in haar situasie. Nou gaan hy wraak neem.

Gelukkig staan die stoel waarop sy sit met sy rug na die kamera sodat hy nie kan sien wat sy doen, of hoe benoud sy werklik is nie. Hierdie is die eerste keer dat sy haarself in so 'n penarie bevind, sonder enige positiewe uitkoms. Sy lê terug in die stoel en probeer ontspan. Daar is geen rede om oordadig bekommerd te wees oor iets wat nog nie gebeur het nie. Haar oupa het altyd gesê, kruis die brug wanneer jy daar kom, anders gaan jy nooit die paadjie volg nie.

Dit was haar nuuskierigheid wat daartoe gelei het dat sy die huis deursoek het. Plaas dat sy maar die pad gevat het en huistoe gegaan het. Maar nee, sy moes nou snuffel waar dit nie nodig was nie. Nou sit sy in die gemors.

Sy haal diep asem en konsentreer op die positiewe sy van die saak - sy lewe nog. Wat sy doel met haar is, kan sy net raai. Hy moet sy naam in ere herstel en dit behels net een ding, haar vernedering.

Sy tel ingedagte die TV se afstandbeheer op en skakel dit af. Die stilte vang haar onkant. Skielik vang iets anders haar aandag. Die sagte gesuis van die lugreëling. Sy kyk in die vertrek rond, maar sien niks wat kan aandui waar dit vandaan kom nie.

Voordat sy die posisie kan bepaal, sal sy eers die kamera buite werking moet stel, anders gaan hulle weet wat sy beplan. Sy haal een van die *shurikens* uit en hou dit stewig in haar regterhand vas. Sy staan op en draai na die kamera toe. Die kamer hou aan draai en sy frons. Sy voel lighoofdig en hou aan die stoel vas om nie om te val nie. Iets is verkeerd. Haar arms voel soos lood en sy kry nie die vyfpunt ster opgelig nie. Sy staar in verwondering na haar hande en wonder hoekom dit nie wil saamwerk nie.

Net voordat die duisternis haar omvou, besef sy wat besig is om te gebeur. Dit is nie vars lug wat sy hoor nie, dit is slaapgas wat hulle in die vertrek inspuit om haar buite aksie te stel. Sy probeer op haar voete bly, maar hulle het 'n lewe van hulle eie. Stadig gee haar bene mee en sy gly teen die stoel af tot op die vloer. Sy hoor die deur oopgaan en sien die stel voete na haar aangestap kom, maar sy het nie die krag om eers op te kyk nie. 'n Paar sterk hande kry haar beet en sy word opgelig. En toe word dit donker.

Steven staar by sy kantoorvenster uit na die nuwe dag daar buite. Hy voel goed. Die Ninja-meisie is gevang en op pad na sy kantoor toe. Sy wraak is amper volbring. Hy kners op sy tande as hy dink aan wat hy haar gaan aandoen as sy eers hier is. Hy gaan eers bietjie met haar speel voordat hy haar vir Frans en sy trawante gaan gee om van haar ontslae te raak.

Dit was 'n goeie idee om sy huis as lokval te gebruik. Nadat hy sy gesin na veiligheid gebring het, het hy sy manne opdrag gegee om die plek dop te hou ingeval sy haar opwagting sou maak. Sy het hom nie teleurgestel nie. In haar Ninja-mondering was sy onmiskenbaar in die donkerte. Die manne se nagsigbrille het hulle goed te pas gekom en haar soos 'n seer duim laat uitstaan.

Nadat hy die sein gekry het dat sy by die kelder ingeloop het, het hy die opdrag gegee om die deur te sluit. Hy het die gas se vrystelling op sy selfoon geaktiveer en deur die kamera gekyk hoe sy flou word. Hy was seker sy was op pad om iets aan die kamera te doen want sy het direk daarna gekyk net voordat sy omgekap het.

Sy manne het haar opgetel en haar na die kelder van sy kantoorgebou gebring waar sy nog uit soos 'n kers is. Hy het vyf minute terug gevra dat hulle haar met sy privaat hyser opbring na sy kantoor toe. Hy is lus vir 'n bietjie pret.

* * * *

Die wagte het die slap vorm van die Ninja-meisie versigtig tot in die kelder van Steven se gebou vervoer. Hulle het nie die nodigheid ingesien van toue om haar mee vas te bind nie want sy was uit soos 'n kers.

Nadat hulle by die gebou aangekom het, het hulle die buitedeur oopgesluit en die stil vorm tot in 'n klein kamertjie gedra waar die skoonmaakgoed normaalweg gebêre word. Hulle het haar net so op die vloer laat lê en haar gestroop van enige vorm van 'n wapen wat sy aan haar gehad het. Die manne het grootoog gestaan en toekyk hoe die hoop al hoe groter word soos hulle haar klere deursoek het. Sy was tot die tande toe gewapen. Party van die goed het hulle fronsend gelaat want niemand het geweet wat dit was nie. Hulle het die sak met wapens tot buite in die gang gedra en dit net daar gelos, seker dat sy nie daar gaan uitkom nie. Toe los hulle haar alleen sodat sy kan bykom.

Ming word stadig uit 'n diep slaap wakker. Haar kop voel wollerig van die slaapmiddel wat hulle deur die gas vrygestel het. Sy skud haar kop om van die gevoel ontslae te raak en kyk versigtig om haar rond. Die kamer waar sy haar bevind, is redelik beknop. Daar is 'n paar staalrakke waarop skoonmaakgoed geberg word en in een hoek staan 'n paar besems en 'n mop of twee.

Sy kyk verbaas na haar hande en voete wat nie eens met toue vasgemaak is nie. Hierdie manne voel duidelik vol vertroue dat sy nie 'n wesenlike gevaar vir hulle inhou nie.

Met 'n geoefende oog bestudeer sy die rye chemikalieë wat op die rakke staan. Sy glimlag as sy die materiale herken wat sy nodig het. Sy begin behendig om die konkoksie aan te maak wat sy vir haar ontsnapping gaan gebruik. Sy stel die wip versigtig by die deur sodat dit geaktiveer word wanneer iemand inloop. Sy gaan sit op die selfgemaakte stoel in die middel van die vertrek en konsentreer op die deur 'n ent voor haar. 'n Paar verfblikke en 'n verfpan of twee was ideaal vir die doel. Sy sluit haar oë en konsentreer op die omgewing om al die geluide in te neem.

Haar oë vlieg oop toe sy die geknars van 'n sleutel in die slot hoor. Sy maak haar gereed vir die aksie wat gaan volg.

Die deur gaan oop. Die volgende oomblik kantel die blik met sy waardevolle inhoud om en die chemikalieë binne-in begin meng. Die rook wat skielik daaruit begin borrel, vang die twee mans onkant. Binne 'n ommesientjie is die kamer gehul in 'n digte kombers wat alles bedek. Hulle begin vervaard te hoes van die skerp reuk en die rook wat hulle oë laat traan. Hulle loop dieper in die vertrek in en probeer desperaat om te sien waar sy haar bevind, maar voel soos blindes in 'n stofstorm.

Ming het net betyds haar kleed oor haar gesig gegooi voordat die gedoente afgegaan het. Met 'n laaste blik om haarself te oriënteer, sluit sy haar oë en tree vorentoe.

Agterna het die manne probeer uitwerk wat nou eintlik gebeur het nadat die rook skielik uit die drom begin stroom het. Hulle laaste gewaarwording van die skraal meisie in die vertrek was skrikwekkend. Dit was asof sy skielik, voor hulle betraande oë in die niet verdwyn het. Die een oomblik was sy nog daar en die volgende oomblik voel hulle die ligte bries wat hulle wange streel, toe is sy weg.

Nadat die rook genoegsaam bedaar het sodat hulle die kamer kon deursoek, was daar geen teken van haar nie. Paniekbevange het hulle die gang afgehardloop om haar te keer, maar sy het soos 'n groot speld verdwyn. Een merk toevallig dat die sak met wapens ook weg is, maar dit registreer nie heeltemal nie. In die hardloop probeer hulle vir Steven in die hande kry om hom te waarsku, maar sy selfoon hou net aan lui. Dis toe hulle besef dat daar probleme is.

＊ ＊ ＊ ＊

Steven staan ingedagte en teug aan die drankie wat hy vir homself ingegooi het, sy blik op die helder sonskyn daar buite. Hy is so bly dat hy hier in Suid Afrika bly met sy lang, warm sonskyn dae. Hy glo nie hy sou dit gemaak het as hy in 'n land gebly het waar die dae reënerig en koud is nie. Hy sluk die laaste druppeltjie weg en draai om vir 'n hervulling. Hy versteen in sy spore.

Voor hom staan die swart geklede figuur wat hy nie lank terug nie in die dieselfde kantoor gade geslaan het. Die donker oë wat hom emosieloos deur die gleuf in die kopstuk aanstaar, laat die sweet op sy voorkop uitslaan. Hy sluk swaar en probeer 'n brawe gesig handhaaf, maar kry dit nie heeltemal reg nie.

Wat hom ook opval, is die blink lem van die lang swaard wat sy ligweg in haar hand vashou. Dit wys in 'n snaakse hoek weg van hom af en hy kry 'n koue gevoel langs sy rugraat af; sy was op pad om dit in sy rigting te swaai toe hy omdraai.

Hy laat val die glas in die hoop dat dit haar van stryk af sal bring, maar besef te laat dat dit nie gaan werk nie. Sy liggaam het reeds in beweging gekom op pad na sy tafel toe waar sy vuurwapen is. Hy hoor die geswiep van 'n voorwerp wat in sy rigting gelanseer word iewers agter hom. Hy maak sy rug krom om wat dit ook al is, te ontwyk. Die volgende oomblik kloof die lem van die swaard sy hemp van bo tot onder oop. Die vallende materiaal, wat nou nie meer aanmekaar gehou word nie, vou vorentoe en belemmer sy arms se beweging. Hy verloor sy balans en slaan soos 'n os op die gladde houtvloer neer. Hy skuif tot teen sy lessenaar waar hy sy kop teen een van die pote stamp. Die sterre dans voor sy oë van die slag. Hy probeer desperaat regop kom om by sy pistool uit te kom.

Weer hoor hy die swiep van die lem en hierdie keer bly sy broek in die slag. Die los pante veroorsaak dat hy nie kan beweeg nie en hy kom weer op sy gesig te lande. Hierdie keer is dit sy neus wat sy val keer. Hy voel hoe die been kraak en die bloed wat deur sy neusgate stroom, die vloer voor hom in 'n rooi glibberige laag tooi. Hy druk met sy hande op die vloer in 'n poging om orent te kom, maar kry nie vastrap plek nie. Met 'n sug gly sy bene onder hom uit en hy slaan sy voorkop teen die harde vloer.

Ming loop tot by die stil vorm en bekyk die skade wat die *Katana* aangerig het. Die eerste hou het die hemp aan flarde geruk wat sy arms omvou het. Die tweede en derde houe het sy broekspante oopgekloof wat die beweging van sy bene belemmer het. Die kombinasie van die bloed en die ledemate wat nie kon beweeg nie het hom laat neerslaan. Nou lê hy in sy eie bloed en verstik.

Met haar voet rol sy hom om sodat hy op sy rug beland. Sy trek hom aan sy bene totdat hy in die middel van die vertrek lê. Die rooi sleepsel volg hom van waar hy geval het tot waar hy op sy rug lê, sy asem stoot hortend deur sy gebreekte neus. Hy gluur haar met haatgevulde oë aan. Die bloed vorm borreltjies soos hy deur die gemors probeer asemhaal.

Haar oë toon geen emosie vir sy penarie nie. Sy bring die lem op en druk dit op sy harige bors. "Ek het jou gewaarsku wat sou gebeur as ek moes terugkom. Jy het gedink jy is slimmer as ek né!" sis sy die woorde deur saamgeperste lippe. Sy kan voel hoe die woede dreig om haar beheer te laat verloor. Haar hand maak oop en toe op die hef van die *Katana* en sy besef dat dit net 'n ligte druk van haar gewrig gaan verg om sy lewe te beïndig. Die vlymskerp lem van die swaard kan so maklik sy borskas binnedring en sy hart deurkloof waar hy lê. Dit sal nie baie vat nie.

"Ek moes jou doodgemaak het toe ek die kans gehad het," kom Steven se woorde saggies deur sy rooi bevlekte lippe. Sy oë boor in hare in.

Ming druk die lem effens harder en dit breek die sagte vel.

Steven kreun toe die lem die vel binnedring en sê smalend: "Is dit al wat jy het, huh? Jy beter my doodmaak voordat jy hier wegloop, anders sal jy nie weer die kans hê nie."

"Ek glo nie jy is in staat om dit te doen nie, Steven. Jy is vol bravade, maar dit is net pure wind. Jy kan nie eers jou manne onder beheer hou nie. Hulle kan jou en jou familie nie veilig hou nie, maak nie saak waar jy wegkruip nie. Ek sal jou kry en dan ..."

"Dan wat, huh? Ons almal doodmaak?" vra hy driftig.

Ming draai haar kop effens en hoor die voetval in die gang aankom. Versterkings is op pad. Sy beter wegkom voordat dit 'n bloedbad word en wie weet waar die bloedspoor gaan eindig. As sy haarself moet verdedig is daar nie tyd vir lewens spaar nie. Elkeen wat vir haar kom, gaan die prys moet betaal vir hulle bravade en onnoselheid.

Sy sug en leun nader aan sy gesig. "Ek sê weer, die kontrak vir die waterreaktor is H_2O Solutions s'n. Gaan voort om die kontrak met enige ander maatskappy te teken en jy is dood. Verstaan ons mekaar?"

Hy kyk haar uitdrukkingloos aan sonder om 'n woord te sê.

Sy kom orent en, op die ingewing van die oomblik, swaai sy die swaard deur die lug met die gemak van jare se ondervinding ...

* * * *

Markus trek die deur agter hom toe en gaan sit in die stoel voor Bethany se lessenaar. Hulle kyk mekaar in stilte aan.

"Ek is jammer, Bethany," kom die eenvoudige woorde uit sy mond. Hy wring sy hande ineen en vervolg: "Ek skuld jou 'n verduideliking vir my aksies die afgelope tyd."

Bethany is te bang om te praat. Bang dat sy die oomblik gaan bederf. Sy wil so graag weet wat dit is, maar sy weet dat sy hom die kans moet gun om self oop te maak teenoor haar. Wat dit ook al is, dit moes 'n kwaai impak op sy lewe gemaak het vir hom om haar so stief te behandel. "Koffie?" vra sy saggies om die spanning te verlig.

Hy skud sy kop en frons. "Nie nou nie, dankie. Ek moet eers die gewig van my bors af kry voordat ek kan dink aan koffie." Hy probeer glimlag, maar dit bereik nie sy mondhoeke nie. Hy bly stil en vroetel weer met sy hande, asof hy sy gedagtes agtermekaar kry. Toe staan hy op en loop tot by die venster wat oor die laboratorium uitkyk. Hy staan vir 'n oomblik met sy hande in sy sakke voor hy omdraai. Die kyk in sy oë laat haar skrik. Sy oë is twee donker poele.

"Ek het 'n slegte geskiedenis met meisies. Almal wat ek bevriend gaan dood ..."

Bethany trek haar asem skerp in. "Dood? Bedoel jy ..."

Hy lag skielik. "Nee, dis nie wat jy dink nie. Genade, ek is nie 'n massamoordenaar nie. Wat ek eintlik probeer sê is dat hulle doodgaan van natuurlike oorsake. Ek het twee meisies op universiteit gehad en beide is in motorongelukke dood, kort nadat ek met hulle begin uitgaan het. So, jy kan verstaan dat ek huiwerig is om ernstig te raak met jou want dalk gebeur dit weer ..." Markus gaan sit swaar, sy kop hang.

Bethany slaak 'n sug van verligting en staan op. Sy loop om die tafel en gaan staan voor hom. "En hier verwag ek die erg-ste," sê sy saggies en vat sy gesig tussen haar hande. Sy bring haar gesig nader aan syne en soen hom passievol op sy halfoop lippe. Sy breek weg en sê: "Ek gaan nêrens heen nie en ek glo nie ek is volgende nie. Jy hoef nie bekommerd te wees dat ek gaan verongeluk nie. Jy weet mos hoe goed ek kan bestuur."

Hy lag saggies en trek haar weer nader. "Jy vertel my! Maar ek is nog steeds bang dat ek dalk die een is wat die ongeluk oor jou gaan bring as jy met my deurmekaar raak. Ek wil nie hê ..."

Sy plaas haar vinger op sy mond om hom stil te maak. "Soen my eerder, meneer Rheeder. Ek is lus vir jou." Sy bloos toe sy besef wat sy kwytgeraak het. Voordat sy kan reageer het hy haar in sy arms opgeraap. Hy dra haar tot by die rusbank en lê haar saggies neer. Sy hande begin haar lyf eksploreer met 'n dringendheid wat haar verbaas. Dit voel asof hy wil opmaak vir die ander kere wat hulle nie kon nie.

Sy gee haar oor aan die behaaglike sensasie van genot wat soos 'n golf oor haar spoel. Toe die klere eers uit die pad is en hulle nakende liggame ineengestrengel is, laat sy hom toe om beheer oor te neem. Sy hande doen die regte dinge op die regte plekke en sy spoor hom aan tot nuwe hoogtes. Die tyd staan stil vir hulle terwyl hulle in vervoering is en deur felle emosies meegevoer word totdat die dans sy klimaks bereik. Hulle lê uitasem terug teen die koel leer.

"Is dit wat julle doen terwyl ek nie hier is nie," kom die stem van die deur af.

Markus spring vervaard op en Bethany skarrel om haar klere te kry om haar naaktheid te bedek.

Ming lag klokhelder waar sy teen die deur leun, haar arms gevou. Sy was net betyds om die laaste stuiptrekkings van die liefdespel te aanskou. Sy wou eers loop en die twee alleen laat maar besluit toe om hulle die skrik op die lyf te jaag.

Markus kyk haar aan in ongeloof. "Ming! Ons het nie toeskouers nodig nie!"

Ming se oë blink onnutsig. "Ek merk al lank die spanning tussen julle twee en ek het gewonder wanneer dit gaan gebeur." Sy beduie met haar hande in hulle rigting. "En nou is ek net betyds om die laaste toneel in hierdie drama te sien ontvou. Kon julle nie gewag het vir my voordat julle begin het nie."

Markus en Bethany kyk vir mekaar en bars uit van die lag. Hulle is rooi van verleentheid en probeer toe hou wat toegehou behoort te word. Hulle voel soos twee verliefde tieners wat deur hulle ouers uitgevang is dat hulle doen wat hulle nie veronderstel is om te doen nie.

"Julle hoef nie so preuts te wees nie. Genade, ek het al gesien wat julle het en dit is niks nuuts nie."

Bethany kyk met groot oë na haar. "Wat presies bedoel jy Ming?"

Dit is Ming se beurt om te bloos. "Dit is niks nie. Vergeet dat ek dit gesê het," gooi sy wal. Sy kan nie nou vir hulle sê dat sy hulle albei al kaal gesien het toe sy haar Ninja vaardigheid geoefen het nie. Destyds op universiteit het sy gereeld teen die koshuis se mure uitgeklouter en by die kamers se vensters ingekyk. Dit is verbasend hoeveel mense maak nie hulle gordyne toe as hulle hoër as grondvlak bly nie. Markus en Bethany was goeie voorbeelde daarvan.

Markus staan op en kom dreigend nader. 'n Frons plooi sy voorkop. "Wil jy sê dat jy ons afgeloer het op universiteit?" vra hy sag.

Sy hou haar hande omhoog. "Hei! Ek moes my vaardighede beoefen en seker maak ek bly fiks ..."

Markus bars uit van die lag en gee haar 'n stywe druk. Dit is die eerste keer dat hy haar sien bloos.

Bethany tel haar klere op en maak vir die badkamer langs haar kantoor. Markus is kort op haar hakke. Nadat hulle aange-trek het, kry hulle vir Ming waar sy op die besoekerstoel sit met haar voete op die lessenaar. Sy het 'n glimlag op haar gesig.

"Hoekom sit jy nie op die bank nie, vriendin?" vra Bethany verbaas. "Dit is soveel gemakliker."

Ming kyk met afkeur na die bank en sê: "Wat! Op daardie bank waar julle twee nou net ..."

Bethany bloos en slaan haar hande oor haar mond. "Skies, Ming. Ek het nie gedink ..."

"Toemaar, vriendin. Ek speel net. Maar regtig, jy sal dit eers behoorlik moet skoonmaak voordat ek weer daar sit."

"O maar jy is vol fiemies né. Asof jy nog nooit so iets ge-doen het nie," spot Markus en gaan sit op die bank.

Ming lyk skielik ongemaklik en speel met die pen wat sy op die lessenaar opgetel het. Sy vermy hulle oë.

Skielik gaan die lig aan vir Bethany. "Wil jy vir my sê ..." Sy bly stil toe sy besef dat Ming nog nooit seks gehad het nie.

Ming kyk op. "Hei! Ek wag vir die regte ou oukei! Dit is 'n groot stap om te neem."

"Gaan jy koffie maak of moet ek?" vra Markus vir Bethany om Ming uit die penarie te red.

"Toemaar ek sal," sê sy en voeg die daad by die woord. Ming is genoeg gestraf vir haar ontydige aankoms.

"Hoe het jy by die gebou ingekom?" vra Markus verbaas.

Ming hou haar toegangskaartjie op. "Jy het vir my een gegee aan die begin onthou?"

"Natuurlik ja! Ek het vergeet dat ek vir jou ook een gegee het. So, waarmee het jy jouself besig gehou die laaste paar dae?"

"Wel, ek het nogal 'n ondervinding of twee gehad met Steven Manjekeng en sy manne." Sy vertel hulle kortliks wat gebeur het nadat sy in die kelder van sy huis gevang is en hoe sy ontsnap het en hom tot ander insigte probeer bring het. Die twee lyk geskok.

"Is jy orraait?" wil Bethany besorg weet.

"Ja wat. Dit was eintlik heel maklik om die manne te uitoorlê. Ons Ninjas maak gebruik van verskeie taktieke om te ontsnap as ons gevang word."

"Soos?" vra Markus belangstellend toe sy stilbly.

Ming laat die stilte uitrek terwyl sy met die pen speel. Oplaas begin sy: "Dit word *Goton-Sanjippo* genoem in Japannees. *Goton* beteken die vyf basiese materiale in die natuur, hout, vuur, aarde, metaal en water. Dit word gebaseer op Taosime in China, waarvolgens alles in die wêreld bestaan uit hierdie vyf materiale. Ninjas pas hierdie teorie toe in hulle ontsnaptegnieke. *Sanjippo* beteken dertig maniere. Dit beteken dat Ninjas dertig maniere het om te ontsnap wat gebaseer is op *Goton*. Die dertig maniere kan weer verdeel word in drie kategorieë, hemel, aarde en mens. Elke kategorie het tien maniere van ontsnapping."

Bethany trek haar wenkbroue op. "Klink ingewikkeld. Moenie my vra om te herhaal wat jy nou net gesê het nie. Ek was verlore by die eerste een, *Goton*..."

"*Sanjippo*," maak Ming die sin klaar.

"Watter een van hierdie het jy gebruik?" wil Markus weet. Sy voorkop is geplooi soos hy probeer om kop of stert uit te maak van die verduideliking.

Ming lag saggies. Sy kan die konsentrasie op hulle gesigte sien soos hulle die inligting herkou. Die Westerse samelewing sukkel om die basiese begrip te kry van die tegnieke. Selfs sy, as Ninja, moes lank leer om die metodes te onthou en suksesvol te kan uitvoer. Dit verg uiterste konsentrasie en toewyding om dit te vervolmaak. Menige leerlinge het al lelik tweede gekom as hulle probeer om dit te gebruik en dan loop iets skeef in die proses en hulle doen letsels op wat nooit genees nie. Dit kan 'n toekomstige Ninja heeltemal ontmoedig om ooit die kursus te voltooi.

"Genoeg van my ondervindinge vir die aand. Julle gaan hoofpyn hê as ek langer hieroor gesels." Sy draai na Bethany: "Wat van 'n lekker koppie groen tee?"

Bethany slaan op haar been met haar plat hand. "Genade! Waar is my maniere? Ek maak vir ons. As ek nou in Japan was het ek jou lelik beledig." Sy voeg die daad by die woord en spring op om die ketel aan die gang te kry.

Ming maak 'n waaibeweging met haar hand en glimlag. "Toemaar, jy is vergewe."

Markus staar na haar. "Waar kry jy die regte bestanddele om die tegnieke toe te pas?"

Sy trek haar lippe op 'n plooi. "Ek was heel toevallig in 'n kamer toegesluit waarin skoonmaakmiddels gestoor was. Dit help om die chemiese middels se samestelling te ken en watter om te gebruik om, byvoorbeeld 'n rookbom te maak."

"Is dit wat jy moes gebruik om weg te kom?"

"Jip. Dit is nogal heel effektief, veral vir iemand wat nie die metode ken nie. Meeste vyande wat ek al teëgekom het, raak heeltemal verbouereerd en gedisoriënteerd wat veroorsaak dat hulle nie meer reg kan dink nie. Die res is maklik."

"Gmf! Dis wat jy sê. Vir my klink dit nog steeds Grieks. Maar ons is bly dat jy ongedeerd is, Ming. Ek glo nie ons sal dit maklik kan vat as iets met jou moet gebeur nie." Hy laat sak sy kop en staar na die vloer voor hom.

"Hei! Moenie so negatief wees nie. Ons Ninjas is tawwe mense. Dit is nie so maklik om van ons ontslae te raak as wat jy dink nie."

Bethany kom met die drie bekers tee in wat sy op die lessenaar neersit. In stilte gooi elkeen melk en suiker na smaak by en roer die inhoud deur. Hulle sit behaaglik terug in hulle sitplekke en teug aan die geurige vloeistof. Dit was 'n lang dag en elkeen smag na 'n goeie nagrus.

"So, wat is volgende?" vra Markus nadat hy sy beker leeg gemaak het. Hy kyk teleurgesteld na die leë beker en fronsend na Bethany. Sy glimlag en neem die beker by hom om dit weer vol te maak. Hy hou van sy tee soos sy dit maak.

Ming lek haar lippe af en sit die beker terug op die tafel. "Ek weet nie van julle twee verliefdes nie, maar ek gaan lekker slaap vanaand. Ek het dit nodig." Sy voeg die daad by die woord en staan swaar op. Sy kan voel haar spiere het goeie oefening gehad.

"Ek bedoel daarna?" druk hy deur.

Sy oordink die vraag vir 'n oomblik. Haar oë is ekstra donker toe sy praat: "Ek hoop dat Steven my waarskuwing hierdie keer ernstig sal opneem. Hy gaan nie weer so gelukkig wees nie."

"Wat bedoel jy?" vra Bethany bekommerd. Die kyk in Ming se oë stuur koue rilling lang haar rug af.

"Kom ons sê die verlies van sekere liggaamsdele behoort hom tot ander insigte te bring." Sy vermy hulle oë. Sy is onmiddellik spyt dat sy te veel gesê het. Nou gaan hulle meer wil weet.

Markus lyk sommer bleek. "Wat het jy gedoen, Ming?" Hy sluk swaar en staar afwagtend na haar vir 'n verduideliking.

Ming sug en vee oor haar oë. "Hy lewe nog. Dit is al wat belangrik is vir nou. Ek ..." Sy bly stil as sy dink aan die aksie van vroeër toe hy magteloos op die vloer gelê het en met haatgevulde oë na haar opgekyk het. Sy kon die versoeking nie weerstaan om die man 'n les te leer nie. Een wat hy vir lank gaan onthou.

"Ek gaan julle nie verveel met die besonderhede nie. Julle sal sien as julle hom weer raakloop." Sy buig in hulle rigting in 'n groet en loop by die deur uit; die gesprek is verby.

Markus en Bethany staar verbaas na waar Ming kort tevore nog gestaan het. Sy het geruisloos verdwyn, asof sy nooit eens daar was nie. Hulle kyk na mekaar. "Wat dink jy het sy gedoen?" vra Bethany besorg.

Markus lag saggies en kyk na die deur waar Ming uit is. "Soos ek haar ken, sou dit iets drasties gewees het wat Steven tot ander insigte moes bring. Klink my sy het al haar dae om die man te oortuig om die kontrak vir die waterreaktor aan ons te gee. Hy kan nogal 'n moeilike man wees. Daardie dag in sy kantoor toe ek die voorlegging gedoen het, het ek hom opgesom as iemand wat nie maklik oortuig kan word om te doen wat hy nie wil doen nie."

"Dalk het hy dit nodig gehad, wat sy ookal gedoen het om hom te oortuig," som sy dit op en leun teen hom aan.

Hulle sit so in stilte en drink die oomblik in. Hulle is gemaklik in mekaar se geselskap, nou dat die ergste agter die rug is.

Bethany lig haar kop op en hulle lippe vind mekaar weer. Dit vat nie lank vir die vlam om aangesteek te word nie. Hulle sak agteroor op die bank en raak betrokke in die verwydering van klere ...

HOOFSTUK 20

Steven Menjekeng se manne storm by die kantoordeur in en steek verdwaas vas toe hulle die slagting voor hulle inneem. Vir 'n oomblik verwag hulle die ergste, totdat die vorm op die vloer beweeg en stadig regop sit. Steven klem sy regterhand in die voue van sy klere vas, sy gesig asvaal van bloedverlies. Met bloedbelope oë kyk hy na hulle, sy asem jaag oor sy lippe.

Die bloed op die vloer en op sy hemp waar hy sy hand toegevou het, laat hulle skrik. Hulle storm nader en help hom op sy voete. Hulle maak hom sit in een van die stoele wat hulle nader sleep en staar onbeskaamd na sy ledemaat; iets is verkeerd met sy hand.

"Wat is fout, baas?" waag een dit.

Steven haal die stompie uit sy hemp en hou dit omhoog sodat hulle dit kan sien. Twee word flou by die grusame gesig en die ander begin konvulsies kry van skok. Waar sy hand was, is nou net 'n skoon stompie soos die vlymskerp *Katana* deur die vel en been gekloof het. Sonder om 'n woord te sê beduie hy na die vloer waar hy gelê het. Dit is toe dat hulle dit sien; die hand in 'n plas bloed wat vinnig besig is om te stol.

"Kry my hand en vat my hospitaal toe," kry hy die woorde uit voordat hy stadig van die stoel afgly en in 'n patetiese bondel op die vloer inmekaarsak.

* * * *

Frans Delport kners op sy tande van ongeduld waar hy by sy kantoorvenster uitstaar. Hy kyk weer op sy horlosie en wonder wat van Danie Momberg geword het. Hy het hom amper 'n halfuur terug gebel en gevra om hom te kom sien en hy is nog steeds nie daar nie. Hy haat dit om te wag, vir enigiemand.

'n Beweging in die parkeerterrein vang sy oog. Die XR6 parkeer langs 'n Mini Cooper en Danie klim uit. Hy staan vir 'n wyle en betrag die wêreld, totdat hy per ongeluk opkyk en sien dat Frans na hom staar vanuit sy kantoor. Haastig sluit hy die deur van sy kar en haas hom na die hysbakke toe.

"Binne!" skree Frans toe hy die sagte, onseker klop hoor. Hy het intussen vir hom 'n dop gegooi en agter sy tafel stelling ingeneem.

Danie kom stadig ingedrentel, sy hande al wringend voor hom. Hy lyk senuweeagtig. Hy maak die deur agter hom toe en gaan staan voor die lessenaar in afwagting.

Frans vat 'n sluk van sy glas en staar stip na hom om hom te ontsenu; dit werk. Danie lek oor sy droë lippe en vermy sy oë.

"Jy het seker gehoor wat met Steven gebeur het né?" vra hy sag en leun vorentoe. Hy sit die glas versigtig voor hom neer. Vandag moet hy kalm bly.

"Ja meneer," kom die sagte antwoord.

Frans knik sy kop en beduie dat hy moet sit. Hy haat dit as mense afkyk na hom toe.

Danie gaan sit versigtig en vou sy hande voor hom op sy skoot. Hy wil nie hê Frans moet sien hoe hy bewe nie.

Dit is nou al 'n week sedert Steven die aanval in sy kantoor oorleef het. Gelukkig vir hom het hy gou by die hospitaal uitgekom met sy afgekapte hand op ys. Omdat hy 'n minister is, het hy vinnig hulp van die beste chirurge in die land gekry om sy hand weer te heg. Die skoon sny van die skerp lem het die bloedvate tot 'n mate geseël, wat die kans op sukses verder verhoog het. Na 'n agt uur lange delikate operasie, is die hand weer vasgeheg aan die stompie van sy arm. Die prognose was goed. Hy behoort die volle gebruik van sy hand terug te kry met die regte oefening en nasorg.

Frans was woedend toe hy dit hoor. Dit is tyd dat hy iets doen om die ding stop te sit. Steven is dalk 'n pyn in die agterwêreld, maar hy is 'n waardevolle aanwins om aan sy kant te hê. Hy betaal die man goed om hom uit die polisie se kloue te hou. Elke keer as hulle hom wil aantree vir mense wat onder raaiselagtige omstandighede verdwyn het, is dit Steven wat die aandag weglei van hom af. Hy skuld hom.

"Ek het 'n werk vir jou," kom die eenvoudige opdrag.

"Meneer?" vra Danie onseker.

"Moenie vir jou donners onnosel hou nie, Danie. Jy weet wat ek bedoel."

Danie voel die beklemming in sy bors. Hy het gevrees vir hierdie dag. Frans se opdragte is gewoonlik fataal. Niemand kom lewendig daaruit nie. Hy het 'n spesmaas wat die taak is, maar hy wag geduldig tot die woorde kom.

Frans hou hom onderlangs dop vir enige huiwering toe hy sê: "Raak ontslae van Markus Rheeder en Bethany Clarke."

Danie sluk swaar. "Bedoel meneer ..."

Frans word rooi in sy gesig. Hy staan op en stap afgemete om die tafel.

Danie begin keer want hy weet wat kom.

Frans stop voor hom, gryp 'n bondel van sy hemp voor sy bors vas, en trek hom regop met sy linkerhand. Sy groot vuis voel soos 'n staalklem om sy keel en hy sluk benoud waar hy in die groot man se greep vasgevang is. Hy voel nie vloer onder sy voete nie en die greep druk sy strot toe. Hy snak na asem en probeer die hand se greep breek, sonder sukses. "Het jy 'n probleem met die takie?" kom die stem sissend oor sy lippe, millimeters van sy gesig af.

Danie ruik die drank op Frans se asem. Hy probeer sy kop heen en weer skud, maar die sterre begin voor sy oë dans weens 'n gebrek aan suurstof. Hy voel hoe hy slap word met die donkerte wat dreig om hom te oorweldig. Skielik is die drukking weg en hy val onseremonieel in sy stoel neer toe Frans hom skielik los. Hy skep diep asemteue soos hy die lewegewende lug in sy longe intrek. Hy vryf sy keel waar die kraag van sy hemp ingesny en sy lugtoevoer afgesny het. Skielik het hy nie meer lus vir die speletjies nie. Hy moet wegkom van Frans af. Hy kyk op en fluister hees: "Ek sal dit doen, meneer. Geen probleem nie."

Frans staar vir 'n ruk na hom voordat hy omdraai en sy glas hervul. Hy gooi 'n tweede dop in 'n ander glas en sit dit voor Danie neer. Hy gaan sit op die punt van sy lessenaar en beduie met sy glas na die drankie. "Drink! Dit sal jou beter laat voel. En as jy klaar is, staan jy op en jy kry jou gat in rat en doen die job. Ek soek dit klaar en gedoen teen môremiddag, verstaan ons mekaar. Hierdie kak het nou lank genoeg aangegaan. Dit is verby. Ek gee nie 'n hel om hoe jy dit doen nie, kry dit net klaar en gooi die lyke in die skag verste van die stad af. Ons wil nie hê dat iemand te nuuskierig raak en een en een bymekaar tel en twee kry nie."

Danie knik sy kop op en af en teug dorstig aan die soet vloeistof. Dit brand behaaglik soos dit in sy keel afgly. Hy knyp sy oë toe en geniet die sensasie wat die alkohol teweegbring. Toe hy sy oë oopmaak, staan Frans weer by die venster. Hy ignoreer hom. Hy neem die laaste sluk en staan op. Tyd om te gaan.

Onder in sy motor sit hy vir 'n oomblik om sy kloppende hart onder beheer te kry. Hy is te bang om te kyk, maar hy weet dat Frans hom dophou. Hy kry die enjin aan die gang en kry koers huis toe. Hy sal vinnig moet uitwerk hoe om die taak gedoen te kry. Daarna wil hy homself uit die voete maak en wegkom uit die stad uit. Na 'n plek waar Frans hom nie in die hande kan kry nie. Hy is klaar met hom en sy werk.

* * * *

Markus sit in sy kantoor en staar glimlaggend na die kontrak wat hy by die Departement van Waterwese gekry het vir die lewering van etlike duisende waterreaktors vir die droogtegeteisterde Kaapprovinsie.

Dit was amper 'n week terug toe hy skielik die oproep gekry het dat hy die kontrak in die waarnemende minister se kantoor moet kom onderteken vir die lewering van die reaktors. Hy kon sy ore nie glo nie en het eers gedink dit is 'n siek grap van een van sy opposisiemaatskappye. Die adjunk minister van

Waterwese het al haar dae gehad om hom te oortuig dat dit waar was en dat hy so gou moontlik die papiere moet kom teken sodat die proses aan die gang gekry kon word.

Hy en Bethany is die dag daarna in stad toe om die nodige te doen.

Hy het gewonder wat van Steven Manjekeng geword het, maar wou nie die geleentheid versuur deur te vra nie. Nadat die amptelike dokumente geteken en deur getuies bevestig is, het hy sy afskrif gekry en 'n stewige handdruk van die adjunk minister self. Hy kon nie ophou glimlag nie.

Met Bethany aan sy sy, was hy in die sewende hemel van opgewondenheid. Hier was die bewys dat sy droom besig is om waar te word. Met haar by hom het hy kans gesien vir die toekoms wat voorlê.

Daardie aand het hy vir die hele maatskappy 'n ete gereël in die stad by 'n eksklusiewe restaurant wat hy vir die aand gehuur het. Hulle het iets gehad om te vier.

Ming het die uitnodiging van die hand gewys, aangesien sy gevoel het die gevaar is nog nie verby nie. Sy sou eerder 'n ogie hou oor die ete en seker maak dit word nie versteur nie.

Die dae daarna was 'n blur van aktiwiteite, met die nodige reëlings wat getref moes word om die produksie-aanleg aan die gang te kry vir die vervaardiging van die reaktors. Die Departement van Waterwese het 'n stywe tydlyn vir die lewering van die eerste eenhede gestel en hulle sou skofte moes werk om die doelwit te bereik.

Alles het in plek geval en die produksie was goed op skedule.

Bethany het uiteindelik by hom ingetrek en sy lewe was kompleet.

'n Klop aan die deur laat hom uit sy dagdromery opskrik. "Binne," antwoord hy ingedagte.

'n Sigbaar moeë Bethany val soos 'n sak patats in die stoel oorkant hom neer en rus haar voorkop op die tafelblad.

Hy kyk na die slanke nek wat onder haar hare uitloer en voel die roering in hom. Sy doen dinge aan hom.

Sy lig haar kop op. "Ek is moeg geploeg. Hoe voel jy?" Die kringe onder haar oë verraai laat aande en lang nagte se werk om alles gereed te kry vir die produksie-aanleg.

Markus glimlag vir haar en kyk op sy horlosie. "Ons verdien 'n vroeë aand vanaand, wat dink jy?"

"Hoe laat is dit?

"Vyfuur. Tyd om te cha'ila," antwoord hy en staan op. Hy hou sy hand na haar toe uit.

"Genade! Dit is die vroegste wat ons nog ooit saam klaar was. Kom ons ry voordat iemand uitvind." Sy vat sy hand en volg sy voorbeeld.

Melanie wil nog keer, maar hulle ignoreer haar en wens haar in die verbygaan 'n goeie nag toe en haas hulle by die kantoorgebou uit na die Mustang toe. Hy kry die motor aan die gang en trek met glyende bande by die parkeer terrein uit, reguit huis toe.

Hulle merk nie die motor wat met gedompte ligte, vanuit 'n parkeerplek laer af in die straat uitdraai en hulle op 'n veilige afstand volg nie.

* * * *

Markus draai die neus van die Mustang in by die hoofhekke en ry deur nadat hy die hek met sy toegangsbeheerder oopgemaak het.

Hy het die eenheid in die sekuriteitskompleks gekoop net nadat hy en Bethany die maatskappy begin het en die geld ingerol het. Dit is een van die meer luukse eenhede op die gholflandgoed wat destyds in die ontwikkelingstadium was. Dit is 'n enkelverdieping eenheid wat altesaam 800m² beslaan en 'n asemrowende uitsig bied op die 18de putjie van die gholfbaan wat deur 'n bekende Suid-Afrikaanse gholfspeler ontwerp en uitgelê is. Groen grasperke en skaduryke bome wissel mekaar af in 'n idilliese omgewing, wat gekenmerk word deur eksotiese voëls en 'n ryk verskeidenheid dierelewe.

Die stilte van die omgewing is die groot aantrekkingskrag wat hom laat besluit het om die eenheid te koop. Daar is ruim spasies tussen die eenhede wat elkeen se privaatheid verseker. Die huis self, het groot vensters wat oopmaak op die onthaalarea langs die swembad en lapa, waar daar gereeld gebraai word. 'n Wit hout paaltjiesheining baken die erf af en dien net as versperring vir die diere wat los rondloop.

Bethany se eenheid wat sy op 'n ander plek in die stad het, staan nie 'n duit terug vir wat hy het nie. Hare is net 'n dubbelverdieping eenheid met die drie motorhuise wat die grondvloer vorm. Sy verkies 'n meer kompakte eenheid wat haar veiliger laat voel.

Markus parkeer die Mustang in een van die ruim garages langs die huis. Terwyl die garagedeur outomaties deur die afstandbeheerder toemaak, hou hy die motordeur vir Bethany oop sodat sy kan uitklim.

Sy glimlag en knik haar kop in sy rigting om dankie te sê. Hy is baie galant vanaand. Sy loop deur die ingang na die huis toe en maak haar behaaglik tuis op een van die rusbanke in die sitkamer.

'n Groot platskerm TV neem meeste van die spasie teen die een muur op. Die vloere is geteël met los matte wat oral rondlê. 'n Kaggel in die een hoek, verleen verhitting in die winter as die koue begin byt. Ondervloerse verhitting is deel van die konstruksie van die huis en maak die winter leefbaar. 'n Paar skilderye van Suid-Afrikaanse oorsprong versier die mure om die groot spasies te breek. Ingeboude beligting versprei die lig sodat dit nie steurend op die oog is nie. Hy hou van behoorlike lig in 'n vertrek en dit laat die vertrekke groter lyk. Die mure is meestal wit met afwisselende donker skakerings van sagter kleure wat die monotonie breek.

Toe Markus destyds die huis laat bou het, het dit net mode geword om 'n ten volle geoutomatiseerde huis-beheerstelsel te hê. Hy het dit deel van die installasie gemaak, wat dit moontlik maak om omtrent alles vanaf 'n onafhanklike paneel in elke vertrek te beheer.

Versteekte luidsprekers herlei byvoorbeeld musiekseleksie na verskeie vertrekke. Elke vertrek is ten volle onafhanklik wat klimaatbeheer, musiek en beligting behels. Selfs die gordyne voor die vensters kan oop en toe gemaak word met die druk van 'n knoppie. Vir sekuriteit is elke vertrek ook toegerus met 'n hoëdefinisie TV-skerm wat kan inskakel op die kameras wat buite die huis gemonteer is.

Bethany het gedink dit is bietjie oordadig, maar soos die veiligheidsituasie in die land verander het, het dit al belangriker geword om op die hoogte te bly van sekuriteitsmaatreëls om jou persoonlike veiligheid te verseker.

"'n Sjerrie vir jou?" vra hy en kry koers drankkabinet toe in die een hoek, langs die dubbeldeure wat op die patio uitloop.

"Dankie," antwoord sy sonder om haar oë oop te maak. Sy kan voel die lugreëling is aangeskakel om die interne temperatuur te reguleer. 'n Beweging langs haar 'n rukkie later, maak haar bewus dat hy op die bank langs haar gaan sit het. Sy maak haar oë oop en vat die glas wat hy na haar toe uithou. Die helder kleur van die sjerrie vang die lig van die oorhoofse beligting en gooi spikkels teen die bank se bekleedsel. Sy vat 'n sluk en sug behaaglik soos die vloeistof in haar keel afgly. Die alkohol se verdamping slaan byna haar asem weg soos dit haar sintuie oordonder. Sy hou van die gevoel wat dit veroorsaak. Die effense soet smaak verdoesel die effek van die skerp alkohol.

Markus hou haar oor die rand van sy glas dop en sien die effek wat dit op haar het. "Dit smaak nie net lekker nie, dit maak ook lekker, né?" maak hy laggend kommentaar. Hy sit agteroor en verlustig hom in die gevoel van egte leer wat hom omvou. Vanaand voel hy gelukkig. Die sjerrie laat hom ontspan.

"Jy weet dan!" antwoord sy en neem nog 'n slukkie. "Dit maak jou warm van binne af."

Markus knik instemmend. Warm is die regte woord. Hy voel hoe die sweet op sy voorkop uitslaan. Drank het altyd daardie uitwerking op hom.

Skielik weerklink 'n sagte alarmsein.

Markus frons en staan op. Hy loop na die naaste paneel teen die muur en druk verskeie knoppies om te sien waar die alarm vandaan kom. Iemand het die sydeur na die garage oopgemaak. Hy druk 'n reeks kodes in om die kamera te aktiveer wat die garage dek. Hy frons toe hy die donker geklede figuur sien wat behoedsaam om die Mustang sluip. Hy is op pad na die deur wat toegang verleen tot die huis en hy het 'n wapen van een of ander aard in sy een hand ...

* * * *

Ming het amper nie die beweging gesien nie. Sy volg al die afgelope paar dae vir Danie Momberg om te sien wat hy deesdae aanvang. Hy is te stil na haar sin. Sy was op die punt om hom uit te los, toe hy skielik een aand koers kies in die rigting van H_2O Solutions. Sy het hom op 'n veilige afstand gevolg om te sien wat sy plan was.

Wat haar veral bekommer, was dat hy weer vir Frans Delport gaan sien het een middag en heel benoud gelyk het toe hy die kantoorgebou verlaat het. Dit het haar onrustig gestem en sy het besluit dat sy hom sal moet dophou om te kyk wat hy in die mou voer.

Hier waar sy in een van die bome naby Markus se pragtige huis sit, hou sy die man dop waar hy al koes-koes rigting kies na die garage toe. Toe hy onder die lig buite die garage stop waar die deur is, sien sy die vuurwapen in sy hand en skrik. Hy is nie hier vir 'n sosiale besoek nie.

Sy land liggies op haar voete toe sy uit die boom spring tot op die grond.

Die figuur by die garage vermoed niks en werskaf aan die deur se slot. Hy glimlag toe hy die deur oopkry. Die slotte is van die nuutstes en in sy ondervinding baie maklik om oop te maak as gevolg van die eenvoudige konstruksie. Baie dinge verander met tyd, maar slotte se basiese meganisme is nie een van hulle nie. As jy weet wat jy doen, is dit maklik om oop te maak.

Hy stoot die deur oop en betree die donker garage waar die Mustang staan. Hy staan vir 'n oomblik en bewonder die vuurwa voordat hy rigting kry na die deur wat toegang verleen tot die huis. Hy kners op sy tande en dink weer aan die bedekte dreigement van Frans Delport. Hy moet vanaand die twee binne die huis vankant maak en die liggame verwyder sodat niemand iets agterkom nie.

Hy toets die deur en vind dit oop. Versigtig stoot hy die deur oop en luister vir enige verdagte geluide, maar hoor niks vreemds nie. Hy stoot dit ver genoeg oop en druk deur tot binne die deur. Die helder verligte vertrek laat hom sy oë vir 'n oomblik sluit om gewoond te raak daaraan. Toe hy sy oë weer oop maak verstar hy van skok. Die figuur 'n entjie voor hom lyk soos 'n spook waar dit roerloos staan en hom dophou. Die lem van 'n lang swaard hang teen 'n skuins helling langs die figuur en die lig speel teen die mure soos wat die lem liggies heen en weer gekantel word in afwagting.

Hy voel hoe sy blaas ontspan van skok en die volgende oomblik voel hy hoe die warm vloeistof teen sy bene afloop. Sy bene is soos jellie en hy kyk verbaas af na die rede vir sy ongemak. Die geel kol begin stadig vorm aanneem langs sy skoene en hy staar hipnoties na die plas wat al groter word. Toe hy weer opkyk is die figuur weg.

Hy sluk hard en kyk versigtig rond. Sy mond is kurkdroog. Hy maak seker die pistool in sy hand is oorgehaal, reg om te skiet. Die volgende oomblik hoor hy 'n geluid agter hom en swaai om. 'n Blink voorwerp kom al rollende aangesweef deur die lug en tref hom in die arm wat die wapen vashou. Die swaar pistool val uit sy lewelose hand en kletter op die harde teëlvloer. Toe kom die pyn. Hy kyk na sy arm en verstom hom aan die ronde voorwerp met sy skerp punte wat in sy vlees gepen is. Hy herken die vorm van die *shuriken* wat hy al so baie in Kung-Fu rolprente gesien het. Hy besef met 'n siek gevoel dat sy lewe skielik niks werd is nie. Die Ninja-meisie wat Mike Colby so 'n ruk terug van gepraat het, het hom uiteindelik ingehaal. Hy onthou die profetiese woorde van Mike dat hy dalk volgende is.

* * * *

Ming wil amper uitbars van die lag toe sy die uitdrukking van skok op Danie se gesig sien, toe hy sy oë oopmaak van die skerp lig. Terwyl hy gesukkel het om die deur van die garage oop te kry, het sy by die patiodeur ingeglip waar Markus en Bethany op die rusbank gesit het. Die slotmeganisme was nie opgewasse teen die gesofistikeerde gereedskap wat sy juis vir sulke gebeurlikhede ronddra nie,.

Sy het met haar vinger op haar mond gewys dat hulle moet stilbly. Die twee was natuurlik geskok om haar daar te sien, maar hulle het net woordeloos geknik en haar grootoog aangestaar. Sonder om te wag het sy weggeglip en Danie by die deur ingewag, die *Ninja-to* losweg in haar linkerhand.

Toe hy verbaas afkyk na die inhoud van sy blaas wat homself ontledig, het sy die kans waargeneem om uit sy gesigsveld te beweeg tot agter hom sodat hy nie kan wegglip nie. Sy het die *shuriken* gereed gekry en gewag dat hy omkyk.

Met 'n vinnige beweging van haar gewrig het sy die ronde vyfpuntige ster in sy rigting gelanseer toe hy omdraai. Haar doelwit was sy arm wat die pistool vasgehou het. Die ster het in sy bo-arm wat sy spiere beheer, vasgeslaan en sy hand buite aksie gestel. Die wapen het skadeloos uit sy lam hand geval. Toe hy tot verhaal kom van die pyn het sy die *Ninja-to* liggies teen sy bors gedruk.

"Moenie stupid wees nie Danie," maan sy toe sy sien waarna hy mik. Die pistool op die grond was 'n groot aantrekkingskrag en sy vermoed dat hy ewe goed met beide hande kan skiet. "Voordat jy kan buk om dit op te tel, is jy dood. Ek is vinniger met die swaard as wat jy dink."

Danie se bene gee mee en hy sak tot op sy knieë en kyk na haar met trane in sy oë. Hy besef dat hy uitoorlê is. Sy enigste kans is nou om te pleit vir sy lewe. Hy onthou nog die skok van die wond in Pieter de Klerk se keel en hoe morsig hy tot sy einde gekom het. Hy het nie lus om dieselfde paadjie te loop nie.

"Wat was jou opdrag?" vra Ming sag. Sy kan die oorgawe in sy oë sien. Terselfdertyd is sy op haar hoede vir enige poging tot bravade van sy kant af. Mense in sy posise het niks om te verloor nie en dit ly dikwels tot gewaagde aksies wat gevaarlik kan wees vir haar. Sy hou hom fyn dop.

Danie trek sy skouers op, beduie met sy kop in die rigting van die huis en sê: "Maak die twee dood en raak van die liggame ontslae in een van die vele mynskagte wat Frans Delport vir sy vuil werk gebruik."

Ming is onkant gevang deur sy eerlikheid. "So, Frans Delport het jou opdrag gegee om vir Markus en Bethany dood te maak?"

Danie knik sy kop verwese. Hy is skielik moeg tot die dood toe. Hy wil net weg van hierdie plek en sy miserabele lewe. Sy kan hom net sowel doodmaak vir al wat hy omgee. Selfs Melanie behandel hom soos iets wat die kat ingedra het. Hy het verskeie kere probeer om haar te oortuig om met hom uit te gaan en elke keer het sy hom laat voel asof hy gemors is. Benede haar stand. Seker omdat hy nie ryk is nie. 'n Regte bedorwe brokkie. Sy wrewel jeens haar het bly groei in sy binneste.

Sy arm brand soos vuur waar die *shuriken* nog steeds vassit. Die bloed maak 'n spoor teen sy voorarm af en drup op die skoon vloer. Hy het geen gevoel in sy arm nie. Hy wonder of hy dalk sy arm gaan verloor.

Markus en Bethany kom ingeloop en gaan staan langs Ming. Hulle kyk in afgryse na Danie. Hulle het beide die laaste stelling gehoor van sy kant af.

"Hoekom wil Frans ons dood hê?" vra Markus, alhoewel hy klaar 'n vermoede het wat die antwoord is; die waterreaktor.

Danie kyk op na hom. "Sal nie kan sê nie. Frans gee net opdragte om uit te voer. Ons vra nie vrae nie, want dit lei net tot beserings. Jy sal maar by hom moet hoor."

Bethany skud haar kop in ongeloof. "Jy is bereid om mense dood te maak sonder om te vra hoekom. Hoe kan jy?" vra sy vererg, woedend oor sy traak-my-nie-agtige houding oor die saak.

Danie lag sinies en kyk haar reguit in die oë. "Die gevolge om Frans Delport te ignoreer, is by verre erger as om die daad te pleeg en die opdrag uit te voer. Jy verstaan duidelik nie hoe dit werk nie. Loop 'n myl in my skoene en dan gesels ons weer. Jy is gelukkig as jy eers doodgemaak word en dan in die myn-skag afgegooi word. Ek het al gehoor van ouens wat lewendig afgegooi is." Hy slaan sy oë neer en wag vir die teregstelling wat moet kom.

Markus plaas sy hand op Ming se arm en skud sy kop.

Ming kyk verbaas van hom na Danie en terug. Wil hy regtig hê dat sy hom moet laat gaan? sug sy en laat sak die swaard. Sy tree terug, sit dit terug in sy skede op haar rug en leun teen die muur, haar arms oor haar bors gevou.

"Beth, kry die noodhulpkissie in die badkamer. Ons moet hierdie ding uit sy arm kry voordat dit septies raak," neem Markus beheer van die situasie.

Bethany kyk na Ming en trek haar wenkbroue op. Ming rol haar oë, maar sê niks.

Bethany loop badkamer toe en kry die eerstehulpkissie en begin die wond behandel nadat sy versigtig die *shuriken* onder luide kreune uit sy arm uitgehaal het. Die wond lyk lellik.

Danie kyk onseker van die een na die ander. "Gaan julle my ...?" Hy wil nie die woord hardop sê nie.

"Nee, Danie," antwoord Markus ferm. "Ons gaan jou lewe spaar. Dit is duidelik dat Frans Delport agter dit alles sit. Hy is die een wat moet boet vir die gemors."

* * * *

Die drietal sit in die sitkamer en teug aan bekers stomende koffie nadat Danie die pad gevat het onder duidelike instruksie dat hy nooit weer sy gesig in die omgewing wys nie. Hy het dit gelate aanvaar en belowe dat hulle hom nooit weer sou sien nie. Hy kon nie vinnig genoeg wegkom nie. Behalwe vir een laaste takie wat hy moes uitvoer ...

Markus het sy gesig vertrek in pyn toe die XR6 met tollende bande wegtrek en 'n paar graspolle in die proses lugwaarts spoeg. Dit sou 'n ruk neem om daardie skade te herstel. Gelukkig het hy buite die kompleks parkeer.

"So, wat is ons plan van aksie na vanaand?" vra Bethany onseker en kyk van die een na die ander.

Ming kyk na Markus, wat sy skouers optrek. Hy het nie 'n plan nie.

"Daar is een speler in die proses oor, Frans Delport. Ek sê dat ons die man moet gaan besoek en die waarheid uit die perd se bek kry. Hy is duidelik die een wat agter julle waterreaktor se planne aan is en hy behoort die antwoorde te hê."

"En? As hy gepraat het, wat maak ons dan?" vra Markus bekommerd.

Ming hou haar gesig neutraal. "Ons deel met hom as ons daar kom. Uit ondervinding weet ek dat hy iets stupids gaan probeer, wat gaan maak dat ek geweld moet gebruik. Hierdie keer is daar geen genade nie. Hy is die tipe met wie jy duidelik moet demonstreer dat jy ernstig is. My vorige onderonsie met hom het nie goed geëindig nie. Hy kort 'n les."

"Bedoelende?" vra Bethany onseker. Sy haat die gebruik van onnodige geweld.

Ming kyk vir 'n wyle na haar voor sy antwoord: "Moet ek dit vir jou uitspel, Beth?" Haar donker oë blits. "Hy gaan kry wat hy verdien as hy my sou uitlok. So duidelik soos dit!" antwoord sy driftig. Sy spring op en loop heen en weer voor hulle, 'n diep frons tussen haar oë. Twee paar bekommerde oë volg haar hipnoties.

HOOFSTUK 21

Mike Colby kyk na die lêer voor hom oor die ongeluk van Markus Rheeder en sy ontvoering. Hy weet nie wat om volgende te doen nie want daar is nie eintlik 'n misdaad gepleeg nie.

In sy gesprek met Danie Momberg het hy heelwat wys geword wat aangaan. Dat Frans Delport die antagonis is, is duidelik uit sy verbete pogings om sy hande op die planne van H_2O Solutions se waterreaktor te kry. Hy sal niks en niemand ontsien om dit met mag en mening te kry nie. Selfs moor as dit moet.

Mike het bietjie gaan oplees oor die idee om water te vervaardig en hy was nogal stomgeslaan deur die groot potensiaal vir so iets. Hy kan verstaan hoekom Frans dit wil hê; dit is 'n goudmyn, veral in sub-Sahara Afrika waar water 'n skaars kommoditeit is.

Hy skrik toe sy telefoon skril lui. Fronsend tel hy die gehoorstuk op. "Colby, kan ek help?"

Hy luister vir 'n rukkie voordat hy aflui en voor hom uitstaar. Dit was die selfmoord hulplyn. Iemand het ingebel en gedreig om selfmoord te pleeg. Toe hulp by die adres opdaag, was dit te laat. Die slagoffer was reeds dood.

Hy staan swaar op, gryp sy baadjie van die kapstok af en kies koers na sy motor toe. Die woonstel waar die persoon dood is, is nou 'n moordtoneel en hy moet dit ondersoek.

* * * *

Mike wys sy polisie identifikasie by die ingang en word deurgelaat. Hy vertoef 'n oomblik aan die onderpunt van die stel trappe wat oplei na die woonstel op die eerste vloer, voordat hy dit twee-twee ophardloop.

Bo is dit 'n miernes van bedrywigheid. Die forensiese span is besig op die toneel en verskeie polisiemanne bewaak die ingang na die woonstel sodat die nuuskieriges buite bly. Die manne herken hom en laat hom in.

Binne die voordeur steek hy vas en bekyk die oopplanvertrek van kant tot kant. Smaakvolle meubels staan die vertrek vol. Die matte is dik en demp klank heel effektief. Die plek is netjies aan die kant gemaak, asof die persoon wat daar bly op pad was met vakansie. Selfs die skottelgoed in die wasbak in die een hoek van die vertrek, is gewas en netjies op die droograk opgestapel. Die stofsuier staan voor een van die kaste en hy vermoed dat selfs die matte mooi skoongemaak is voordat die persoon tot die stap oorgegaan het.

Die woonstel het 'n noordelike aansig wat heelwat sonlig inlaat. Hy staar vir 'n wyle na die stofdeeltjies wat in die lig ronddans voordat hy vorentoe loop in die rigting van die enigste slaapkamer aan die verste kant van die woonstel.

By die deur steek hy vas en haal 'n slag diep asem. Hierdie tipe tonele is nooit mooi nie en hy verpes dit. Hy loop in en kyk op na waar die liggaam leweloos in die middel van die kamer hang. Die tou om die vrou se nek sny diep in die nek in waar dit aan die ligkandelaar vasgemaak is. Die liggaam swaai stadig heen en weer soos die briesie wat by die een oop venster inwaai dit versteur. Die tipiese blou gelaatskleur en geswolle tong wat by die mond uithang, is 'n aanduiding van verwurging. In hierdie geval die tou om haar nek.

Sy is geklee in wat lyk soos 'n los nagrok wat tot by haar enkels kom. Kaal voete met goed gemanikuurde toonnaels steek onder die nagrok uit. Haar hande, weereens met goed versorgde naels, hang langs haar sye af. Hy stap tot naby die liggaam en kyk op na die lewelose oë wat afkyk na hom toe. Sy lyk so vreedsaam in die dood, kom die gedagte by hom op.

'n Geweldige hartseer oorval hom en hy draai weg sodat die ander nie sy ongemak kan sien nie.

Hy stap venster toe en asem 'n paar diep teue in van die vars lug wat inwaai. Agter hom hang iemand se suster, miskien iemand se ma, definitief iemand se dogter. Weet hulle dat sy hier hang, wonder hy en kyk om.

Hy stap nader en bekyk die tou wat styf gespan is van haar dooie gewig. "Is julle klaar met die liggaam?" vra hy vir niemand in besonder nie.

"Ja meneer," kom die antwoord van sy linkerkant af.

Hy kyk na die forensiese ondersoeker en beduie dat hulle haar kan lossny.

Twee van hulle voeg die daad by die woord, sny die tou los en laat sak die liggaam stadig tot op die mat waar hulle haar klere, wat opgeskuif het om 'n welgevormde liggaam bloot te lê, netjies regtrek. Sy is kaal onder die nagrok.

Vir 'n oomblik knyp hy sy oë toe, spyt dat hy haar naaktheid aanskou het. Sy het dit nie verdien nie, nie eens in die dood nie.

Hy buk langs die liggaam en bekyk die merk waar die tou vas is. Die tou is splinternuut, maar veral die knoop interesseer hom. Dit lyk asof dit deur iemand gemaak is wat weet wat hy of sy doen. Dit sou nooit vanself loskom nie.

"Het jy geweet hoe om 'n knoop te maak wat nie sal loskom nie?" vra hy sag vir die oorledene.

Hy kyk rond in die vertrek en frons. Daar is geen stoel of ander voorwerp waarop sy kon staan om die daad te pleeg nie. Hoe sou sy dit regkry as dit selfmoord was?

"Het iemand 'n stoel of ander derglike ding gesien waarop sy kon staan om haar self op te hang?" vra hy hard.

Almal kyk na mekaar en skud hulle koppe. Geen stoel nie.

Die hoof van die forensiese span staan nader. "Ons het niks gekry wat sy kon gebruik om op te staan nie. Dit was die eerste ding wat ons gesoek het, voordat ons die toneel vir ander leidrade gefynkam het. Dit was nogal heel opvallend. Jy sou dink dat iemand wat haar vermoor het, die moeite sou gedoen het om dit te laat lyk soos selfdood ..." Sy stem raak weg van emosie.

Mike druk sy skouer uit simpatie. "Miskien wou hy of sy hê dat ons moet weet dat dit moord was en nie selfdood nie. Die vraag is, wie sou so koelbloedig wees om dit aspris te doen?"

Niemand sê iets nie. Woorde is oorbodig op daardie stadium.

"Hoe laat is sy ... dood?"

"Die patoloog skat dit het vanoggend net na 05:00 gebeur."

Mike kry 'n idee en vra: "Enige selfmoordnota of brief wat die oorledene nagelaat het?"

Die forensiese tegnikus beduie na die skootrekenaar wat op die kombuis se tafel staan. "Ons het nog nie die rekenaar aangeskakel nie. Miskien is daar iets op."

Mike loop na die tafel toe en beduie vraend daarna.

"Dit is klaar getoets vir vingerafdrukke so jy kan maar sit."

Hy trek die stoel nader en gaan sit. Hy maak die skerm oop en skakel die rekenaar aan. Toe dit aankom, maak hy die woordverwerker oop en kyk na die lêers op die hardeskyf. Daar is niks wat lyk soos 'n selfdoodnota nie.

Op die ingewing van die oomblik maak hy die e-posprogram oop en bestudeer die e-posse van die afgelope dag of twee. Sy oog vang sy naam op 'n e-pos wat die oggend gestuur is. Hy frons en kliek op die skakel. Daar is 'n dokument aangeheg wat na hom toe gestuur is vir sy persoonlike aandag. Hy probeer onthou of hy iets gesien het in sy inboks, maar onthou dat hy weg is voordat hy sy e-posse oopgemaak het.

Dit lyk na 'n lywige dokument en hy besluit dat dit nie die tyd of plek is om dit te lees nie. "Kan ek die rekenaar saamvat kantoor toe?" vra hy en maak die deksel toe. Net ingeval die dokument nie by hom uitgekom het nie.

Die forensiese tegnikus trek sy skouers op en sê: "Dit is nou julle saak, so jy is welkom. Teken net hier dat jy dit gevat het en ek sal dit in die verslag meld."

Mike teken haastig, druk die rekenaar onder sy arm in en, met 'n laaste blik in die rigting van die jong vrou se liggaam wat in 'n lyksak toegemaak word, kies hy koers deur toe. Hy stop net voor die drumpel en draai om met 'n frons op sy voorkop. "Weet julle wie sy was?"

Die tegnikus raadpleeg sy knypbord en sê: "Melanie du Bois, 24 jaar oud."

* * * *

Die ontvangsdame by Frans Delport se kantoor kyk agterdogtig na die man voor haar. Mike Colby lyk nie soos 'n speurder nie. Sy kleredrag laat veel te wense oor, besluit sy en tel die interkomtelefoon op. Toe Frans antwoord, kondig sy die speurder aan. Sy luister vir 'n oomblik en sit die handstuk neer. "Hy sal u sien, meneer Colby. Gaan gerus binne." Sy beduie na die groot houtdeur wat toegang verleen na sy kantoor.

Mike kan haar oë op hom voel soos hy wegloop. Hy glimlag by homself. Vroue vind hom onweerstaanbaar. Hulle kan nie ophou kyk nie. Moet iets met sy magnetiese persoonlikheid te doen hê, besluit hy en stoot die deur oop.

Frans Delport lyk impossant agter sy groot lessenaar. Hy staar na hom terwyl hy die kort paadjie loop tot voor die tafel waar hy gaan sit en bene kruis. 'n Kort stilte volg.

"Mike Colby. Wat kan ek vandag vir jou doen?" vra Frans en staan op om sy glas te hervul. Hulle het nie veel ooghare vir mekaar nie. Daarvoor het hulle al te veel kere paaie gekruis. Elke keer as iemand van belang verdwyn, is hy hier om uit te vis of Frans iets weet. En elke keer eindig dit dieselfde, 'n geskokte uitdrukking op sy gesig en die ene onskuld. Botter kan nie in sy mond smelt nie. Hy kan sien dit frustreer die hel uit die speurder uit, maar hy geniet die kat-en-muis speletjie. Al is dit net om die satisfaksie te hê dat hy weet waar die persoon is, maar dat niemand ooit die liggaam gaan kry nie. Hy hou sy gesig neutraal toe hy omdraai. Hy gaan sit op sy stoel maar bied nie aan om vir Mike iets te skink nie.

Mike staar vir 'n rukkie na hom voordat hy die lêer in sy hand voor hom op die tafel sit en oopmaak. Hy haal die bondel papiere uit en soek 'n foto uit. Hy kyk vir 'n oomblik lank daarna voordat hy dit omdraai en oor die tafel skuif na Frans toe.

HERMAN BEUKES

Frans se glimlag verdamp toe hy die foto sien. Sy gesig word bleek toe hy sy dogter herken waar sy op haar rug op die silwer staal ondersoektafel van die lykskouer lê. Hy sit die glas neer op die houtblad en steek huiwerig sy hand wat effens bewe, uit na die stukkie papier. Sy bravade van flussies het soos mis voor die son verdamp.

Hy kyk stadig op. "Wat het gebeur?" vra hy sag, sy oë hard en ongenaakbaar.

Gedog dit sal jou aandag kry, jou bliksem! Hardop sê hy: "Ons het haar liggaam vanoggend in haar woonstel gekry. Ons was te laat om te keer nadat sy blykbaar vroeër die selfmoord noodlyn gebel het. Teen die tyd toe ons daar aankom was dit te laat."

"En?"

Hy trek sy skouers op. "En niks. Ons is besig om die saak te ondersoek. Dit lyk soos vuilspel." Hy byt betyds op sy tong om nie meer te sê nie. Hy wil nie sy hand verspeel nie.

Frans se oë vernou. "Wat bedoel jy vuilspel?"

Mike kyk rond in die kantoor voor hy antwoord: "Dinge lyk maar net verdag dit is al. Dinge op die toneel van die selfdood wat net nie klop nie. Meer kan ek nie sê nie. Jy weet mos hoe dit werk," vryf hy dit in met 'n ligte glimlag op sy lippe. Nou is die skoen aan die ander voet. Hy kry nou van sy eie medisyne terug.

Frans staan stadig op, rooi in sy gesig van woede. Hierdie man speel met hom. "Dit is my dogter, Mike. My vleis en bloed wat betrokke is. Vertel my wat aangaan."

Mike trek die foto's terug en plaas dit in die omslag. Hy maak dit toe en staan op. "Soos ek gesê het, dit is 'n aangaande ondersoek en ek kan nie oor die details praat nie. Jy sal maar moet wag vir die uitslag. Dit kan 'n ruk neem ..." beklemtoon hy die feit voordat hy omdraai om te loop.

Frans kyk in ongeloof na hom. Die mannetjie gaan hom wragtig in die donker hou oor die saak. "Asseblief Mike. Enigiets, asseblief," pleit hy en gaan sit swaar.

Mike steek verbaas vas en draai om. Hy het dit nie verwag nie. Hy sit sy vry hand in sy sak en stap tot voor die lessenaar.

"Jy dink, net omdat jy in jou *fancy* kantoor sit en in beheer is van 'n sekuriteitsmaatskappy wat mense willens en wetens laat doodmaak en van die liggame ontslae raak, dat jy verhewe is bo die wet. Dink weer, Frans. Nou is die rolle omgeruil. Hierdie keer het ek die hef in die hand en jy sal maar soos enige ander publieke persoon moet wag vir die ondersoek om afgehandel te word." Hy draai om om te loop en huiwer weer. "En so terloops, as jy dit sou waag om in te meng in 'n offisiële ondersoek, sal ek nie skroom om jou te arresteer en op te sluit vir dwarsboming van die gereg nie, verstaan ons mekaar?"

Hulle gluur mekaar aan oor die wydte van die tafel voordat Frans die eerste een is wat sy blik laat sak. "Goed, Mike. Doen jou ondersoek. Ek sal uit jou pad uit bly. Maar sodra jy weet wat gebeur het, wil ek weet. Oukei?" vra hy sag. Die nattigheid onder sy oë verraai dat dit hom dieper getref het as wat hy wil voorgee.

Mike knik sy kop. Eintlik voel hy jammer vir die man. Dit was sy enigste dogter. "Goed, Frans. Jy sal weet sodra ek weet."

Met dit draai hy om en loop uit sonder om terug te kyk.

* * * *

Ming, Markus en Bethany hoor alles waar hulle in die kamer agter Frans se kantoor skuil. Ming het die ingang ontdek nadat sy deur Steven se trawante ontvoer is en in die kamertjie op die grondvloer aangehou is. Dit is 'n geheime ingang waar Frans kan kom en gaan, sonder dat sy sekretaresse bewus is dat hy uit is. Sodra hy die deur se slot aktiveer van binne sy kantoor, sluit die buitedeur na die sekretaresse se kantoor toe. Dit verseker dat sy nie per ongeluk sal ontdek dat hy nie daar is nie. Sy is dus 'n rotsvaste alibi vir hom as hy besig is met sy donker sake. Hy kan kom en gaan en niemand is enigiets wyser nie.

Ming maak die deur versigtig oop en loer deur die skrefie. Frans sit met sy rug na haar toe, sy kop in sy hande. Van waar sy staan kan sy sien hoe sy skouers ruk van emosie. Die nuus het hom gevang. Sy kyk na die ander twee en merk die geskokte uitdrukkings op hulle gesigte; hulle het dit ook nie verwag nie.

"Is julle reg?" fluister sy die woorde.

Albei knik, dit is nou of nooit.

Ming stoot die goed geoliede deur geruisloos oop en betree die kamer. Met 'n paar vinnig tree is sy by die tafel. Die *ninja-to* is in haar linkerhand en gereed vir aksie toe sy aan sy skouer vat.

Frans skrik so groot hy spring op en stamp sy stoel agteruit. Dit kletter teen die teëls en skuif oor die gladde vloer. Ming sit haar voet agter syne en stamp hom met haar regterhand vol teen die bors. Hy verloor sy balans en slaan soos 'n os neer. Toe hy probeer opstaan, wys sy die swaard in sy rigting.

Hy sit regop en hou haar dop terwyl hy sy bors vryf, waar die hou hom getref het. Sy het krag in daardie seningrige armpies.

"Wat soek jy?" vra hy uitasem.

Markus en Bethany verskyn agter Ming.

Frans kyk die trio aan en sê: "Ek vra weer, wat soek julle hier?"

"Ons soek antwoorde, Frans," sê sy en speel met die swaard se punt teen sy bors.

"Antwoorde op wat?" vra hy verbaas.

Ming lag saggies en kyk na Markus en Bethany. "Die man weet nie wat ons wil hê nie, mense. Hoe gaan ons hom oortuig?" Sy draai terug na Frans en druk die swaard effens harder teen sy bors. Dit breek die vel en die dun straaltjie bloed vlek sy hemp.

Hy trek sy gesig en probeer die waard wegdruk van sy bors af. Ming trek los en skop hom teen die kant van sy gesig. Dit is so onverwags dat selfs Frans dit nie sien kom het nie. Op die laaste oomblik probeer hy sy gesig uit die pad kry, maar slaag nie daarin nie. Dit voel asof 'n muil hom geskop het. Hy fladder sy oë verbaas vir die pyn wat sy gesig binneskiet. Hy vat aan sy wang en krimp ineen van die intense pyn. Dit voel asof sy die wangbeen gekraak het. Hy kan voel hoe dit begin opswel.

"Wat wil julle hê?" sis hy dit uit. Sy moer is suur. Eers oor die kapokhaantjie van 'n speurder en nou die drie musketiers wat sy lewe kom versuur. Dit nogal in sy eie kantoor. Hy kyk na die deur waar hulle ingekom het en besef tot sy skok dat dit oopstaan. Dit beteken dat as hy om hulp roep sal niemand by die ander deur kan inkom nie. Dit sluit outomaties as dié een oop is. Hy is aan homself oorgelaat om uit die penarie uit te kom. Hy besluit om saam te speel tot sy kans kom.

"As julle vir my sê wat julle soek, sal ek dalk kan help," sê hy effens vriendeliker. Hy kan sien dit maak 'n indruk op die ander twee, maar Ming trek net haar oë op skrefies. Sy is agterdogtig oor die skielike verandering in taktiek.

Markus stap nader.

Ming keer hom voordat hy dit te naby waag. "Hierdie slang is gevaarlik, Markus. Hou maar 'n veilige afstand."

"Ons wil net weet hoekom jy die planne wil steel vir ons waterreaktor, dit is al," antwoord Bethany waar sy langs Markus gaan staan.

"Ja, hoekom is jy so angstig om dit te kry?" beaam Markus dit fronsend.

Frans sug en lê terug teen die vloer. Hy kyk op na die dak. "Julle het die kat aan die stert beet hier, mense! Ek soek nie die planne om die ding te bou nie," lieg hy gladweg sonder om 'n oog te knip. "Die planne moet vernietig word. Die ding moet glad nie gebou word nie. Onder geen omstandighede nie," kom die skokkende onthulling. Hy kan nie teenoor hulle erken dat hy dit vir homself wil hê nie.

Die drietal se monde hang oop van verbasing.

"Nou is ek eers in die war," antwoord Markus en kyk na Bethany.

"Hier dog ons die hele tyd dat jy persoonlike voordeel hieruit wou trek deur die planne te laat steel. En nou dit! Wat gaan aan?" vra Bethany gefrustreerd en slaan op haar heup met haar oop hand.

Frans sit moeilik regop en vat aan sy seer wang. "Eina! Dit is bleddie seer, weet jy." Hy kyk beskuldigend na Ming.

Ming sê niks.

"Steven Manjekeng het na my toe gekom om hom te help met hierdie ... projek."

"Watse projek?" vra Markus agterdogtig.

"Ek ken nie die details nie, maar dit het iets te doen met 'n chemiese middel wat in die wolke gestrooi moet word om die reën te keer. Ek moes 'n bevoegde loods, met sy eie vliegtuig kry om die goed oor die wolke te gaan gooi, in 'n sekere gebied oor die oseaan aan die kus." Hy beduie met sy hande in die rigting van die see daarbuite.

"Hoekom?" kom die eenvoudige vraag van Ming se kant af. "Wat is die oogpunt?"

Frans trek sy skouers op. "Hy het nie gesê nie en ek het nie gevra nie. Partykeer is dit beter om liewer nie te weet nie, as jy verstaan wat ek bedoel? Wat jy nie weet nie, kan jou nie seermaak nie."

"Hoekom het jy dit gedoen? Wat kry jy hieruit?" vra Markus en gaan sit op die besoekerstoel.

Frans sug. "Dit is 'n geval van die een hand was die ander. Ek doen sekere gunsies vir hom en hy doen sekere gunsies vir my. Ons vra nie vrae nie. Julle sal by hom moet hoor wat die situasie is."

"Jammer oor Melanie," deel Bethany haar meegevoel.

Frans se gesig verhard by die aanhoor van haar naam. "Het jy enigiets hiermee te doen?" vra hy en kyk direk vir Ming.

Sy skuif ongemaklik rond sonder om 'n woord te sê. Sy het nie die direkte vraag verwag nie.

"Ming?" vra Markus sag. "Weet jy iets daarvan?"

Sy laat sak die swaard en sit dit terug in sy skede. "Ek is seker dat wie ook al vir haar dood verantwoordelik is, 'n goeie rede gehad het om dit te doen. Miskien is hy self aandadig daaraan." Sy wys met haar vinger in Frans se rigting. "Hy was die een wat haar sover gekry het om die planne uit die laboratorium uit te steel, Bethany. Die een wat dit laat lyk het asof jou broer, Roland verantwoordelik was daarvoor."

"Is dit waar?" vra Bethany en staan dreigend nader.

Frans keer vir sy gesig wat teen dié tyd lelik geswel is na die skop. Hy trek sy skouers op en hou sy hande voor hom omhoog. "Hei! 'n Man moet doen wat 'n man moet doen. As Steven Manjekeng iets vra, wil hy dit hê sonder verskonings.

Sy was die ideale een om dit te bekom sonder om agterdog te wek. Wat moes ek doen?" vra hy pleitend.

"Jou eie dogter! Skaam jou, Frans," kryt Markus hom uit. "Watter pa kan so gemeen wees teenoor sy eie dogter? Jy walg my man!"

Frans skud sy kop. "Jy het seker ook al iets gedoen wat laakbaar en gemeen was, Markus? Niemand is onskuldige engeltjies nie. Soms moet jy doen wat gedoen moet word om die regte resultate te kry. Maak nie saak wie seerkry nie. En Melanie was 'n tawwe meisie. Ek het haar so grootgemaak. Sy kon die *punch* vat!"

Markus hou sy gesig neutraal maar hy kan die paniek voel opstoot in sy keel. As Frans maar net weet ...

"Klaarblyklik nie, meneer grootbek. Daar lê sy op 'n lykskouer se tafel danksy die druk wat jy op haar uitgeoefen het. Voel jy trots op jouself?" spoeg Ming dit uit.

Sy het dit oorweeg, maar voordat sy iets daaraan kon doen het hulle die nuus gekry dat sy selfmoord gepleeg het. Haar probleem het homself opgelos.

HOOFSTUK 22

Mike staar na die dokument wat Melanie vir hom aangestuur het. Hy is verstom oor die detail wat dit bevat. Sy was klaarblyklik goed vertroud met vele fasette van die plan om die waterreaktor se sketse by H_2O Solutions te steel. Haar aandeel aan die hele sage, het haar 'n teiken gemaak van mense wat nie mislukkings ligtelik opvat nie.

Hy tel die telefoon op en maak 'n oproep.

"Hallo, Markus wat praat," kom die stem van die ander kant af.

"Hi Markus, dit is Mike Colby hier. Hoe gaan dit?"

"Goed dankie en self?"

"Kla nie dankie."

"Waarmee kan ek help, Mike?" kom die onseker vraag.

Mike maak keel skoon en sê: "Ek dink dit is belangrik dat ons gesels."

"Ons?" vra Markus versigtig.

"Ja Markus, ek, jy en Bethany."

"Waaroor?"

"Oor die hele waterreaktor eskapade waarin julle betrokke is. Hierdie ding gaan hoog op in die regering en julle moet versigtig wees." Mike raak ongeduldig en sy stemtoon verraai dit.

Markus kom dit agter en besluit om tot die punt te kom. "Oukei. Sê net waar en wanneer en ons is daar."

Mike dink vir 'n oomblik voor hy antwoord: "My kantoor môreoggend 10:00. En Markus?"

"Ja Mike?"

"As jy 'n sekere Ninja-meisie met 'n skerp swaard of twee ken, bring haar ook saam."

Na 'n oomblik van stilte antwoord hy sag: "'n Wat?"

Mike lag sinies. "Komaan Markus, moenie vir jou stupid hou nie. Ek weet dat sy op julle salarisregister is. Ek dink dit is tyd dat ons hierdie hele ding tot ruste lê. Voordat nog mense seerkry. Dink jy nie ook so nie?" Voordat Markus kan antwoord, lui hy af. Hy grinnik en staar na die instrument. Nou gaan die poppe dans.

Danksy inligting van een van sy vriende by die Nasionale Sekuriteitsagentskap en Melanie se insae in haar pa se aandeel, het hy 'n beter prentjie van die hele affêre gekry. Die epos tussen Steven Manjekeng en die president wat onderskep is, is verdoemend. Die skokkende feite van die plan wat hulle uitgewerk het om die droogte te veroorsaak, was soos 'n hou in die maag. Hy het skoon siek gevoel toe hy besef dat die regering tot sulke drastiese stappe sou gaan om sy mense te beheer. Hy moet die slagting stop voordat dit te ver gaan. Daar is ander kanale wat gebruik kan word om die probleem op te los.

* * * *

In 'n afgeleefde gebou 'n entjie van die polisiekantore af, sit 'n man met donker gelaatstrekke met 'n stel oorfone op sy kop en luister na die gesprek tussen Mike en Markus. Toe die gesprek beëindig word, sit hy peinsend voor hom en uitstaar. Met 'n sug haal hy 'n selfoon uit sy sak en skakel die enkele nommer wat daarop geberg is. Toe die stem aan die ander kant kortaf antwoord, gee hy sy kort verslag.

Na 'n oomblik van stilte kry hy sy bevele en lui af. Hy tel die ArmaLite AR-50 enkel-aksie langafstandgeweer op en haal die magasyn uit. Die ses 0.50 BMG patrone glinster in die dowwe lig van die klein vertrek. Hy sit die magasyn terug en beveilig die wapen voordat hy dit liefderyk in sy drasak bêre.

Hy stap na die opvoubed in die een hoek en gaan lê op sy rug en staar na die dak. Môre gaan 'n lang dag wees.

* * * *

Ming, Markus en Bethany sit weer in sy sitkamer om die kaggelvuur, elkeen met 'n drankie in die hand. Terwyl hulle diep in die vlamme staar en aan hulle voggies teug, is dit net die geknetter van die vlamme wat die stilte verbreek.

Dit voel soos gister toe hulle vir Ming gebel het om te kom help met die penarie waarin hulle hulleself bevind het. Nou voel dit asof dinge uiteindelik tot 'n einde kom.

Markus maak keelskoon en sit sy glas eenkant neer. Die ander twee kyk in afwagting na hom.

"Hier kom 'n toespraak?" som Ming die situasie op.

"Daar is jy nie ver verkeerd nie, Ming," erken Markus en lag saggies. Hy wag al van die oggend af vir die regte oomblik om die nuus met hulle te deel. Hy weet hulle gaan nie daarvan hou nie, maar hy moet deurdruk.

"Toe Markus, wat is so belangrik?" por Bethany hom aan.

Hy vermy hulle oë toe hy begin praat: "Ek het vanoggend 'n oproep van Mike Colby af gehad."

"Wat wil hy hê?" vra Ming behoedsaam en loer na hom oor die rand van haar glas. Die vuur gooi goue skaduwees in haar donker onpeilbare oë.

Hy besluit om tot die punt te kom. "Ons moet hom môre-oggend 10:00 in sy kantoor ontmoet."

Die stilte is oorverdowend. "Om wat te doen?" vra Bethany fronsend.

"Ons? Hoeveel 'onse' is daar in daardie pond?" kom dit van Ming se kant af.

Markus skuif ongemaklik rond op sy kussing. "Al drie van ons," antwoord hy sag.

"Ekskuus!" stik Ming dit uit. "Hoe weet hy van my?"

"Markus! Het jy vir hom gesê?" raas Bethany met hom.

"Wag, wag dames! Ek het niks gesê nie. Hy het reeds geweet dat jy vir ons werk Ming."

Ming spring op en staar na hom, hande in die sye. "Hoe weet hy van my as jy niks gesê het nie?"

Markus kyk op na haar. "Ek het nie gevra nie, Ming. Die ding is dat hy wel weet. Hy het pertinent gesê dat hy weet jy is op ons salarisregister en hy het direk gevra dat die drie van ons môre in sy kantoor moet wees. Hy wil die saak eens en vir altyd opklaar en agter die rug kry."

"Ons is nou so naby aan die waarheid Markus. Net Steven Manjekeng bly oor in die hele gemors. Kan ons nie eers met hom afreken en dan by Mike 'n draai maak nie?"

"Wil jy hom ook vankant maak Ming? Want dit is wat dit gaan verg om die man te stop. Mike het genoem dat die ding hoog op in die regering gaan. So ons weet nie eintlik wie nog hierby betrokke is nie. Netnou maak ons inmenging hulle senuweeagtig en hulle besluit om ons ook uit te haal om die waarheid te verberg. Korrupsie en bedrog is alledaags. Is ons regtig opgewasse teen daardie oormag?" pleit Markus.

"Markus is reg, Ming," tree Bethany vir hom in die bres. "Hierdie ding is besig om al hoe groter te word en netnou bevind ons onsself in 'n situasie waar selfs jou beste taktieke ons nie meer sal kan beskerm nie. Kom ons hoor wat die man te sê het. As ons nie tevrede is nie kan ons altyd nog vir Steven gaan besoek en die waarheid uit hom wurg."

Ming glimlag vir die voorstel en knik haar kop ingedagte. "Julle besef natuurlik dat as hy weet van die paar mense wat ek moes uithaal, hy my kan arresteer. As 'n buitelander het ek geen regte in hierdie land nie. Ek sal heel moontlik lewenslank tronk toe gaan. Dit sal die einde van die paadjie vir my wees." Sy gaan sit weer op haar kussing en kruis haar bene.

Bethany sit haar hand gerustellend op haar arm. "Daar is mos geen bewyse nie, of hoe? Ek reken as hy nie die swaarde het om dit te bewys nie is jy veilig, al dink hy hy weet wat aangaan."

"Ons sal niks sê nie, Ming. En soos Beth gesê het, sonder bewyse bly dit net 'n teorie," troos Markus.

Ming sug en kyk om die beurt na hulle. "Julle is goeie vriende. Ek is gelukkig om mense soos julle te hê om my in hierdie tyd te ondersteun. Ek het oorspronklik hiernatoe gekom om julle te help en nou is dit julle beurt om my te help." Sy bly vir 'n oomblik stil en kom dan tot 'n besluit. "Ek sal môreoggend saamgaan, maar ek vat niks saam wat my kan inkrimineer nie. Ek gaan as 'n toeskouer met niks om te verloor nie."

"Dankie, Ming," antwoord Markus verlig. Hy was bang dat sy sou weier dan is hulle in die moeilikheid. Hy is juis nie in Mike se goeie boekies nie.

* * * *

Mike Colby kyk na die drietal wat voor hom in die stoele in sy kantoor sit. Eers kon hy nie glo dat hulle wel opgedaag het nie en toe verkyk hy hom aan Ming. Hy het haar anders voorgestel as die skraal maer meisie wat nou voor hom op een van die besoekerstoele sit. Haar Oosterse gelaatstrekke trek sy oë soos 'n magneet. Hy kan nie genoeg kry van haar sensuele skoonheid nie. Wie sou kon dink daar skuil gevaar in daai lyf! Dink hy verwonderd by homself. Hy probeer voorstel hoe sy lyk met haar Ninja-mondering aan, maar kry net nie die prentjie nie.

Markus maak keelskoon om Mike se aandag te kry. "So. Wat wil jy vir ons vertel, Mike?"

Mike kyk na hom asof hy hom vir die eerste keer raaksien. "Uh, wel …" Hy bly stil en soek deur die papierwerk voor hom.

Bethany sug hoorbaar en kyk verveeld by die venster uit. "Ek wonder of dit lank gaan vat," fluister sy saggies aan Markus, net hard genoeg vir Mike om dit ook te hoor. Sy gesig verkleur 'n dieper skakering van rooi. Hy is duidelik oorweldig deur Ming.

Hy kug en staar na die papier in sy hand. "Wat weet julle alles van hierdie saak?" kom hy tot die punt.

Die drie kyk na mekaar en bars uit van die lag.

Mike kyk hulle verbaas aan en vra: "Wat is so snaaks? Het ek 'n grap vertel?" wil hy vererg weet, sy voorkop in 'n frons geplooi.

Toe die gelag bedaar sê Markus glimlaggend: "Waar moet ons begin?"

Mike sit terug in sy stoel en kyk elkeen om die beurt aan. Sy aandag bly ietwat langer op Ming. Hy vou sy hande saam en sê: "Laat ek julle vertel hoe ek dinge sien, dan vul julle die gapings in. Hoe klink dit?"

"Dit klink na 'n plan," antwoord Markus versigtig en kyk vraend na hom. Hy is nie seker hoeveel hy dink hy weet nie, daarom is dit beter dat hy eers vertel wat hy vermoed.

Mike leun gemaklik agteroor en begin sy weergawe van die gebeure vertel soos hy dit sien.

'n Stilte daal oor die groepie neer toe hy klaarmaak. Hy kyk in afwagting na elkeen vir verdere inligting. Niemand sê 'n woord nie.

"Julle moet my help om die hele prentjie te sien, mense. Ek kan julle nie help as ek nie al die feite weet nie. Hy bly aspris stil oor die inligting in Melanie se brief en die van die NSA. Hy wil sien of hulle bewus is van die werklike rede vir die droogte.

Markus kyk na die ander twee en begin hulle weergawe te vertel. Hier en daar las Bethany en Ming ander besonderhede in om die gapings te vul.

Mike skud sy kop. "So jy het arme Steven Manjekeng se hand afgekap. Hoekom?" vra hy nuuskierig.

Ming kyk hom vir 'n oomblik aan met haar donker oë wat in syne inboor, voordat sy antwoord: "Hy het dit verdien. Hy het gedink hy is onaantasbaar."

Mike ril liggies en wend sy oë af. Sy maak hom senuweeagtig. "So julle weet nie regtig wat die rede was vir die droogte nie?" los hy die bom.

Bethany frons en kyk na Markus. "Wat bedoel jy? Iemand wou geld maak uit die tekort aan water en ons vermoed dit was die Departement van Waterwese wat weer geld wou maak uit ander se ellende. Toe kry hulle vir Frans Delport om die vuilwerk te doen om die planne vir ons waterreaktor te steel."

"Daar sit julle die pot heeltemal mis. Dit kom van veel hoër op in die regering. Hulle wou ..."

Voordat hy sy sin kan klaarmaak, is daar 'n dowwe plofgeluid en sy liggaam word sywaarts van sy stoel afgeruk.

Ming reageer eerste, spring op en trek die ander twee saam met haar vloer toe. Hulle soek skuiling agter die lessenaar, weg van die venster af. Ming loer vinnig om die hoek van die tafel. Die volgende oomblik is daar weer die plofgeluid en 'n groot stuk pleister en verf skiet uit die muur uit, 'n ent aan haar regterkant.

"Wat de ...?" gil Markus en bedek sy kop met sy hande.

Bethany knyp haar oë styf toe en verwag die ergste.

"Iemand skiet op ons!" kry Ming dit uit. Hulle oë volg die rigting waar Mike se liggaam te lande gekom het. Twee lewelose oop oë staar na hulle. Daar is bloed orals. Ming vermoed hy is 'n kopskoot toegedien na aanleiding van die groot plas bloed wat vinnig besig is om onder sy hare oor die vloer te versprei.

"Ons moet hier uitkom," fluister sy dringend en loer in die rigting van die deur.

Die ander twee kyk haar ongelowig aan. "Is jy mal!" kry Markus dit uit. Ons is oop teikens as ons agter hierdie lessenaar uitkruip."

"Het julle enige ander blink idees?" vra sy vies. "As ons hier bly is ons ook dood. Ek is seker die sluipskutter het 'n teleskoop waarmee hy ons duidelik kan sien waar ons wegkruip. Dit is juis sy ondergang."

"Hoe so?" vra Bethany verbaas.

"Wel, hy sal moeilik van posisie kan verander as ons skielik beweeg want sy visie is redelik beperk op so 'n lang afstand."

"Lang afstand?" vra Markus fronsend.

Ming sluit haar oë vir 'n oomblik voor sy antwoord: "Toe ek netnou om die tafel gekyk het, kon ek sien die naaste gebou is 'n hele entjie weg, so hy moet gebruikmaak van 'n teleskoop om raak te skiet. Dit beperk sy visie tot 'n meter of twee en as ons drie gelyk beweeg, sal hy nie kans kry om een van ons uit te sonder om raak te skiet nie."

"Gmf!" snork Markus deur sy neus. "Nie baie bemoedigend nie sou ek sê. Netnou skiet hy in elk geval en tref een van ons noodlottig, wat dan?"

Ming gluur hom aan en sê: "As dit jy is, sal jy dood wees voordat jy daarvan weet, so geen probleem nie." Sy bring 'n klein voorwerp te voorskyn uit haar baadjie se sak en hou dit gereed in haar regterhand.

"En dit?" vra Markus nuuskierig.

"Jy sal sien," maak Ming groot oë vir hom.

Sy kyk weer na die deur en kom regop op haar hurke agter die tafel. Sy beduie vir die ander om dieselfde te doen.

Hulle kyk onseker na mekaar voordat hulle haar voorbeeld volg. Dit is dalk hulle enigste kans om lewendig hier uit te kom.

Ming vat Markus se hand en beduie vir Bethany om syne te vat. "Op drie beweeg ons, is julle reg?"

Sonder om te wag vir 'n antwoord begin sy aftel: "Een … twee … drie!" Sy gooi die voorwerp hard op die grond neer. 'n Dik rookwolk skiet van die grond af op en bedek hulle onmiddellik in 'n waas. Terselfdertyd begin sy beweeg. Soos een man spring hulle op en nael deur toe. Nog 'n plofgeluid volg en die koeël tref die deurkosyn 'n entjie van hulle af toe Ming die deur ooprup en tot in die gang hardloop. Hulle stop met hulle rue teen die gang se muur om tot verhaal te kom.

"Is julle orraait?" vra sy besorg en kyk hulle vinnig deur vir enige tekens van bloed.

Hulle kyk na mekaar en sê gelyktydig: "Jip." Daar is geen sigbare bloed op hulle klere te bespeur nie.

"Jou rookbom het ons gered," merk Bethany op.

Sy knipoog vir Bethany. "Deel van my sak met toerjies. Laat ons padgee voordat iemand agterkom iets is verkeerd," stel Ming voor en voeg die daad by die woord. Die ander volg met bonsende harte en probeer om so kalm as moontlik voor te kom. Hulle is halfpad met die trappe af toe daar 'n luide gil uit die rigting van Mike se kantoor kom. Iemand het die liggaam ontdek!

Sonder om hulle pas te verslap, verlaat hulle die gebou en kies koers na die Mustang toe. Markus sukkel om die motor aan die gang te kry. Sy hande bewe so dat hy nie die sleutel in die aansitter kan kry nie. Ming gryp sy hand vas en draai sy gesig in haar rigting. "Fokus Markus!"

Hy skud sy kop verwese en haal diep asem. Met die volgende probeerslag kry hy die enjin aan die gang. Hy kies koers in die rigting van sy huis, sy oë kort-kort op die pad agter hulle om seker te maak hulle word nie agtervolg nie.

"Wat de hel het nou net gebeur?" wil Bethany benoud weet.

Ming kyk vir oulaas om voordat sy in haar sitplek wegsink en haar oë sluit. "Ek sou sê iemand wou keer dat hy vir ons die waarheid vertel. Interessant dat hulle gewag het tot net voordat hy die sin wou voltooi. So al asof hulle ingeluister het na ons gesprek."

Bethany word 'n skakering bleker. "Dink jy hulle weet wie ons is?" vra sy benoud en kyk vraend na Markus waar sy langs hom voor in die motor sit.

"Wel, Mike het nie ons name hardop genoem nie, so ek neem aan wie ook al ingeluister het, sou nie geweet het nie," probeer Ming hulle moed inpraat. Die kanse is natuurlik goed dat hulle reeds weet, veral as Steven Manjekeng daaragter sit. Gelukkig vir haar, is sy nog die onbekende faktor in die verhaal. Mike het nie haar naam gevra nie.

"Wat nou?" wil Markus weet. "Is ons nog veilig by my huis?" Hy loer na Ming in die truspieëltjie.

Ming kyk by die venster uit en prewel: "Ons sal so gou moontlik moet padgee hier, net ingeval."

"Dink julle regtig hulle wil ons ook dood hê? Ons weet mos niks nie," fluister Bethany en kou aan haar naels.

Ming skud haar kop en vryf haar oë. "Miskien wou hulle ons net skrikmaak. Dalk het hy met opset mis geskiet om ons te wys hy kan as dit moet. As dit natuurlik 'n plan is wat hoog op in die regering ontstaan het, sal hulle enigiets doen om hulle identiteit geheim te hou. Politici wat duister dinge doen, word gou verwyder. Tensy dit natuurlik so hoog op gaan dat ..." Sy bly stil, te bang om dit te hardop te sê.

"Jy bedoel?" vra Markus en klem sy hande stewiger om die stuurwiel.

Ming kyk na hom in die spieëltjie en knik net haar kop.

Bethany kyk onseker na Markus. "Hoe hoog kan dit opgaan?"

"Wie sal weet Beth?" paai hy haar en sit sy hand op hare waar dit tussen hulle lê. "As dit wel tot by die top gaan, wil ons liewer nie weet nie. Dan is ons lewens niks werd nie." Hy konsentreer vir 'n ruk op die pad voor hulle. "Ek het 'n plan hoe ons kan verdwyn sonder dat enigiemand ooit na ons sal soek."

Die ander kyk na hom sonder om 'n woord te sê. Hulle wag tot hy vertel.

* * * *

Terug by die huis begin Markus die proses aan die gang sit om sy plan tot uitvoer te bring. Ming en Bethany het hom aangekyk asof hy van lotjie getik is toe hy dit uitlê. Nie een van hulle het egter beswaar gemaak oor die manier waarop hy dit wou uitvoer nie. Om aan die lewe te bly, was nou prioriteit.

Hulle sit en luister met belangstelling toe hy drie oproepe maak ...

Daarna begin die taak om hulle besigheid agtermekaar te kry voordat D-dag aanbreek.

Nadat alles gereël is, sit hulle in stilte, elkeen besig met sy eie gedagtes.

"Dit is net hartseer dat ons alles gaan verloor wat ons hier opgebou het," maak Markus kommentaar en staar na 'n denkbeeldige kol op die vloer. Sy gesig is 'n mengsel van hartseer en woede.

Bethany kyk na hom en vat sy hand in hare. "Die waterreaktor sou soveel vir ons eie land en die res van die wêreld kon beteken. Ons eie veiligheid is nou van groter belang."

Hy knik sy kop maar sê niks.

* * * *

'n Paar donker oë hou die huis dop waar Markus, Bethany en Ming skuil.

'n Rukkie later kom die rooi Mustang uit die oprit na die huis uitgery en draai in die hoofpad in. Die donker ruite maak dit moeilik om die insittendes te eien.

Hy skakel sy motor aan en volg op 'n veilige afstand om nie agterdog te wek nie. Nadat hulle vir 'n ruk lank op die snelweg gery het, haal hy 'n selfoon uit sy hempsak en wag totdat hy die regte merker langs die pad sien, waar die plan bepaal het. Hy trek sy motor langs die pad af en klim uit. Hy haal tydsaam 'n kragtige verkyker uit sy kattebak en hou die Mustang dop soos dit die pad volg. Tevrede dat dit in die regte posisie is, maak hy 'n oproep. Toe die verbinding deurgaan druk hy 'n knoppie op die sleutelbord.

'n Helder vuurkolom blits uit die rigting waar die Mustang verdwyn het. Die volgende oomblik kom die gedreun van die kragtige ontploffing aangerol soos die klank opvang met die beeld.

Deur die verkyker kan hy sien hoe die motor half opgelig word deur die slag. Die kajuit versplinter en stukke metaal trek in alle rigtings. Vuurtonge en 'n swart rookwolk omhul die plek waar die motor opgeblaas het. Hy glimlag tevrede, klim terug in sy motor en maak 'n u-draai. Hy ry weg sonder om terug te kyk. Niemand sou die ontploffing oorleef het nie. Daarvoor was die plofstof te kragtig. Sy werk is gedoen. Nou moet hy vir ene Steven Manjekeng laat weet dat die taak gedoen is.

* * * *

Die TV-nuus berig dat daar 'n ontploffing was op die snelweg stad toe. Al wat oorgebly het van die eens rooi Mustang, is die een nommerplaat wat kwaai gefrommel, maar steeds leesbaar is. Die motor het aan Markus Rheeder, eienaar en entrepeneur van H_2O Solutions behoort.

Volgens die polisie is die drie insittendes in die motor on-herkenbaar vermink in die ontploffing. Die storie het gou die belangstelling van die media verloor. Vir een of ander rede is die DNS toetse op die liggame ook nooit gedoen nie ...

DIE EINDE

EPILOOG

Die kelner sit die skinkbord met drankies langs die drie strand-
stoele neer, vat die geofferde fooitjie met 'n glimlag en laat
hulle in vrede. Hulle is sy beste kliënte die laaste drie weke.
Hulle kom glo van Suid Afrika af.

Dit is veral die skraal meisie met die Oosterse gelaatstrekke
en die slanke lyfie wat hom die meeste interesseer ...

Swart Diamant - Voorskou

'n Stilte sak oor die skag neer. Hy frons. "Why aren't they drilling?" Gewoonlik is die geluid van die boor oorverdowend hier onder in die skag.

Abdul trek sy skouers op en sê: "I told you, we've encountered a problem. It needs fixing before we can continue." Hy koes vir stukke rots wat in die dak van die gang uitsteek en Wayne volg sy voorbeeld.

"I don't understand. Why stop drilling at all? There is nothing in this mine that stops the drillbit from penetrating the soft rock formations."

Abdul skud sy kop en lag. "Wait till you see this."

Wayne frons. Wat kan so hard wees dat die boorpunte nie kan penetreer nie? Wonder hy.

'n Helder gloed word al duideliker soos hulle die punt nader waar die boor staan. Toe hulle uiteindelik om die laaste hoek loop, is die lig helder en duidelik en verlig die hele area waar die span besig is om een van die rotsbanke te boor. Gewoonlik is dit 'n miernes van bedrywighede, maar vandag staan die span rond en doen niks.

Wayne groet almal en wag vir die groet om beantwoord te word soos wat die plaaslike tradisie dit vereis. Jy durf nie protokol breek nie, veral nie in Egipte nie.

Abdul stap verby die manne wat rondstaan en beduie vir Wayne om hom te volg. Hy lei hom in 'n smal gangetjie in wat ook verlig word deur spesiale, brandvaste ligte wat teen die mure aangebring is. Nadat hulle die kronkels en draaie gevolg het kom hulle op die eintlike boor af wat nou stilstaan.

Vir eers kan Wayne nie die probleem sien nie. En toe tref dit hom; die boor is misvorm.

Die boorpunt bestaan gewoonlik uit 'n reguit skag met drie roterende koppe vooraan, waarin die spesiale punte gemonteer is met die diamant-insetsels wat direkte kontak met die rotse het.

Die kop van hierdie boor lyk asof dit alles aanmekaar gesmelt is. Die drie roterende dele kan nie van mekaar onderskei word nie. Hy staar in ongeloof na die masjien en kyk verbaas na Abdul.

"I told you. You have to see for yourself." Hy wys na die boorpunt wat lyk asof dit gesmelt het vanweë intense hitte.

Wayne stap nader en steek sy hand uit na die metaal.

"Careful, it might still be hot," waarsku Abdul hom vinnig.

Hy kan die hitte voel wat van die metaal van die boorpunt af weerkaats. Sy oë volg die kontoere van die boorpunt wat lyk asof dit deur 'n blaasvlam gesmelt is. Dit het afgeloop soos 'n roomys wat op 'n warm dag smelt en het straaltjies gevorm wat intussen gestol het. Dit lyk amper lagwekkend, aangesien die boorpunte van spesiale metaal-allooie gemaak is wat intense hitte lag-lag kan hanteer. Die toetse het gewys dat dit temperature is wat nooit onder normale omstandighede ervaar sal word nie, so die boorpunt behoort tegnies, jare lank te kan hou sonder om veel slytasie te toon. Hier, in afsondering kan hulle nie bekostig om gereeld boorpunte te vervang nie.

Behalwe dat dit hulle 'n klein fortuin kos, is dit ook groot omslagtigheid om dit verskeep te kry en op die boorplatform te monteer. So 'n operasie is duur en veroorsaak onnodige vertragings wat geld en waardevolle tyd vermors. Om nie te praat van salarisse wat betaal moet word vir 'n span wat staan en niksdoen nie, soos nou.

Hy loop om die punt en bekyk dit van alle kante af. Hy het nog nooit in sy loopbaan so iets teëgekom nie. Dis onwaarskynlik om 'n boorpunt so vervorm te sien onder hierdie omstandighede. Tensy hulle iets raakgeboor het wat baie hard is ...

www.ingramcontent.com/pod-product-compliance
Lightning Source LLC
Chambersburg PA
CBHW030328200626
46816CB00006BA/1976